大統領の料理人②

クリスマスのシェフは命がけ

ジュリー・ハイジー　　赤尾秀子 訳

Hail to the Chef

by Julie Hyzy

コージーブックス

HAIL TO THE CHEF
by
Julie Hyzy

挿画／丹地陽子

本書をレネと
カレンに捧げる

謝辞

オリーがうらやましくてなりません。料理の腕がよかったら、お世話になった方々を手づくり豪華ディナーに招待し、お礼の気持ちを伝えられるでしょう。

でもわたしにはそれができないので、ここでみなさんに感謝の言葉を述べたいと思います。まずは本書の編集者ナタリー・ローゼンスタインはじめ、バークリー・プライム・クライムのミシェル・ヴェガ、キャサリン・ミルン、エリカ・ローズに。みなさんの的確な指摘、助言、支援には心から感謝しています。またテクノ・ブックスのマーティ・グリーンバーグ、ジョン・ヘルファーズ、デニス・リトルがいてくれなければ、オリーも存在しなかったでしょう。

電気配線の欠損が人命を奪い、ホワイトハウスの建物すら破壊する可能性があることについては、わたしの弟ポールの知恵を借りました。ポールは模型までつくり、のみこみの悪い姉に辛抱強く説明してくれ、本書でもスタンリーがオリーに対して同じように説明しています。電気理論に関し、なんらかの間違いがあった場合は、いうまでもなく、すべてわたしの責任です。

『大統領の料理人 White House Chef』はくりかえし読みました。が、厨房で働いた経験のある方のお話を、じかにうかがうことに優るものはないでしょう。同書の著者であり、長年ホワイトハウスのエグゼクティブ・シェフを務めたウォルター・シャイブには、感謝の言葉もありません。内部の部屋のレイアウトやスタッフ会議、種々の慣例など、わたしのさまざまな質問に快く答えてくださいました。ここでも、何か間違いがあったとすれば、すべてわたしの責任です。

最後になりましたが、サウスランド・スクライブズ、アメリカ探偵作家クラブ、シスターズ・イン・クライム、アメリカ・スリラー作家協会の温かい支援と、Eメールでさまざまな感想を寄せてくださった読者のみなさんに感謝申し上げます。わたしにとって、かけがえのないものとなりました。

本書の執筆中、マイケル・A・ブラックはつねにわたしを励まし、支えてくれました。ほんとうにありがとう。

そしていつものことながら、家族に——カート、ロビン、セーラ、ビズに感謝を。みんな最高！

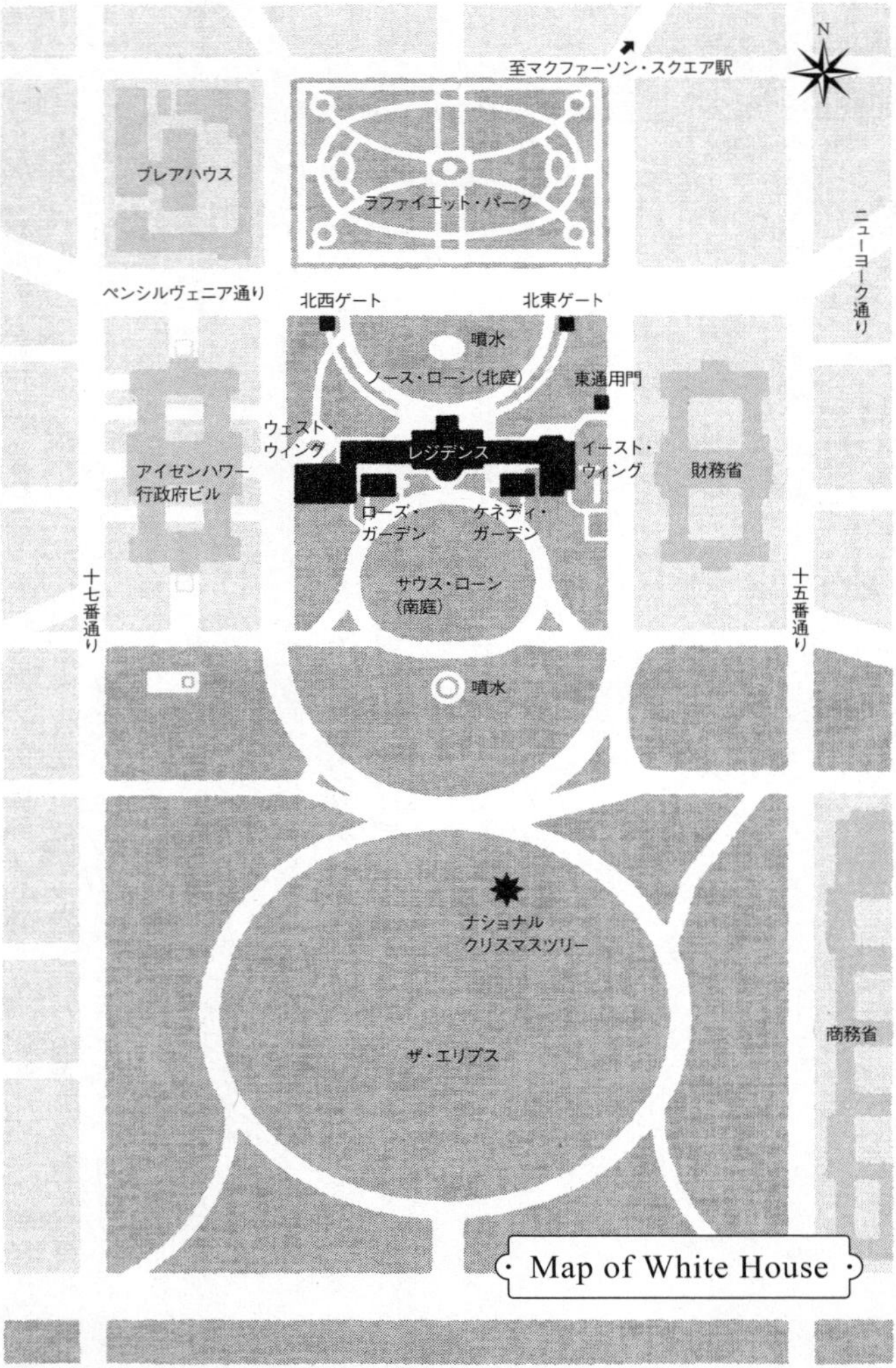
至マクファーソン・スクエア駅
N
ブレアハウス
ラファイエット・パーク
ニューヨーク通り
ペンシルヴェニア通り
北西ゲート
北東ゲート
噴水
ノース・ローン（北庭）
東通用門
ウェスト・ウィング
レジデンス
イースト・ウィング
アイゼンハワー行政府ビル
財務省
ローズ・ガーデン
ケネディ・ガーデン
サウス・ローン（南庭）
十七番通り
十五番通り
噴水
ナショナルクリスマスツリー
商務省
ザ・エリプス
Map of White House

クリスマスのシェフは命がけ

主要登場人物

オリヴィア（オリー）・パラス……………ホワイトハウスのエグゼクティブ・シェフ
マルセル……………エグゼクティブ・ペイストリー・シェフ。フランス出身
シアン……………アシスタント・シェフ
バッキー……………アシスタント・シェフ
アグダ……………ＳＢＡシェフ。スウェーデン出身
レイフ……………ＳＢＡシェフ
エレイン・キャンベル……………アメリカ合衆国大統領夫人。ゼンディ社の株主
ショーン・バクスター……………エレインの甥
ニック・ヴォルコフ……………ゼンディ社の株主
ヘレン・ヘンドリクソン……………ゼンディ社の株主
トレイトン・ブランチャード……………上院議員。ゼンディ社の株主
ビンディ・ジャハート……………トレイトンのアシスタント
ジーン・スカルカ……………電気技師長
カーリー……………副電気技師長
マニー……………電気技師
ヴィンス……………電気技師
イー・イム……………東洋系の新人給仕
レナード・ギャヴィン……………主任特別捜査官
トーマス（トム）・マッケンジー……………シークレット・サービス。オリーの恋人
ヘンリー・クーリー……………もとエグゼクティブ・シェフ

1

ホワイトハウスの最上階にあるサンルームに入りかけて、足を止めた。なかでファースト・レディと秘書官、総務部長補佐が話しこんでいるから、邪魔をしてはいけない。とくに、きょうのような日は。すると、ファースト・レディがわたしに気づき、手招きした。

「オリー、ちょうどよかったわ」キャンベル夫人は秘書官の話をさえぎって、わたしにいった。「ショーンと話してくれないかしら？　感謝祭のディナーに参加するよう説得してちょうだい」

サンルームは広いからすぐには気づかなかったけど、夫人たちと離れたところにショーン・バクスターがいた。淡い茶色の髪は金髪に近く、マット・デイモンの弟といっても通りそうなすてきな人だ。

「やあ、オリー」彼は勢いよく立ち上がった。「久しぶりだね」

笑顔で行儀よく黙っていた秘書官のマーガレットが、これをきっかけにまた夫人に向かって話しだした。

「クリスマスカードの最終便を来週までに発送するには――」マーガレットは切羽詰まった

ように言った。「本日じゅうに残りの相手先を決めていただかなくては」

「時期が遅れたら、その人たちを軽視したとマスコミにたたかれますよ」と、総務部長補佐。

キャンベル夫人はうなずいた。「そうね、待ったなしだわね。あと何人――」

そのとき、頭上からあわただしい足音が聞こえてきて、会話が止まった。全員が緊張した
その瞬間、床から天井まである大きな窓の向こうで、黒い稲妻のようなものが走った。薄い
カーテンごしにぼやけてはいても、輪郭だけはわかる。それは人間。しかもライフルを持った男だ。

黒い影はバルコニーをすばやく動くと、窓側のドアから部屋に飛びこんできた。そしてわたしたちに、すぐ部屋を出るよう指示する。

「急いで！」彼は部屋の廊下側の出口へ向かった。

黒ずくめの服と防弾チョッキは、とくに怖くなかった。背中にかけたスナイパー・ライフルも。

わたしの背筋がぞくっとしたのは、彼――屋上で警備にあたっている狙撃手のひとり、デニスの表情を見たときだった。

「わたしについて来てください」デニスはそれしかいわなかった。

「でも――」キャンベル夫人はとまどっている。

「時間がありません。シークレット・サービスがみなさんを誘導します。即刻、避難していただきます」

職員なら非常時訓練をしているから、どうすればいいかはわかる。でもいまは、異様なまでに緊迫した空気を感じた。デニスは全身を緊張させている。背中にはライフル、片手にはセミオートマチックの銃。そして反対側の手にも武器らしきものを持っているけど、あれが何なのかはわたしにはわからない。彼は右を見て、左を見て、完全な警戒態勢だ。

「わたしから離れないでください」彼は小声でそういうと、中央の広いホールに出る手前で立ち止まり、また左右をうかがった。「姿勢を低くして」

そうやってようやくセントラル・ホールに出ると、スーツ姿のシークレット・サービスがふたり、音楽室のそばの階段から、こちらに来いと腕を振った。シークレット・サービスは一般に、大統領一家の寝室などがあるこのフロアには足を踏み入れない。だからデニスがわたしたちをここまで先導したのだろう。彼は狙撃手として屋上に待機し、ファースト・レディにいちばん近い場所にいた。

わたしたちが階段に到着すると、デニスはきびすを返し走っていく。わたしたち五人は黙々と階段を下り、響く靴音がわたしの大きな鼓動を隠してくれるような気がした。付き添いのシークレット・サービス――マーティンとクラインだ――には質問どころか、話しかけるのもよしたほうがいいのはわかっている。東棟《イースト・ウイング》の一階に向かいながら、ふたりとも手の中のものに向かって小声で何か話していた。そこから先は二手に分かれ、マーティンがキャンベル夫人とショーン、わたしを、クラインがほかのふたりを誘導した。

目的地の見当はついている。おそらくシェルターだろう。

これは訓練ではなかった。

厨房へもどらなくては。

「スタッフが心配だから」と、わたしはマーティンにいった。ホワイトハウスのエグゼクティブ・シェフとしては、スタッフの安全が最優先だ。でもマーティンは首を横に振った。

「こちらですでに対処している」緊張のせいか、彼の瞳の青色が深みを増したように見えた。

彼に急かされ、地下の要塞ともいえるシェルターへ向かう。ここは巨大なトンネルのようなつくりで、フランクリン・デラノ・ルーズベルト大統領の時代に、核攻撃にも耐えられるよう設計されたといわれる。正式には「大統領危機管理センター」で、会議室や会議場があり、テレビに電話、通信機器は完備され、仮眠室もあった。マーティンは右側の最初の部屋の前で止まった。

「ここで待機してください。状況がおちついたら迎えにきます」

はい、そうですか、というわけにはいかない。

「厨房のスタッフはどこにいるの？」

キャンベル夫人が重ねて尋ねる。「主人はどこ？　彼は無事なの？」

「大統領は避難しました」

「無事なのね？」

マーティンはうなずいた。「どうか、避難指示が解除されるまでここにいてください」

「でも、何が――」

「わたしからはお話しできません」

「ケヴィン・マーティン――」夫人は険しい口調でいった。「わたしの夫がいる場所を教えなさい。そして何が起こっているのかも」

マーティンは唇を噛み、ショーンに冷たい目を向けた。

「部外者がいては……」

「ショーンはかまわないわ、家族ですから。さあ、主人はどこなの？」

マーティンの口もとがひくついた。アイルランド系の整った顔だちで、シークレット・サービスのなかでもひときわ目立つ。そしていま、その毅然とした表情に明らかなためらいの色を浮かべながら、彼はいった。

「大統領は海兵隊機《マリーンワン》でキャンプ・デービッドへ向かわれました」それだけいうとまた歩きだそうとしたが、キャンベル夫人が腕に手をのせ、引きとめた。

「理由を教えてちょうだい」

「大統領に危険はありません。が、ホワイトハウスに爆発物が仕掛けられた可能性があります」

夫人もわたしも、思わず息をのんだ。でも夫人はすぐに背筋をのばし、驚くほど冷静にうなずいた。

「わかりました、ありがとう」

だけどわたしには、まだ知りたいことがある。

「キャンプ・デービッドには、ほかに誰が行ったのかしら？」

マーティンは意味ありげな目でわたしを見た。

「きみが想像している者はみんな行ったよ」

わたしはほっと、ため息をついた。つまりトムも行ったということだ。少なくともいま、彼は無事でいる。

「それで、これからどうするの？」

マーティンはわたしの質問を無視した。「問題が解決されたら迎えにくる」

鉄壁といっていいドアが、重い音をたてて閉まった。なかに残されたのは、不安と困惑、そしてわたしたち三人――。

「ホワイトハウスに爆弾が仕掛けられるなんて、いったい場所はどこなんでしょうね」わたしはキャンベル夫人にいった。

夫人は室内を歩きまわっている。この部屋は狭く、つきあたりの壁にはカーテンのかかった擬似窓があった。プラスチックの窓枠から放たれる照明は晴れた日の陽光を真似たつもりだろうけど、蛍光灯の青い光の下では誰の目もごまかすことはできない。ただ、安全確保がメインの部屋とはいえ、それなりに快適に過ごせそうではあった。キチネットに二段ベッド、椅子、最新の雑誌が置かれた食卓、そしてキャビネット。あのキャビネットにはたぶん、常温保存可能な食料と水が入っているはずだ。そして奥のドアをあけてのぞいてみると、そこは立派な浴室だった。なんともすばらしい。ある程度の期間、ここに閉じこめられた場合を想定しているのだ。

「あくまで訓練でしょう」キャンベル夫人がようやく口を開いた。「ホワイトハウスに爆弾が仕掛けられるはずがないもの。シークレット・サービスの特殊訓練ですよ」

「それにしても、ずいぶん大げさでものものしいんじゃないかな？」ショーンがいった。

キャンベル夫人もわたしも無言だ。たしかに、彼のいうとおりだと思う。ホワイトハウスとその住民に対する脅迫は日常茶飯事で、当然、警戒措置はとられるけれど、ここまで大々的なのは……。

と、そこでふと思いあたった。

「大統領はきょう、ウエスト・ウィングで何か会議の予定でもおありでした？」

夫人はうなずき、眉間の皺《しわ》が深くなる。

「ショーンとはもともと、オーバル・オフィスの外のダイニング・ルームで会う予定だったの。大統領は……主人は、ショーンとは久しぶりだから、三人で昼食を食べようということになって」

「昼食、ですか？」

夫人はわたしの心配げな顔を見て、手を振った。

「厨房には伝えていないわよ。ホワイトハウス・メスの軽いものを食べるつもりだったから。でも主人は、このまえのテロ事件のことで、顧問たちと緊急会議をすることになったの。あなたにサンルームまで来てもらったのは、じつはそのためなのよ——昼食の用意をお願いしようと思ったんだけど……」夫人はほほえんだ。でもわたしに向かってというより、自分を慰めるためのように見えた。「なのにいま、わたしたちはここにいるのよね」

つまり夫人とショーンは、まだ食事をしていないのだ。わたしはこの異常な状況下で少しでも日常的なものを取りもどそうと、キャビネットをあけた。簡単な昼食でもつくれる材料はないだろうか。

「大統領がキャンプ・デービッドに避難したのなら」わたしは考えながらいった。「爆弾はオーバル・オフィスとここの間にあるってことですよね。でなければ、大統領もこのシェルターにいらしたと思います」

ショーンがキャビネットの最上段からクッキーの箱を取った。

「事前にわかって神に感謝だな。大統領も無事に避難できたし。オリーのいうとおりだよ。シークレット・サービスは大統領をここから出したかったんだ。でなきゃ、どんな危険が……」最後までいわず、そのほうがよけい恐ろしさが増した。

「だからこれは特殊訓練ですって」キャンベル夫人が不自然な明るさでいった。「すぐにここから――」

甲高いサイレンが、続きの言葉を遮った。ぶ厚い壁ごしでもなおはっきりと聞こえる。わたしはその場に立ちすくんだ。ドアの上の警光灯がつき、真っ赤な光の筋が部屋じゅうを照らしだす。

しばらくするとサイレンの音がやんで、インターコムから声が聞こえてきた――「現在の部屋から出ないでください……くりかえします……部屋から出ないように。ドアを開けてはいけません。つぎの指示をお待ちください。これは訓練ではありません」

ショーンの手からクッキーの箱が落ちた。呆然とした表情——それはたぶんわたしもおなじだ。

「ああ、神さま」ファースト・レディは椅子にすわりこみ、両手に顔をうずめた。「どうかわたしたちをお守りください」

2

「この程度じゃ、たいしてお腹の足しにはならないでしょうが」わたしは食料品をいくつか、ランチ代わりに小さな食卓に置いた。「すぐにここから出られるかもしれませんけど、それでも少しは元気をつけておかないと」

「何か手伝おうか？」ショーンがいい、わたしは首を横に振った。

それから一時間以上たって、シークレット・サービスがひとり現われた。爆弾と思しきものが発見され、爆発物処理班によって処理されたとのこと。しかし、全敷地内の安全が確実になるまで、もう少しここで辛抱してほしいといわれた。

だったら何かつくることにしよう。わたしは食料を物色した。瓶入りの水とパワー・バーのほかにも、おもしろそうな食材とフリーズドライのパックがある。軍用食は、以前は戦闘食《Cレーション》と呼ばれていたけど、いまでは缶詰や個包装の携行食《MRE》だ。わたしは調理にとりかかった。

それから十五分ほどかけて、缶詰の鶏肉に醤油とピーナツバターを少し加えて油をさっとかけ、コショウを少々ふってから電子レンジで温めた。それをおなじく電子レンジで温めたライスの上にのせる。

つぎに缶詰のニンジンとタケノコを水切りしてから、メープルシロップ少しとそれより多めの醤油を加えた。そして三品めは三種の豆のサラダだ。もちろんこれも缶詰で、水切りしてからイタリアン・ドレッシングであえてみたら、まあまあ食べられる。これでランチの準備は完了。

「すばらしいわ、オリー」キャンベル夫人は食卓の椅子に腰をおろすと、ありあわせでつくった料理を見て、そういってくれた。ショーンも椅子にすわる。いつもは野菜もハーブも、飾り花もフレッシュなものを使うけど、いま目の前にあるのは実用に徹したお皿と、保存食でつくった飾り気のない料理だ。といっても、チキンはよい香りがした。

「どれもおいしそうだわ。オリーは奇跡を起こすわね」

わたしは夫人にありがとうございますといってから、使ったものの後片づけを始めた。

「あなたもいっしょに食べない？」

夫人のお誘いをお断わりしかけたら、お腹のほうはそれが不満らしく、ぐうっと鳴った。

キャンベル夫人は笑った。「決まりね。さ、オリー、すわって」

わたしは夫人の左側、ショーンの向かいの椅子に腰をおろした。ショーンはサラダをフォークですくって口に入れ、にっこりする。

「うん、ほんとにおいしいよ」

とてもお腹はすいていたけど、チキンとニンジン少しでこらえようと思った。そしてふた口食べて、まずまずの出来だと安心する。材料や仕上げ方をメモしておけないのが残念、とさえ感じた。ホワイトハウスの厨房で働くと、料理本執筆の依頼が多い。わたしは将来あるかもしれない自著の一章を思いついた──「避難所でいただくごちそう」

「いつになったら仕事にもどれるのかしら……」わたしは部屋のデジタル時計を見ながらつぶやいた。きょうの午後、総務部長補佐はスタッフ会議をする予定だった。感謝祭は二日後で、その翌日からクリスマスの飾りつけが始まる。ただでさえ厳しいスケジュールなのに、仕事が一時間、二時間と中断すれば、厳しさは増す一方だ。わたしは遅れをとりもどす方法をあれこれ考えた。

するとわたしの心を読んだかのように、キャンベル夫人がいった。

「感謝祭のディナーの準備は順調？」

「はい、順調です」これはおおむね、本当だった。この春、エグゼクティブ・シェフになってからというもの、調理、スタッフ、管理責任を同時にきりもりするのがいかにむずかしいかをしみじみ感じていた。でもこれまでのところ、感謝祭の準備はスケジュールどおりに進行し、このシェルターからすぐに出られれば、とくに問題はないだろう。「お客さまにもきっと喜んでいただけると思います。今回もマルセルのデザートにご期待ください」それから、ただ会話をつづけるためだけに、わたしは尋ねた。「お客さまは六人で変わりありませんか？」

夫人はため息をついた。「ええ、六人だけよ。今年は主人の家族が参加しないから、ワシントンDCにいるわたしのビジネス・パートナーを……家族も同然の親しい人たちを招待したのだけど、ほんとうはもっと大きな会にしたかったわ」ショーンに鋭い視線を向ける。

「感謝祭は家族が集まって過ごすもの……でしょ？」

ショーンはうつむき、しばし考えこんだ。「ぼくは、今年は遠慮するよ」そういって夫人を見上げた目は、暗くかげっていた。「エレインおばさんの友人は、ぼくがいないほうがいいと思うから」

夫人は身をのりだし、ショーンの手に自分の手を重ねた。

「わたしはあなたに来てほしいの」そしてからだを起こし、明るくほほえむ。「オリーもそう思ってるはずよ。ね？」

どうしてわたしにふるのだろう？　とまどいながらも、「もちろんです」と答える。

ショーンはテーブルの向こうからわたしに笑顔を向けた。

「だったら、考えなおしてみようかな」

わたしは一瞬きょとんとし、ひょっとして、と思った。以前の会話を思い出してみても、キャンベル夫人はもしや恋のキューピッドになろうとしている？　わたしがシークレット・サービスのトム・マッケンジーと交際していることに、夫人はまだ気づいていない。この春に起きた事件で、トムとわたしがホワイトハウスで働く仲間以上の関係にあることを察した人たちもいるけど、わたしたちは公表しないほうを選んだ。といっても、最低限必要と思われる人たちには打ち明け、そのなかにファースト・レディは入っていなかった。

いまの夫人の表情からも、自分の甥とわたしの仲をとりもとうとしているのは間違いないような気がした。これは予想もしなかったことで……光栄だと思った。なんといっても、夫人はショーンを高く評価しているからだ。だけど半面、困ったな、とも思った。

悪い印象を与えずに、うまく切り抜けなければ。トムとの関係を打ち明けずにのりきれるだろうか？

でもこの場はともかく、話題を変える以外にない。わたしは感謝祭の招待客リストを思い浮かべた。

「出席なさるのは、ヴォルコフご夫妻、ブランチャードご夫妻、ヘンドリクソンご夫妻でよろしかったでしょうか？」

キャンベル夫人はかぶりを振った。

「ヘレン・ヘンドリクソンは独身だから、連れは夫じゃなくて知り合いなの」

「彼女の弁護士だよ」ショーンはわたしにそういうと、うんざりしたように首を振りながら夫人の顔を見た。「見え透いてるだろ？　ふたりはあれこれ理屈を並べて、おばさんにゼンディ社の株を売らせる気なんだよ。ヘレンがフィッツジェラルドを連れてくる理由はほかに考えられないね。彼はたぶん、売却書類を作成ずみだと思うよ。そしておばさんに署名を迫る、グレイビー・ソースが固まらないうちにね」

夫人は笑った。「考えすぎよ。神の恵みに感謝する日に、ビジネスの話をする人なんていないわ」

「よし、決めた」と、ショーン。「ぼくもディナーに参加する」

「あら、よかった。ありがとう」

「おばさんの不利益に気を配る人間が、ひとりくらはいないとだめだと思うから」

ふたりの話を聞きながら、わたしは居心地が悪かった。会話に参加するわけでもなく、なんだか盗み聞きしているような気分なのだ。

足がむずむずし、動きまわって仕事をしたかった。ほんものの厨房で。

ただ、ふたりの話を聞いて、いくつか疑問をもった。もちろん、われ関せずの無表情を保っていたつもりだけど、そううまくはいかなかったのだろう。なぜなら、ショーンがこちらをふりむき、わたしの疑問のひとつ——どうして大統領は、夫人の不利益に気を配らないのだろう？——について、説明しはじめたからだ。

「ハリソンおじさん——キャンベル大統領は、あえて口を出さないようにしているんだ。少なくとも表立ってはね」そして夫人に視線をもどす。「おじさんは株売却には反対だよ。おばさんもそれはわかっているはずだ。おじさんは何かいいたくてもいえない。株の売買に関して意見をいって、万が一それがおおやけになったら、個人の問題ではなく、経済界に大きな影響をもたらすからだ。むずかしい立場ってことさ」

「ショーンがわたしの財務コンサルタントでよかったわ」夫人はいかにもうれしそうにいった。「主人以外で、いちばん信頼できるもの」

ショーンの頬がピンクに染まり、よしてくれ、というように手を振る。

「感謝祭のディナーには出席するから。女性おふたりの顔をたててね」

「ありがとうございます」わたしはそういってから、思いきり明るく尋ねた。「どなたかご同伴なさいますか？」

ふたりともが、びっくりした顔をした。どうやら、恋のキューピッドの推理は当たっていたらしい。

「いや」ショーンは慎重な口ぶりでいった。「いまのところ、誰も思いつかないな」

「でしたら……」言葉につまる。「席をひとつ加えるように指示しておきます」

そこでわたしは立ち上がった。狭い部屋でいまかいまかと警報解除を待っていたからか、それともキューピッド問題のせいなのかはわからないけど、ともかくいたたまれなくなったからだ。

「片づけますね」キャンベル夫人のお皿に手をのばす。

ショーンも立ち上がり、「手伝うよ」といった。

「とんでもない」わたしは彼の前にあるお皿を手早く取った。「おばさまに会いにいらしたんですから。後片づけはわたしがやります」

「だけど――」

「おばさまとお話しすることがまだまだおありでしょう」それとなく流し台への道をふさぐ。ショーンはまた椅子に腰をおろし、わたしは話の続きをうながすためにキャンベル夫人にいった。「ゼンディ社の株をお持ちとは知りませんでした。大企業ですよね」

「ええ、いまはね。父が友人三人といっしょに始めたの。ずいぶん昔のことよ。わたしはまだ小さくて、友人の子どもたちは生まれてもいなかったわ。木曜の感謝祭に招待したのは、その子どもたちなの。ニックとトレイトンとヘレンとわたし――みんないっしょに大きくなって、いまではビジネス・パートナーよ。わたしはゼンディ社だけでなく、パートナーも受け継いだの」

お父さまのことを思い出したのだろう、夫人の目に悲しみがあふれた。ジョゼフ・シンクレアは二カ月まえ、恐ろしい自動車事故で亡くなったばかりなのだ。

「おばさんはお父さんのビジネス・センスも受け継いでるよ」と、ショーンはいった。「だから自分の直感に従うのがいちばんだと思う。ヴォルコフたちの要求に屈しないでほしい。彼らがどんな理屈を並べたてても」

「ほんとに優秀なコンサルタントだわ」夫人は甥の腕を叩いた。

キチネットを片づけながら、ゼンディ社のさまざまな話が耳に入ってきて、木曜日の正餐《せいさん》は要注意だ、と感じはじめた。新任の給仕長のジャクソンに、お酒類には注意するよう、ひと言いっておくほうがいいかもしれない。キャンベル夫人はワインをグラス一杯、お付き合いで飲む程度だったけど、ブランチャード夫妻、ヴォルコフ夫妻、ヘレン・ヘンドリクソンは、最近は二度しかホワイトハウスに来ていないから、彼らが〝アルコール禁止〟リストに含まれているかどうかはいま思い出せなかった。忘れずに、あとでチェックしておこう。

ホワイトハウスはお客さまを丁重にお迎えすると同時に、賢明な判断も怠らない。これまでにも、節度ある酒量を超えてしまうゲストは何人もいた。もちろん給仕を拒むことはできないのだけど、ホワイトハウスのテーブルの上でダンスを踊られては困る——文字どおりの意味でも、比喩的にも。もしそのような振る舞いをしたら、その人物は即座に〝招待禁止〟リストに入れられた。が、そうはいっても招待せざるをえない場合もあり、そういうときは熟練のスタッフがうまく対処して、ダンスを踊りはじめないよう酒量を制限するのだ。

木曜日の正餐は、大統領夫妻とショーンを含めて九人だから、ジャクソンもそう苦労はせずに目を配ることはできるだろう。

わたしは夫人とショーンの話を聞きながら、もともと簡素な部屋をもっとこぎれいに片づけていった。

キャンベル夫人は立ち上がると、偽物の窓へ歩いていった。

「ゼンディについては、ホリデイ・シーズンが終わるまで棚上げにしておきましょう。当面は、ここから早く出なくてはね。やるべきことが山のようにあるわ」

「決断のリミットは十二月十五日だよ」ショーンがいった。「だから彼らはあせって、おばさんに株を売るよう迫ってくると思う」

夫人はくるっとふりむいた。「期限は三月十五日ではないの？」

ショーンは首を横に振る。「約款では、最後の創業者、つまりおばさんのお父さんの死去から九十日後がリミットだ。おばさんたち四人は、それまでに会社を売却するか否かを決めなくてはいけない」

「そこで売却しなかったら、その後十年は売りたくても売れないのよね」夫人はため息をついた。「ずいぶんおかしな規定だわ」

ショーンは苦笑し、首をすくめた。「創業者たちの思いを考えれば納得できるよ。彼らはゼンディ社を子どものように考えていた。自分たちみんなが父親さ。ゼンディをこの世に誕生させた四人の男たちは、ほかの分野で成功した裕福なビジネスマンだった。ゼンディの収益なんて、あてにしていなかったんだよ。ただ、この世界に足跡を残したいと思っただけだ」

部屋のドアが開き、ショーンは黙った。シークレット・サービスのマーティンが、廊下のほうへ手を振る。

「こちらへ」

3

「無事に解決したのね？」キャンベル夫人が訊いた。「安心したわ。ほんとうに爆発物があったの？　それとも訓練？」

ケヴィン・マーティンは唇をなめた。

「現在、ホワイトハウスは安全で、いかなる爆発物も発火物もないと確信しています」

セントラル・ホールに出たところで、キャンベル夫人はマーティンの顔を見ていった。

「あなたはここに爆弾が仕掛けられた可能性があるといったでしょ？　それはほんとうに爆弾だったの？」

マーティンがちらっとショーンを見て、ショーンは視線の意味を理解した。

「ぼくは退散するよ。また木曜日に。じゃあな、オリー」

彼につきそうため、べつのシークレット・サービスが進み出て、わたしも急いで厨房にもどろうとした。でもそのまえに、マーティンがキャンベル夫人に答えたので、好奇心旺盛すぎるわたしは踏み出した足をもとにもどした。

「発見された装置は爆発物ではありませんでした」

「ああ、よかった……」夫人はじっと目をつむった。その思いが、わたしにはよくわかる。わたし自身、おなじ思いだったからだ。全身が温かい安堵感に包まれた。ここはキャンベル夫人のわが家、大統領一家のマイホームなのだ。でもいろんな意味で、ホワイトハウスはわたしの家でもあった。その家が、アメリカの自由の象徴の家が、爆発物の脅威にさらされた。避難している間、わたしは恐怖をわきに追いやり、目の前のことだけ考えようとしたけど、いまこうして無事にもどってこられて、どれほど恐ろしい体験だったかをあらためて感じた。

「敷地内に爆発物はなく――」マーティンはつづけた。「また、感謝祭に向けて職員が多忙であることを考慮し――」わたしをちらっと見る。「避難解除としました。しかし、いまだ高い警戒レベルにあります。職員にはできる限りわたしたちの目の届く範囲にいるよう要望し、今後については、後ほどミーティングを開く予定です」

「爆弾でなかったのなら」わたしは訊いた。「それは何だったの？」

マーティンはわたしが本業以外で口出しするのを嫌がった。このところ、わたしはそれをちょくちょくやって、そのたびに彼ににらみつけられ、無視された。

でも今回にかぎっては、キャンベル夫人の援護があった。

「そうよ、何だったの？」

「明白ないたずらです。現在調査中です」彼は少し離れた場所をじっと見た。あまりに鋭い視線で、いたずら犯に同情したくなるくらいだった。マーティンをはじめ、大統領護衛部隊《PPD》のメンバーなら、かならず犯人を見つけるだろう。それもさして時間がたたないうちに。

「発見されたものが何か、今後何に注意すべきかは、いずれ文書のかたちで全部署に配布される予定です。専門家チームによる指導も実施します」

キャンベル夫人がキャンプ・デービッドの様子について尋ねたところで、わたしは失礼し、厨房へ急いだ。

厨房ではマルセルが、いかにも心配そうな顔で迎えてくれた。

「どこにいた？」フランス語の訛りがいつもよりひどい。「ずいぶん心配したよ」

「サンルームに行ったら――」わたしはここ何時間かの出来事を手短に話した。

バッキーがしかめ面でいった。

「そりゃあよかったな。オリーは大統領夫人とシェルターにいて、ぼくらは雨のなか、南庭《サウス・ローン》にいたってわけだ」首を横に振る。「もう安全だといわれて、こっちはその言葉を信じるしかない」

「外にいたの？」わたしは驚いた。十一月のこの時期、気温は十度以上あるとはいえ、雨は降っているし、戸外に長くいるのはつらかっただろう。「ケヴィン・マーティンから、みんな無事だと聞いたから」

お皿を洗っていたシアンが、水を止めて手を拭き、こちらにやって来た。

「わたしたちは無事だったわよ」シアンはバッキーをにらんだ。彼女はバッキーより十五歳は年下だけど、厨房では姉貴分のようだった。そしてここ何カ月かの間に、より一層自信が増したように見える。「ほんとはサウス・ローンじゃないの。Ｅストリートまで行って、バスのなかで避難解除を待っていたのよ」

「雨が降っていたし」と、バッキー。「寒かったしね」

わたしがマルセルを見ると、彼は首をすくめた。

「まあ、寒さは耐えられる範囲だった。でも、退屈には耐えられなかった。仕事が山ほどあるのにあんなことになって、きょうの予定が……むちゃくちゃに《フランケ・ラ・パガーユ》、台無しになってしまった」

「ヘンリーだったら、ぼくらといっしょにバスで待っていただろうね。シェルターでファースト・レディとくつろいだりせずに」

この件でバッキーといいあってもむなしいだけだと思ったので、わたしは話題を変えた。

「感謝祭の正餐のゲストがひとり増えたわ。ショーン・バクスターが参加するの」

バッキーは鼻を鳴らし、持ち場へもどった。見ると、すでに今夜のディナーの準備にとりかかっていたらしい。

「SBAシェフは、一時間まえには来ているはずなんだ。きっと建物のなかに入れなくてあきらめたんだろうな」

「爆弾騒ぎで、いろんなところに支障が出たとは思うけど」わたしは冷静にいった。「彼女は来てくれると信じたいわ。あしたまでに、もうひとりは絶対必要だから」SBAシェフのアグダは、現在の厨房メンバーが初めて迎える新人だった。業務協定《SBA》のもとで臨時雇用され、その後は正式採用か、もしくは他所に就職するかのどちらかとなる。わたしもSBAシェフとして働いた後、そのままここのアシスタント・シェフになった。この厨房以外の就職先など考えられなかったからだ。アグダもそう思ってくれるといいのだけど……。ともかくいまは、ひとりでもスタッフがほしい。

「厨房のスケジュールにも大きな支障が出たよ」バッキーがいった。

わたしはひと言いいたいのをこらえた。自分の管理下にあるスタッフに皮肉を返すなんて狭量なだけで、プロとはいえない。ヘンリーがエグゼクティブ・シェフだったころ、つまらない言い合いをけっしてしなかったのが、わたしにもわかりかけてきた。無駄なエネルギーだし、自分が小さくなったような気がするのだ。

わたしは穏やかな微笑をうかべていった。「たしかにね。だったら気合を入れてやらないと、今夜のディナーに間に合わないわ。あしたと木曜日の仕込みもがんばらなきゃ」

「それと金曜日の準備もね」と、シアン。

わたしは大きく息を吸いこんだ。金曜日はマスコミであふれかえるだろう。ホリデイ・シーズンを控え、ホワイトハウスが一般公開される最終日であるばかりか、待ちに待った〝マザーズ・ランチョン〟が開催されるのだ。

これはキャンベル夫人が主催する昼食会で、子どもをもつ女性が全国各地からホワイトハウスに招かれる。働く母親、シングルマザー、専業主婦、パートナーと育児を分担する母親……生活スタイルの異なるさまざまな母親たちの親善、交流を図るのが目的だ。ほぼすべての州から、母親が子どもを連れて思い思いの――クリスマスであれハヌカーであれクワンザであれ——手作りの飾りを持参してホワイトハウスに集合する。招待された子にはあらかじめ〝ジンジャーブレッド・マン〟のテンプレートを送っているので、子どもたちはその型をもとにクッキーを焼いて持ってくる。みんなそれぞれ環境は違うけど、いっしょにお祝いしましょう、という主旨のもと、おなじひとつの型から自分独自の作品をつくる、というわけだ。そうして出来上がったジンジャーブレッド・マン（男《マン》ではなく人《パーソン》というべきか）は金曜日にホワイトハウスに集まるのだけど、ほかにも一般参加によって何百ものジンジャーブレッド・マンが送られてくる。セキュリティの面で、シークレット・サービスにとっては悪夢の一日といってよいかもしれない。

「そうね、金曜日もあるわね」わたしはうなずいた。

当日のようすは見当もつかなかった。わかっているのは、参加者にとってはすばらしい一日になるだろう、マスコミが砂糖に群がる蟻のように集まるだろう、ということだけだ。もちろん、わたしの厨房に蟻は一匹たりとも入れさせないけど。

「オリー！」

呼ばれてふりむくと、電気系統の技師長ジーン・スカルカが厨房の入口にいた。

「まだ行かないのか？」

どこへ？　と訊きかけてすぐ思い出した。そうだ、そろそろスタッフ会議の時間なのだ。思いがけないことがあって、時間の感覚までなくしてしまった。

「ちょっと待って！」あわててノートとペンをつかむ。「いっしょに行くわ！」そしてバッキーに、「アグダが来たら、仕事を指示してちょうだい」と頼んだ。

「ヘンリーだったら、仕事より先にまず面談するだろうな」

わたしはぐっとこらえた。もしバッキーが片端から難癖をつける気なら、ふたりの関係は超長期のホリデイ・シーズンに突入だ。

「彼女はグリーンブライア出身だから、きちんとしてるわよ。審査と選考をパスした料理人なんだもの」できるだけおちついた口調を保つ。「彼女にはすぐ仕事をやってもらうわ。面談はそのあとでいいから」

バッキーはわたしに背を向けた。「はいはい、わかりましたよ」

「よろしくね」彼の返事を待たずに、わたしはエレベータに向かうジーンを追いかけた。

個人的には階段を使いたかったけど、熟練の電気技師にその選択肢はない。白髪まじりでがっしりした体格のジーンは、二重顎でお腹もでっぷりし、生まれたときからずっとこうだったのかも、と思わせる雰囲気があった。カーター政権の時代から勤務して、その技術と実行力で技師長になった。

「爆弾騒ぎのすぐあとで、予定どおり会議をやるなんて信じられないよ」

「これから数日は、いろいろ調整が必要でしょうね。この会議は現状確認じゃないかしら。きっとすぐに終わるわよ」

「そう願いたいね」

「膝の具合はどう?」エレベータで一階下がる。

彼は右脚を叩いた。「新品みたいになったよ。感謝祭までには仕事にもどりたいと医者にいったら、そのとおりにしてくれた」ひとりでうなずく。「まあね、何があったって、クリスマスの電飾はこの手でやるけどね。ここの電気は、大昔からおれが責任をもってやってきたんだ。一年のうちで最高の晴れ舞台をほかの者には任せられない。何があろうとね」

「ジーンが復帰して、みんな喜んでるわ」これはお世辞ではなかった。彼がいない間は副技師長のカーリーが窓口で、ふたりは同年配だったけど、気さくなジーンに対してカーリーはじつに無愛想なのだ。みんなジーンの復帰を首を長くして待っていた。

この会議は部門の責任者が十数人集まるもので、ジーンとわたしは最後の到着だったようだ。いまのところまだ、わたしはほとんど厨房で過ごせていない。ついさっきまでシェルターに隔離され、解放されたと思ったらすぐこのカフェテリアに来て——。ここではまだ二、三人がランチの休憩をとっていた。

フローリストのケンドラが、ジーンの大きなからだをよけて身をのりだし、話しかけてきた。

「きょうは新作料理は出ないの？」

いいたいことはわかった。きょうのカフェテリアのメニューはごく基本的なものばかりだからだ。スタッフ会議があるとたいてい、わたしは新作のサンプルをみんなに食べてもらうようにしていた。でもきょうはそれがない。

「シェルターだとたいしたものがつくれないのよ」わたしは席につきながらいった。「パウチのチョコレートケーキにフリーズドライのアイスクリームをのせたのでよければべつだけど」どちら携行食にあるもので、ケンドラは笑った。

「そういうデザートにはどんなお花が合うかしらね。シェルターにはシルクの花鉢を置いたほうがいいかも」

いっしょに笑って、気分がやわらいだ。一年でもいちばん忙しいこの時期、爆弾騒ぎの興奮は冷めて、なんとか本来の仕事にもどれそうだった。

部屋の正面で、総務部長補佐のブラッドリー・クラークが会議を始める準備をしている。わたしはケンドラにいった。

「金曜日のランチョンのテーマはとてもいいわね」

「気に入った？」彼女はわたしの答えを待たずにつづけた。「初夏からずっと準備してきたのよ。いいテーマだと思うわ。このところ、いろんな事件で国全体が暗いムードだから」小さく肩を震わせる。「それに大統領の平和政策にもぴったりだし」

キャンベル夫人のテーマ選びには定評があったけど、それをかたちにするのは任された職員の努力があってこそだった。夫人の秘書官マーガレットに、このフローリストのケンドラ、そして何人ものデザイナーが何カ月もかけて準備する。オーナメントの大半は近くのメリーランドにある保管所の膨大なコレクションから選ばれるけど、ホワイトハウスのフローリスト・チームだけでも二十五人以上のデザイナーが日々残業をこなしてリースやブーケをこしらえ、テーマのイメージを具体的なかたちにしていくのだ。

「〝お帰りなさい！　みんなでいっしょにお祝いしよう！〟」わたしは復唱した。「このコピーは誰が考えたの？」

ケンドラは頬を赤らめた。「わたしよ」

「すごくいいわ。いろんな人たちがひとつの家に帰る感じがとてもいい」

ケンドラはさりげなく首をすくめたけど、内心喜んでいるのはわかる。

「みんなよくやってくれてるのよ」と、彼女はいった。「ほんとに働きづめでね」

「わかるわ。当日を楽しみにしてるわね」

ブラッドリー・クラークが咳払いをし——長身で、笑顔を絶やさないブラッドリーはホワイトハウスでもなかなかの人気者だった——会議の始まりを告げ、二、三の短い告知の後、こういった。

「現況を確認しあうまえに、予算のかかる項目から報告していこう。まずは感謝祭。オリー、厨房のようすは？」

わたしは最新のメニューを報告し、ショーン・バクスターが参加することを給仕係と秘書官も知っているかどうか確認した。必要に応じて、参加スタッフはメモをとっていく。すると秘書官のマーガレットから、ブランチャード夫人が欠席の連絡をしてきたとの報告があった。

「ファースト・レディはご存じなのかしら？」

「この会議のあとで会う予定だから、そのときに伝えるわ」

「わかりました」ブランチャード夫人は木曜日の招待客のなかで唯一、食材に注意事項のある人だった。「そうなると、メニューに変更が出てくるかもしれません」わたしはメモをとりながら、つい声に出していった。「男性ゲストを中心に考えましょうかね……ショーン・バクスターは同伴なしのひとりで、ブランチャード夫人が欠席となると……」

するとマーガレットがいった。「トレイトン・ブランチャードは夫人の代わりにアシスタントを連れて来るそうよ」

「ビンディかしら？」

マーガレットはうなずいた。「ええ」

「あら……ブランチャード夫妻は感謝祭を別べつに過ごすということ？」わたしは思わずそういったけど、これはあくまで内輪のスタッフ会議だから、疑問点は正直に口にしてかまわない。

「ブランチャード議員は当日の夜、自宅に夫妻それぞれの家族を呼んでディナーをふるまうみたいよ」マーガレットは小さく鼻を鳴らした。「議員の奥さんにしてみれば、ファースト・レディの招待はありがたいけど、ホワイトハウスでの正餐は実質的にビジネスだから、それより子どもたちと自宅で従来どおりの過ごし方をしたい、ということらしいわ」ふつうなら、ホワイトハウスの招待を断わるなんて無礼きわまりない、と思われる。「どれもビンディから聞いた話だけどね」

ビンディ・ジャハートはホワイトハウスに勤務した後、ブランチャード議員の下で働き、あっという間に彼のアシスタントにまでなった。シェルターでのショーンの言葉がよみがえる――彼らの目的は感謝祭の食事ではなく、ビジネスだ。

キャンベル夫人は、かつてホワイトハウスの職員だったビンディの言葉には耳を傾けるだろう。ショーンが同席するのはやはり正解かもしれない、とわたしは思った。

「ヘレン・ヘンドリクソンは」マーガレットはつづけた。「アロイシアス・フィッツジェラルドを同伴するのよね？」

フィッツジェラルドはヘレンの弁護士だ。

「ええ、そうみたい」と、わたしは答えてから、つぶやいた。「だったらニック・ヴォルコフの同伴者は……資金提供者かしら？」

その場にいた全員がびっくりしてわたしを見た。マーガレットは眉間に皺を寄せる。

「わたしが最後に聞いたときは、奥さん同伴だったと思うけど」首をかしげる。「何か変更でも？」

わたしは手を振った。「ごめんなさい。朝から思いがけないことがあって、まだ頭がちゃんと働いてないみたい」にっこり笑って報告をつづけ、つぎの部門長にバトンタッチする。

そうして全員の報告がほぼ終わった直後、アシスタントが入ってきて、ブラッドリーにメモを渡した。

「ジーン……」ブラッドリーはメモを読み終わるといった。「マップ・ルームの電気系統は回復したといわなかったか？」

ジーンは椅子の背にもたれかかった。「うん。先週、あなたに頼まれてすぐやったよ」「清掃班によると、まだ回復していないそうだ。いまマップ・ルームで、作業ができないらしい」

ジーンはがばと身をのりだし、椅子の前脚が床を打った。

「カーリーから修理したと聞いたんだがな」かぶりを振りながら立ち上がる。彼はホワイトハウスのスタッフらしく、場をわきまえてそれ以上はいわなかった。「いまからすぐ行くよ」彼が立ち上がると、ほかの者たちも職場にもどろうと腰を上げた。

ブラッドリーが指を一本立てていった。「会議はこれでほぼ完了だが、連絡事項がひとつある。シークレット・サービスが――」そこでちょっと躊躇《ちゅうちょ》する。「その……脅威に関して、職員向けの講習会をやることになった」

「さっきの件と関係があるのか？」誰かが訊いた。

「どうして彼らは、ぼくらに直接いってこない？」

ブラッドリーは両手を上げた。「シークレット・サービスがどういうものかはわかっているだろう？　必要なときに必要なことだけいってくる。だからじきに通知がくると、心の準備をしていてほしい。この講習会は全員、参加義務がある」

あちこちでうめき声がもれ、ケンドラがみんなの気持ちを代弁した。

「クリスマスの準備でおおわらわなのよ。年が明けるまで待てないの？」

「テロリストはこっちが忙しかろうが暇だろうが気にしないよ」ブラッドリーの言葉に、その場が静まりかえった。「致し方ない、ということさ。みんなが時間に追われているのはよくわかるが、協力してやればきっと乗り越えられる。だろう?」

ジーンはすでに早足で出口に向かっていた。これだから部下には任せられないと、ぶつぶついっている。彼が電気室にもどったら、カーリーはお説教をくらうだろう。ただ、電気技術スタッフはみんな勤勉実直だし、カーリーは無愛想なのはともかくとして、十分頼りがいのある技術屋だ。いったいどうしてこんなことに?

4

厨房にもどると、SBAシェフのアグダがフル回転で働いていた。もちろん履歴書は見ていたけど、直接会うのはこれが初めてで、こんなに長身の――百八十センチくらい？――女性だとは思いもしなかった。しかもフードプロセッサー顔負けの速さでニンジンを切っている。そしてトントントントン、という小気味良い音がやみ、年季の入った包丁を持つ手を止めて、彼女はわたしに笑顔を向けた。

履歴書によれば二十代後半だから、シアンとわたしの中間あたりだ。ただし身長は、わたしより三十センチは高い。

そしてもうひとつの驚きは――英語が得意ではないらしいこと。それもかなりの程度で。

「はじめまして、アグダ」わたしはそういいながら、握手の手を差し出した。

彼女はスーパーモデルのような微笑を浮かべ、わたしを見下ろし、うなずいた。

「こんちは」彼女はそれだけいうと、口ごもった。つぎの言葉を考えているのだろう。そしてこうつづけた――「あなたはフランスで生まれた？」

「いいえ、アメリカ生まれよ」職場での最初の質問にしては一風変わっていると思いつつ、わたしは答えた。アグダという名前や、シニヨンにした自然な金髪から、彼女のほうはおそらくスウェーデン系だろう。

彼女がまた、たどたどしく話しはじめ、わたしはにっこりした。口調がとても軽快で、陽気なのだ。とはいえ、厨房のなかは暗いムードで、今後のコミュニケーションが心配ではあった。

「そして、わたしは教わりました。あなたはパリス。フランスのパリは英語でパリスです」

「あっ、そういうことね」要するに、ささいな発音間違いだ。わたしは自分の顔を指さし、ゆっくりと話した。「オリヴィア……オリー……パラス」彼女を励ますようにうなずく。「わたしの名前は、オリー・パラスよ」

彼女は困ったような顔をした。

「わたしはフランス人シェフのために働くと思いました」

「マルセルにもアシスタントが必要だわ。マルセルはペイストリー・シェフよ」

「いえ、いえ。ペイストリーではありません」首を横に振って強調する。「わたしは料理人です。ここでフランス人シェフのために働きます」

「フランス語は話せるの？」必要に応じてマルセルに通訳してもらえるかもしれない。

彼女はすまなそうに、「はい」といいながら、指を二本曲げた。「少しだけ《アン・プー》」

「これではっきりしたな」バッキーが厨房の向こう側からいった。「彼女に料理の腕があったところで、ぼくらはパントマイムで教えるしかないってことだ。こんなふうにね」大げさにボウルをかきまぜる真似をする。「ヘンリーがなぜ、最初に面接をするのかがよくわかったよ」

アグダの額に皺が寄った。バッキーの話が完全には理解できなくても、かきまぜる身振りから何かを感じとったのだろう。

「上はどういうつもりかな」彼はつづけた。「人手が足りないとわかったら、ここで働いた経験者をよこしてくれればいいんだよ。厨房は国連とは違うんだ」

「バッキー、それくらいにしておきましょう」

彼はわたしをにらんだものの、口を閉じて仕事にもどった。

「こっちに来て」わたしはアグダを連れて、バッキーからいちばん遠い側へ行った。といっても、この厨房は驚くほど狭い。ここでつくられる料理から、たいていの人は広々したスペースと最新の設備を想像する。正確を期すためにいえば、機器類の一部はたしかに最先端だけど、購入資金は税金なので、できるかぎり手元にあるものでまかなうのが不文律となっているのだ。

「あのニンジンを——」わたしは指さした。「切るのが終わったら、スープをつくってくれない？」レシピをひとつ取り出して渡す。

アグダの目が輝き、「読めます」と、誇らしげにいった。「レシピに……」言葉をさがす。

「従う方法はわかります」

「じゃあ頼むわね」わたしはそういうと、コンピュータのほうへ向かった。スタッフ会議の記録を残さなくてはいけない。するとアグダが「オリー」と声をかけてきた。彼女の〝オリー〟は〝油っぽい《オイリー》〟に聞こえる。

「オリーはここのアシスタントですね？」

　バッキーがいかにもうれしそうに声をあげて笑った。

「ううん、違うのよ」わたしは彼女のほうへもどりながら、ゆっくりとしゃべった。「わたしはエグゼクティブ・シェフなの」この台詞《せりふ》をいうと、いまでも背中がぶるっとする。わたしはまた自分の顔を指さし、ほほえんだ。「わたしはね、この厨房のボスなの」

「あなたが？　ボス？」彼女は笑った。といっても、嫌味な笑い方ではない。わたしの頭の上で片手を振り、声が一オクターブ上がった。「あなたはとても小さい。ボスには見えない」

　部屋の向こうで、バッキーが大笑いした。「彼女のことが気に入ったよ」


　それから十分もしないうちに、シークレット・サービスがひとり、厨房に現われた。

「オリー、ミーティングの時間だ」

　ソフトビスケットをつくる準備で、わたしの手も心も小麦粉とバターに浸りきっていた。

「何のミーティング？」

「緊急対応部隊《ERT》がイースト・ルームで部門長ミーティングを開く」

　バッキーとシアンがうめき声をもらし、マルセルはこのとき厨房にいなくて、アグダは何の話か理解できていない。

「いますぐ?」

彼は腕時計を指で叩いた。「急いで。早く行けば早くもどってこられる」

「でも――」

「わかってる、わかってるよ。ここに来るまで、さんざん聞かされた。やることが山積みだ、時間がない、だろ? 爆弾騒ぎで混乱したのは、十分にわかってるよ」上の階を指さす。

「これは義務だ」

わたしは急いで手を洗い、エプロンで拭き、きょうはこれで二度めになるノートとペンをつかみ、バッキーに頼んだ。

「できるだけ作業を進めておいて。きっとそんなに長くかからないわ」

「だといいけどね」

シアンはあきれた顔をし、アグダは笑顔で手にしたナイフを振った。

イースト・ルームはホワイトハウスでもっとも広い部屋で(二十四×十一メートル)、社交行事で使われることが多い。たとえばジョージ・W・ブッシュ大統領の時代には、ブラック・ミュージック・マンスを記念してカリーナ・パジアンがここで歌い、一九八〇年代にはロナルド・レーガン大統領の七十歳の誕生日パーティが開かれた。もっと堅めの行事、たとえば調印式や授賞式などにも使われるけど、全体としてはやはりパーティ・ルームの類だと思う。ちなみにホワイトハウスの設計者ジェイムズ・ホーバンは、この部屋を〝一般謁見室〟と呼んだらしい。

部屋の南の隅には、埃よけのクロスがかけられたグランドピアノ（脚が鷲の姿を模している）と椅子のコレクションがある。でもきょうはそのほかにも、壁の二面に折りたたみ式のテーブルが並べられていた。その上に何かが置かれ、やはり白布がかけられているけど、あの布はどう見ても、埃よけではなかった。その下にあるでこぼこしたものを、詮索好きの目から隠すためのような……。

わたしは末席の折りたたみ椅子にすわった。また今回もジーンの近くだ。

「調子はいかが？」挨拶がわり尋ねる。

「マニーとヴィンスがつかまらないんだよ」

わたしはどう反応していいかわからなかった。マニーもヴィンスも、ジーンの下で働く電気技師だ。

「ホワイトハウスにいないってこと？」

「それもわからない」息がコーヒーくさいのを感じるほど、ジーンはわたしに顔を近づけた。「カーリーはマップ・ルームの点検修理をふたりに任せたんだよ。そのカーリーが、きょうはもう帰ったし、若いのはふたりとも見つからないし」

ヴィンスはたしかに若いけど、マニーはそうでもなかった。といっても、ジーンから見れば、二十代も三十代もたいした違いはないだろう。

「カーリーは早退したの？　この時期に？」

ジーンは大きな頭を振った。「奥さんが救急車で運ばれてね、その病院へ行ったんだ。まったく、途方に暮れるよ」彼は大げさにいった。「あいつらがちゃんと仕事をしたかどうか確認しないとな。マップ・ルームの電源がいかれてるなら、ブルー・ルームとレッド・ルームも心配だ。どっちも上の階だが、場所的には近いからな」

ブルーとレッドの場所は職員ならみんな知っているけど、ジーンはこうやって話すことで少しでもストレス解消したいのだろう。あと数日でクリスマスツリーが飾られ、その部屋がブルー・ルームなのだ。そしてレッド・ルームには、お菓子の家〝ジンジャーブレッド・ハウス〟が飾られる。どちらも電飾が点灯しないなど論外だった。

そのとき、黒服の男性が三人、部屋に入ってきた。三人ともライフルを背負い、キャップを目深にかぶって険しい顔つき。そしてそのうしろに、迷彩服を着た男性が四人いる。彼らは一列で部屋の正面の真ん中あたりまでつかつか進むと、くるっと回転してこちらを向いた。わたしは自分も立ち上がり、敬礼でもしたほうがいいような気分になった。

「これはホワイトハウス職員に向けた、第一回教育セミナーである」演壇の上で、四十代くらいの長身の男性が話しはじめた。集まった職員を見まわし、両手で砂色の髪をかきあげ、講演台の両脇をつかむ。地声で十分響きわたるけど、それでもマイクに向かって話した。「わたしは主任特別捜査官のレナード・ギャヴィン。この会は、わたしが指揮をとることになった」口のなかで舌を回し、シャツの襟がきついのか、首を左右にかしげる。「今後、ホワイトハウス内では、ギャヴィン主任捜査官と呼んでくれたまえ」

わたしはほんとうに敬礼したくなった。

朗々とした声はつづく。「名札を配るので、出席者はそこに署名をしてほしい。わたしは皆の名前を覚えるよう努力する。やるべきことはたくさんあるが、まずは手引き書を配ろう。ニッカーソン！」

迷彩服の男性がひとり、冊子を配りはじめた。

ジーンが声を殺してつぶやいた。「途中で抜けられそうにないな」

「みたいね」わたしは冊子の束から一冊取って、残りをジーンに渡しながらささやいた。

「厨房も大きな行事をふたつ控えて――」

ギャヴィン主任捜査官がわたしのほうを向き、いらだったように訊いた。

「何か質問でも？」

わたしはびくっとして、「いいえ」と答える。

彼は講演台の横に出ると、不真面目な学生に訊くように、「きみの名前は？」といった。

さっきの声より、五十デシベルは大きい。

「オリー・パラスです」

「職位は？」

立ち上がって答える。「厨房のエグゼクティブ・シェフです」一時間のうちに二度もいうことになるなんて――といささか驚きつつ、この主任捜査官もアグダとおなじように、わたしのことを〝とても小さい〟と感じるのだろうと思った。

「こちらに来なさい」

何かいおうかと思ったけど、よすことにした。きょうは最悪の日かもしれない。うかつにも、授業中の私語で教師に目をつけられてしまった。よけいなことを口走って何度も失敗した経験からいうと、ここは黙って先生の指示に従い、小言を受け入れたほうがよいだろう。わたしは椅子の横へ出て、前へ進んだ。流れに逆らわずにいれば、よけいな時間をとられずにすむ。

演壇の階段を上がると、従順で協力的なふりをした。どうか、この努力が報われますように。

「では、料理人さん、そちらを見て」ギャヴィン主任捜査官は集まった職員たちに腕を振った。部門の長やアシスタントたちが、安全地帯の椅子からこちらをじっと見ている。

「はい」わたしはいわれたとおりにした。

うしろのほうで、ジーンがもぞもぞした。と、すぐに背筋をのばし、横を向く。誰かに名前を呼ばれたらしい。見ると入口にマニーがいて、手招きしていた。ジーンは大きなからだをもちあげ、部屋から出ていく。マニーがジーンを見つけてくれてほんとによかった、とわたしは思った。少なくともひとりは、やるべき仕事をこなせるのだから。

主任捜査官をふりむくと、重苦しい沈黙にとまどっているわたしの横で、彼は威厳たっぷりに、質問しかけたわたしを鋭い視線で制した。そしてまたちらっと聴衆に目を向けてから、わたしの顔を見る。

どうやら、何か気づくことはないか、といいたいらしい……。集まった人たちのどこかに、おかしなところがあるということ？　わたしはおちつかない気分で厨房に思いをはせた。バッキーはうまくやってくれているだろうか。アグダはレシピどおりにできるといったけど、英語でもほんとうに大丈夫？　わたしは身もだえしそうになった。

迷彩服と黒服の男たちが、壁ぎわの長テーブル二卓に置かれたものをいじっている。すでに白布ははぎとられ、そこには奇妙な道具がいくつもあった。ギャヴィンはおそらく本番の前説を担当し、わたしは聴衆から選ばれた不運なボランティアなのだろう、たぶん。

ああ、早く厨房にもどりたい。いますぐにでも。

唇を嚙む。と、最前列にピーター・エヴェレット・サージェント三世がいるのに気づいた。わたしを見て、意地悪げな笑みを浮かべている。この式事室の室長とわたしは、水と油の関係といってよかった。彼に向かってにっこりする。精一杯、やさしく穏やかに。

ようやくギャヴィンがわたしに訊いた。

「何が見えるかな？」

答えはすでに用意している——「わたしの同僚たちです」

「違うな」彼はおごそかにかぶりを振った。点取り問題にすら答えられないのかというように。

「違うのですか？」

「きみが見ているのは、安心と安全だ」

このささやかな解答が、みんなのあいだに染みこんでいくのを感じた。もしギャヴィンがほかの人をボランティアに選んでいたら、わたしは名札に名前を記入してすぐ、こっそりここから抜け出していただろう。でも現実にはここに立ち、逃げ出すことができない。

「きみは恵まれた環境で仕事をしている」彼はつづけた。「何の心配もなく、気楽にね」

あなたは百人を超えるゲストのためにディナーを用意したことがありますか？　と訊きたくなった。引き結んだ口もとと冷ややかな視線に、この人は仲間とさえ楽しく食事をしたことがないのかもしれない、とも思った。でももちろん、思っただけで口にはしない。

「ここにいる者たちの誰かが――」聞き手に顔を向ける。「殺人者になるかもしれない」首をまわし、またわたしを見る。「それは、もしかするときみかもしれない」

え？

「あの……そんなことはないと思います」

「いや、断定はできない。それは誰にもわからないんだよ。きょう、きみはただのコックでしかないが――」

ただのコック？　わたしはほっぺたの内側を噛んで気持ちを抑えた。

「あしたのことは誰にもわからない。ひょっとすると、あしたのきみは……」紅潮しはじめたわたしの顔の真ん前で、指をパチンと鳴らす。「もう一度訊こう。何が見えるかな？」

わたしは素直に答えた。「安心、安全です」

「そのとおり！」彼は伝道師さながら、笑顔で両手のこぶしを突きあげた。そして声をもっと大きくして訊く。「ここに殺人者になるかもしれない者がいるとしたら、それは誰だ？」

どう答えればよいかは、わかっていた。かつ、湧き上がる衝動を抑えなくてはいけないことも――。だけど、誘惑には勝てなかった。わたしはギャヴィンに負けないくらい大きな笑顔をつくり、彼の胸元を指さした。

「それはあなたです！」

爆笑の渦が巻きおこった。ギャヴィンはしかし、にこりともしない。

「ずいぶんユーモアのある女コックだな、きみは」

今度は女コック。

「ホワイトハウスの半分が目の前で吹き飛んだら、おもしろいと思うか？」爆笑が静寂に変わり、ギャヴィンは聴衆を見まわして尋ねた。「そんなことになって笑うのは、誰だ？」

わたしは演壇の階段のほうへあとずさると、「席にもどってもよいでしょうか？」と訊いた。

「いや、まだだ」ギャヴィンはますます強圧的になった。わたしの肘をつかんで引きもどす。「この講習が終わったとき、きみは――」聴衆に向かって、「きみたちは、相手を盲目的に信じてはいけないことを知るだろう。この意味はわかるな？」

わたしは全員がいっせいに答えるのを期待して、「わかりました！」といった。

ところが誰ひとり、声をあげない。

迷彩服の男性が、わたしに同情するように小さくほほえみながら壇上にあがってきて、何かの装置をギャヴィンに渡した。一見、大海を漂流したボトル・メッセージのような、ひどく汚れた瓶だ。ギャヴィンはそれを両手で持つと、祈りを捧げるかのごとく、たっぷり三十秒ほど黙って見下ろした。

お願い。わたしは心のなかでつぶやいた。時間がもったいないから早く進めてください。

聴衆からも不満の声がもれはじめ、ギャヴィンはうつむいたまま、視線だけ上げて彼らを見まわしながらいった。

「これが何かわかるか？」しばらく間をおく。「誰かわかる者は？」

沈黙。

「そう、誰もわからないだろう」唇を固く結び、持つ手に力をこめる。「いいかな、これはIED——すなわち手づくりの、即席の爆発装置だ」

全員が息をのみ、椅子ががたつく音がして、何人もが立ち上がった。わたしも思わずうしろにとびのく。

「すわりなさい」ギャヴィンは命令した。「爆発する可能性があるIEDを、ここに持ちこむわけがない」

みんながおもむろに椅子にすわりなおすと、彼は瓶に似た形の装置を頭上に掲げた。

「これは今朝、ウエスト・ウィングで発見されたIEDだ」

ウエスト・ウィング——。わたしがいたのは、まさにそこだった。

「IEDが発見された正確な場所について、現時点では公表しない。が、現在、ファースト・ファミリーは安全だ。ホワイトハウスにいる者すべてに、危険はまったくない。だから安心して、そこにすわっていればよい。じつはこれは、ＩＥＤに似せてつくられたものでしかないのだ」まるでがっかりしたように、顔をしかめる。「爆薬はいっさい入っていなかった。つまりこれは警告ということだ。偽のＩＥＤをホワイトハウスに置いた者は、わたしたちの警戒心を試そうとしたのだろう」

そろそろ席にもどってもいいわよね。わたしは階段のほうへ歩きかけた。

するとギャヴィンが、からだを半分こちらに向けて訊いた。

「これが意味するものは何だと思う？」

答えは明らかだ――「今後はいっそう危機意識をもたなくてはいけない、ということでしょうか」

ギャヴィンは〝正解〟にちょっと驚いた顔をしたけど、すぐに険しい表情にもどり、「そのとおり」といった。そして聴衆へ向き直り、声を大きくした。「この装置に爆薬がしかけられていたら、どうなっただろうか？」

部屋は静まりかえったままだ。

「ＩＥＤが引き起こす惨事については、考えたくもないだろう。が、きみたちのなかで、この種の爆発装置を見たことがある者はいるかな？」

誰も手を挙げなかった。

「もし誰かがホワイトハウスにＩＥＤを忍ばせ――」ギャヴィンはつづけた。「きみたちがそれを爆発物だと認識しなかったらどうなるだろう？　軍事訓権を受けた者が運よく見つけてくれなかったら？　なんだこれは、と思うだけで、気にも留めず通り過ぎてしまうのではないか？」

ギャヴィンは演壇を行ったり来たりしながら、身振り手振りをまじえて話している。そしてわたしは、内心むっとしていた。彼はホワイトハウスの職員のことをわかっていない。たしかに、ここにいる人たちはIEDを見たことがないのだろう。だけどホワイトハウスで働く以上、何事も軽視できないことくらい十二分にわかっているのだ。見慣れないものを不自然な場所で見つけたら、何はさておきシークレット・サービスに報告する。

ギャヴィンは迷彩服の部隊を指さした。彼らはテーブル脇に立ち、両手を背中で組んで、目はまっすぐ前方を見ている。白布がとりのぞかれたテーブルには、理科の実験で使うような物が並んでいた。

「きょうは、きみたちの訓練の初日だ」と、ギャヴィン。「あそこに無効化したIEDを展示してある。自分の目でしっかりと見て、記憶にとどめてほしい。どれもよく知られたタイプだが、テロリストはきょうもあしたも、日々、新しい型を考え出している。よって、油断は禁物だ。できるだけ時間をとって学んでほしい。きょうは終日、この部屋に展示しておく。そしてあす以降、今週いっぱいはファミリー・ダイニング・ルームに展示する予定だから、精一杯、自主訓練を積んでもらいたい」

この言葉をきっかけに、みんな椅子から腰を上げた。展示テーブルに向かう者もいれば、出口に向かう者もいる。

わたしはギャヴィンに、「木曜日は感謝祭です」と声をかけた。

彼はふりむき、わたしの目をじっと見る。

「だから？　テロリストに休みはない」

「それはわかっていますけど」わたしは冷静に答えた。「感謝祭の正餐の場所は――」この部屋の西側を指さす。「ファミリー・ダイニング・ルームに決まりました。なのでＩＥＤは展示しないでください」

「ここはホワイトハウスだぞ。正餐の場所はほかにいくらでもあるだろう」

「ファースト・レディのご要望で――」

わたしがいい終わらないうちに、総務部長補佐のブラッドリーがそばに来た。

「ここはわたしに任せて、オリー」彼はそういうとギャヴィンに顔を向け、首を横に振った。「残念だが、ファミリー・ダイニング・ルームでの展示は許可できない」

ありがたい救いの手だった。わたしは失礼しますといって、その場をあとにした。ギャヴィンの反論が聞こえる――危機管理は最優先だ、ロースト・ターキーよりはるかに重要だ。ギャヴィンには申し訳なかったけど、わたしはＩＥＤをざっと見ただけで、すぐに部屋を出た。

セントラル・ホールを厨房へ向かっていると、ぶつぶつ独り言をいいながら歩くジーンに会った。腰に工具ベルトを巻いて、手には大きな黒いドリルを持ち、エリプスをジョギングしてきたかのように、顔から汗がしたたり落ちている。黒いシャツも絞れそうなほど汗に濡れていた。

「大丈夫？」わたしは声をかけた。

「まだだめなんだよ」ジーンはマップ・ルームを指さした。「マニーの話だと、ヴィンスが修理のときによけいなものをいじったらしい。ヴィンスにいわせると、マニーがドジったからしいけどね。まったく、あいつら……。学んだ技術をどこに置き忘れてきたのかな。シリアルの箱の中にでも入れっぱなしか？」

怒り心頭らしいので、わたしは黙ってうなずくだけにした。

彼は左の部屋に向かってドリルを突き出した。

「カーリーはいないし、間抜けなふたりは行方不明だし、終わったはずの修理はまだ終わっていないし」

「ジーンひとりでやるしかないの？」

「ほかにできる人間がいるか？」首を振り、力なくほほえむ。「悪かったな。これじゃまるで八つ当たりだ」

「いいのよ、気にしないで。この時期はみんなストレスがたまるから」

「まあね。それに立ち話もきりあげないと、ますます仕事が遅れるな」ドリルを空に向ける。

「神さま、よろしく頼むよ。きのう済ませておくべき仕事がまだ十も残っている。しかも、ひどい機材でやるしかない」

「何か問題があるの？」

彼はエレベータの陰にある分電盤へ向かった。セントラル・ホールをはさんで、マップ・ルームと応接室の向かいあたりだ。「このドリルは問題なく使える。ただ、古くてね。万が一の、非常時のときしか使わないんだよ」罪深き部下たちに聞かせでもするように、声を大きくする。「非常時っていうのは、誰かが最新の工具を無断で持っていったまま、もとの場所にもどさず、それでもやらなきゃいけない仕事が発生したとき、という意味だ。わかるだろ?」

「厨房でもおなじよ。ただ、わたしのお気に入りのミキサーは年代ものだけど。たぶんアイゼンハワー大統領の時代から使われてるわ」にっこり笑う。「ともかく大きくて、とてもうるさいの。でもこれを使うと出来がいいから、いつでもすぐ手の届くところに置いておきたいわ」

ジーンは腕時計を見た。「ブラッドリーに呼び出しをくらわないうちに、仕上げたほうがいいな」

「終わったら厨房に顔を出さない? お試し料理が二種類あるから、味見してちょうだい」

ジーンは腕で額の汗を拭った。「それはいい。ぜひ寄らせてもらうよ」

厨房にもどると、バッキーとシアンから不在中の出来事の報告を受けた。アグダは問題なくスープを完成させ、いまはスパイシー・ペカンの準備中だ。

「彼女は仕事が早いわ」シアンは感心したようにいった。「前菜のペカンの材料をあっという間にそろえてくれたのよ。それでつぎの指示を出したら、早速とりかかったの」

「よかったわ。なんとかうまくいきそうね」

「ミーティングはどうだった？」

するとそのとき、いきなり照明が消え、すぐまた点灯した。そして直後、近くで雷がおちたような激しい音がとどろきわたった。

悲鳴が聞こえ、全員がその場に立ちすくむ。

からだが床に叩きつけられたような、重いどすんという音――。

「何かあったのかしら」シアンがつぶやいた。

わたしは音がしたほうへ駆け出した。「みんなはここにいて！」背後で目を見開いているスタッフに叫ぶ。何が起きたのかはわからない。でももし爆弾と関係があったら、仲間を危険にさらすわけにはいかなかった。

厨房のすぐ外がセントラル・ホールで、わたしは現場に一番に到着した人間になった。明かりがすべて消えて薄暗いけど、人が腕を大きく広げて倒れているのはわかる。

「ジーン！」わたしは駆け寄った。

ジーンは分電盤の扉のすぐ外にいた。手には何も持っていないけど、片方の手は真っ黒だ。焦げた皮膚のにおいが立ちのぼり、吐き気をもよおしそうになった。重い金属の脚立が倒れ、踏み台側が彼の右足に、脚部の先端は分電盤の扉の向こうに隠れている。ともかく足の上から金属の脚立をはずさなくては――。

「シアン！　バッキー！」わたしは叫んだ。「香辛料のラックを持ってきて。早く！」

頻繁に使う香辛料は、幅四十センチ、高さ十センチほどの木製ラックに置いてある。高電圧を気にせず使えそうなもので、すぐに思い浮かんだのはそれくらいだった。

返事はなく、わたしがもう一度声をはりあげると、ようやく叫び返してくるシアンの声が聞こえた。

洗濯係のベアッタが走ってきた。

「まあ、なんてこと！」彼女はしゃがんでジーンの顔に触れようとした。

「さわっちゃだめ！　ひどい感電かもしれないから」

そこへバッキーがラックを手に走ってきて、そのうしろにシアンがいた。彼女は香辛料の瓶を入れたボウルをかかえている――「これはいらないのよね？」

わたしは返事をせず、空のラックをつかんだ。

シアンはあとずさり、わたしは脚立の下にラックをつっこむと、ジーンの足から少しでも離そうと持ち上げてみた。でも、この場所からではうまくいかない。ラックが手からすべり落ちた。

「気をつけて」バッキーがいった。

わたしは手のひらの汗を拭い、もっと近づいて試すことにした。分電盤から危険を知らせる大きなブザー音がする。ジーンを襲った電気は、いまも流れているということだろう。わたしは左足を、彼のうつぶせのからだから十センチほどのところに置いた。これくらいの距離でないと、ラックを梃子《てこ》がわりにうまく使えない。

「懐中電灯を持ってきて！　それからお医者さまも呼んで！」

誰かが走っていく足音が聞こえた。

人がぞろぞろ集まってきて、シークレット・サービスも駆けつけて、彼らをその場から遠ざける。護衛官のひとりがわたしのそばへ来て替わろうとしたけど、わたしはジーンに近づきすぎていた。大柄なジーンでも、脚立に触れているのは足だけだ。女のわたしでもなんとかできる。護衛官はわたしが集中しているのを感じたのだろう、わたしが首を横に振るとあとずさった。

叫び声やわめき声のなか、わたしは脚立の踏み台の下にラックの下側を引っかけた。しゃがみこみ、両手を使ってゆっくりと脚立を上に押しやり……力を込めて、一気に斜めに振り上げる。

たぶん一分もかからなかっただろう。でもわたしには、何時間にも思えた。

「とりあえずこれで大丈夫かしら。よく見えないわ。明かりは？」

シークレット・サービスが懐中電灯を持ってきて、スイッチを入れた。

「もう危険はないよ」と、彼がいった。

わたしはジーンの横にひざまずき、彼の口と鼻に耳を寄せた。

「みなさん、静かにしてください」

あたりは徐々に静かになった。

聞こえてくる鼓動はわたし自身のものだけで——。わたしはあせって、心肺蘇生訓練を必死で思い出した。そしてもっと顔を近づける。ああ、神さま、お願い。温かい空気が頬に触れた。かすかにシューという音がする。

「生きてるわ！」

急いで上着を脱いでジーンにかける。集まった人たちのなかから、道をあけろ、という声が聞こえた。

人びとは左右に分かれ、ドクターを先頭にした医療班が小走りでやってきた。診療看護師のほかに助手がふたり、担架を持っている。

わたしはすぐ場所をあけ、医療班がジーンを囲んで応急処置にとりかかった。看護師が顔を上げ、「あとはわたしたちに任せてください」といった。

みんなゆっくりとあとずさっていく。焦げた皮膚のにおいが漂い、わたしはこれを一生忘れられないような気がした。シークレット・サービスが人払いをし、わたしもシアンとバッキーを厨房へもどした。

ホールから徐々に人がいなくなっていき、わたしはマニーがいるのに気づいた。彼の大きな顔は魚の腹のように灰色だ。

「何があったんだ？」彼が訊いても、誰も答えない。わたしは彼のもとへ行った。

「いままでどこにいたの？」

彼はごくっとつばを飲みこんだ。

「ヴィンスといっしょに外にいたよ」南のほうを指さす。「配線の仕事があったから」

「雨のなかで?」

「雨はやんだよ、一時間くらいまえに。だから外に出たんだ。午前中ずっと、やむのを待っていたから」背後では医療班が小声で話しながら、ジーンを運ぶ準備をしていた。マニーがまた訊いた。「ジーンはどうしたんだ?」

「事故にあったのよ」

マニーは豊かな髪に片手をつっこむと、しばらくそのまま動かさなかった。医療班は担架を持ち上げ、最終確認をしているようだ。マニーはショック状態寸前に見えた。

「ヴィンスはどこ?」

わたしは呆然としている彼を現実に引き戻そうと、あえて尋ねた。

ぴくりともしないジーンのからだを見つめたまま、マニーはかぶりを振るので精一杯だ。するとわたしの言葉が聞こえたかのように、ヴィンスがホールの角を曲がって現われ、いつものように軽い足どりでこちらにやってきた。面長の顔とがっしりした体格から、まるで動く彫刻のようだ。年齢はたしか二十八。そしていま、医療班を目にしたとたん、顔から笑みが消えた。

「すみません、道をあけてください」医療班のひとりがいい、彼らは南の出口に向かった。

「あれはジーン?」ヴィンスが訊いた。

わたしはうなずき、マニーは呆然としたままだ。

ヴィンスは担架の邪魔にならないようあとずさり、つまずきそうになった。

「ジーンは大丈夫なのか？」

わたしとおなじ疑問を、ヴィンスは口にした。

5

その日、夜の七時をまわったところで、総務部長補佐のブラッドリーが厨房にやってきた。わたしはアグダを帰宅させ、シアンとバッキーと三人で何とか遅れをとりもどそうとしているところだった。

ブラッドリーの姿を見てすぐ、わたしは「ジーンの具合はどう？」と尋ねた。

彼は返事をためらった。

その目には、悪い知らせを伝えるときの悲しみの色があり、返事を聞かなくても答えはわかったような気がした。

「ジーンは……」彼はかぶりを振った。「残念だよ」

わたしは持っていた包丁を置き、ステンレスのカウンターにもたれかかった。うなだれて、ぼんやりと床を見る。シアンが息をのんだような音がした。バッキーは近くのスツールにどしんと腰をおろしたようだ。

シアンが鼻をすすっているのがわかる。わたしは彼女の顔を見ることができなくて、ブラッドリーに対してだけ気持ちを向けようとした。

「原因は感電なの？」

「かなり重度だったらしい。即死でなかったのが不思議なくらいだと……」

さぞかし苦しかったことだろう。感電については何も知らないけど、その悲惨さは想像にあまりある。

長い沈黙がつづいた。でもこれだけは訊いておかなくては、と思った。

「ジーンの……感電と、偽の爆弾は何か関係があるのかしら？」

ブラッドリーは顔をゆがめ、しばらくたってから答えた。

「関係はなさそうだ。電気系統の徹底的な調査が必要で、すでにとりかかっている。シークレット・サービスは、どんな小さな可能性でも見落とすわけにいかないからね。だがいまのところは、恐ろしい偶然だろうと考えられる」

目の前の、さいの目に切ったきのこを見下ろす。わたしはこれで、何をつくろうとしていたのだろう——。いくら考えても思い出せなかった。そして、咳払いをした。

「知らせてくれてありがとう、ブラッドリー」

「今後については、またあらためて連絡するよ」

わたしはうなずいた。

「帰っていいわよ」ブラッドリーが去るとすぐ、わたしはバッキーとシアンにいった。

シアンの目は真っ赤だ。

「でも……」

「今夜はもう何も手につかないでしょう。後片づけはわたしがやるから。それで頭のなかも整理できるし。さあ、帰って。あした頑張りましょう」

このときばかりは、バッキーも反論しなかった。

ふたりが帰り、わたしは静まりかえった厨房でひとり立ったまま、ジーンの最期の数分について考えた。もっと早く駆けつけられなかったか？ それで結果は違っただろうか？ さまざまなことが断片的に、ばらばらで無目的に、頭の中を駆けめぐった。洗濯係のベアッタのヘアネットから耳が出ていたことに、どうして気づいたのだろう？ ジーンのドリルが落ちて床の大理石にひびが入ったことが、どうして重要なのだろう？ シアンが持っていたボウルの中で、お塩の瓶がいちばん上だったことに、どうして気がついたのだろう……。そんな小さなことに、どうでもいいことに気づくより、ジーンのためにもっと何かできたのではない？

目をつむり、指で目頭を押さえる。こんなことをしても、ジーンの倒れた姿が記憶から消えることはないのに。でももっと強く押したら目が覚めて、この恐ろしい結末は夢でしかなかったとわかるにちがいない。きっと、そうだ——。

「オリー？」

ぎくっとして、目をあけた。押さえつけていたせいで、視界がはっきりしない。それでもすぐに誰かわかった。

「キャンベル夫人……」気持ちをたてなおそうとする。「いかがなさいました？」

夫人はステンレスのカウンターのほうへ来た。

「調子はどう？」

答えようとしたけど言葉が出てこない。わたしは唇を嚙んだ。

夫人はわたしの横に来て、温かい手でわたしの手を包みこむ。

「あなたに会いに来たの。理由はね……」

ファースト・レディがいいよどむのは珍しかった。彼女は目をそらした。

そしてまたわたしの顔を見たとき、その目はうるんでいた。小さく何度か深呼吸してから話しはじめる。

「理由はね、あなたに話したいことがあったから。ごくひと握りの人しか知らないことよ」

大きな深呼吸は、勇気を奮い起こしているようにも見えた。「ずいぶん昔、わたしがまだ十代だったころ、友人が溺れて亡くなったの。わたしたちは五メートルくらいしか離れていなかったわ。そうなの、たかだか五メートルよ。場所は公共のプールで、監視員もいたわ。そしてドナは泳ぎが上手だった。だけどわたしがさがしたとき、彼女はそこにいなかった」苦しそうに大きく息を吸いこむ。「ドナはプールの底にいたの。そして……」顔をゆがめ、感情を払いのけるように天井を仰ぐ。「彼女を引き上げたときは、すでに手遅れだったの」

わたしは何もいえなかった。

夫人はひきつったような笑みをうかべた。「まわりの人たちはね、わたしのせいじゃないっていうのよ。でも、そんなのは嘘だと思った。わたしは十七歳で、ちゃんとわかっていたの、わたしさえもっと注意を払っていたら、ドナは死なずにすんだって……。わたしのせいなのよ」

そんなことはありません、というのが礼儀なのかもしれない。でも、それをいってはいけないような気がした。

「それからずっと、罪の意識をぬぐえなかったわ」ため息をつく。「何年も、何年もね。あの日の午後、ドナが心臓発作を起こしていたことを知ったのは、ずいぶん後になってからだったわ……。プールでなくても、ベッドで死んでいたかもしれないの」息をのみ、疲れたように首をすくめる。「彼女の両親は、そのことを教えてくれなかったのね。なぜなら、わたしが自分を責めていることを知らなかったから。両親は両親で、自分たちを責めていたのよ。事前になんとかできたんじゃないか、死をくい止めることができたんじゃないかって……」頭を振る。「こんな話をするのは、ジーンのところに駆けつけた最初の人はあなただと聞いたから。そしてきっと自分を責めているにちがいないと思ったから」握った手に力をこめる。「おなじ思いをした人間のいうことを信じてちょうだい。人が天に召されるとき、わたしたちにできることは何もないの。それを伝えたくて、わたしはここに来たの」

喉がひりひりした。でも、なんとかこれだけはいった――「ありがとうございます」

考えこみながら、ようやくわが家の前までたどりついた。キャンベル夫人の話は深く心に沁みたものの、それでもなお、ジーンはまだ天に召されるときではなかったように思えて仕方がなかった。膝が回復し、ホワイトハウスのクリスマスのイルミネーションに意欲を燃やしていたジーンは、日ごろから、安全性に関してはとりわけ慎重だった。その彼があんなことになるなんて、何かがおかしいとしか思えない。キャンベル夫人やショーンといっしょにシェルターにいたのがきょう、この日だったというのも信じられない気がした。あれからもう何週間もたったような気がする。

フロント・ロビーにはジェイムズがいた。アパートのオーナーは、デスクとスクリーンの前にすわらせるために彼を雇ったわけではないけれど、賃料を減額することで、双方が暗黙の了解をしている。ジェイムズは固定収入を得られるだけでなく、ミリーが亡くなったあとの部屋の空虚さを埋めるうえでも、この仕事を楽しんでやっているようだった。そしてオーナーも、ジェイムズが警備員のようにフロントにいてくれるのをありがたがっている。

ジェイムズは細身のからだからは想像できない野太い声で、明るくいった。

「お帰り、オリー！　大統領の調子はいかがかな？」

わたしはお決まりの答えをいう。「絶好調よ。ジェイムズによろしくって」

彼はいつもの軽いジョークに笑った。

「ご帰宅が遅いということは、感謝祭の準備で忙しかったのかな？」

ジェイムズはホワイトハウスのちょっとした話を聞くのが好きだった。もちろん、インターネットや新聞で報道される程度のことしかわたしには話せないけど、彼はそれをスクープのように楽しんで聞いた。わたしは返事をしかけ、ふっとある考えが浮かんだ。

「スタンリーはいる?」

「ちょっとまえ、上に行くのを見たよ。何かあったかい? 部屋の電気に問題でも?」

わたしはかぶりを振った。

「ううん、少し訊いてみたいことがあったの」そういってすぐ、ジーンの死はあすの早朝のニュースで報道されるだろうと思い、はっきり話すことにした。「きょう、ホワイトハウスで事故があって、スタンリーに少し教えてもらおうかなと思っただけ」

「電気事故かい?」

「そうなの。でも、勤務が終わったのなら……」小さなため息がもれた。スタンリーもアパートのオーナーにとってはジェイムズ同様にありがたい存在だった。彼は少額の固定給と賃料免除の条件で、建物のメンテナンスを請け負っているのだ。わたしも引退したら、オーナーの厚意にすがれないかな、と思うことがある。ここにレストランを開いて、賃料を免除してもらうのだ。「あした訊いてみるわ」

でもジェイムズはすでに受話器をとりあげていた。いささか興奮した調子で、「国家の安全にかかわるかもしれないからね」という。

「あら、そこまでのことじゃないわ」

スタンリーが電話に出たらしく、ジェイムズはわたしに黙っているよう手を上げた。

「フロントにオリーがいるんだが」受話器に向かい、いかにも重要なことのように厳かにいった。「電気関係のことでおまえに訊きたいことがあるらしい。彼女の……」ちょっとためらい、言葉を選ぶ。「彼女の……勤め先で事故があったらしくてね。どうだい？」

彼は電話を切った。「すぐにここへ来るよ」

「そこまでしてくれなくてもよかったのに」

ジェイムズは声をおとした。「何があったんだい？　ここで話せることかい？」

「あしたになったら、もっと詳しくわかると思うわ」その先を話そうにも、胃がしめつけられて言葉が出てこない。ジーンが亡くなったの、とはいいたくなかった。ましてや、ジェイムズは彼のことを知らない。午後の悲劇はたんなるニュースやゴシップとしてしか受けとめられないだろう。

ジェイムズの目は好奇心できらきらしている。「ニュースになるほどのことなのか？」

その点に疑問の余地はないし、すでにネットでは流れているだろう。

「電気技師長が……きょう亡くなったの」

ジェイムズは目をまんまるにした。「感電死かい？」

「おそらくね。検視の結果が出るまでは断定できないけど」

「感電死とは、なんともいたましいな」

わたしは目をそらした。「そうなの」

「オリーはその場にいなかった？」

エレベータが到着してチンと鳴り、わたしはジェイムズの問いに答えずにすんだ。彼が父親のように心配してくれるのがわかる。そして椅子から立ち上がると、わたしの背中をやさしく叩いた。慰めはうれしいと思う。でも、心が少しでもやすらぐためには、疑問に対する答えがほしかった。そんな答えは得られないかもしれないけど、電気に詳しい人に訊くだけは訊いてみたい……。

スタンリーはいちばん奥のエレベータから降りてきた。なかば白くなった髪は片側がくしゃくしゃで、顔には筋がつき、パジャマの上がジーンズのウエストにたくしこまれている。そして靴ではなくスリッパだった。

「何があったんだ？」わたしとジェイムズを心配そうに交互に見る。「緊急事態でも？」早口で、少しろれつが回らない。たぶん寝ているところを起こされたのだろう。

彼はこちらのデスクに向かい、わたしは彼のほうに歩いていった。

「とくに緊急事態じゃないの」彼の腕に手をのせる。「ちょっと教えてほしいことがあったんだけど、起こしてしまったみたいでごめんなさいね。あしたでもいいから」

「オリーのためなら駆けつけると思って電話したんだよ」ジェイムズもこちらに来ながらいった。

スタンリーは二度、まばたきをした。

「うん、かまわないよ。ともかく事情を説明してくれ」

ずいぶん大げさになってしまったけど、ジェイムズをデスクに、スタンリーをベッドにもどすことはもうできないだろう。ふたりともわたしの話を待っている。ここにはわたしたち以外には誰もいないし、エレベータも動く気配はなかった。

では、知りたいことを尋ねてみよう。そのためには事情を説明するしかないから、わたしは意を決し、エレベータの分電盤の外で倒れているジーンを見つけたこと、その後、彼の死亡を知らされたことを話した。男性ふたりは、話が終わっても沈黙したままで、何もいわない。

わたしはスタンリーの目を見て、疑問に感じていることをいった。

「感電を防止する安全装置はないのかしら？　ジーンは電線をいじっていたわけじゃないわ。ホワイトハウスの中にいたのよ。それもレジデンスに。感電するなんておかしくないかしら？」

わたしたち三人は入口のデスクに向かってゆっくりもどり、スタンリーは腰をデスクに当ててよりかかった。白髪まじりの顎ひげを掻く。

「まあ、ね」彼は考えこみながらいった。「感電死は、現実に起こりうるんだよ。最近では珍しいが、それでも……」また顎を掻き、天井を仰ぐ。「その人はどんな作業をしていたんだ？」

「具体的なことはわからないけど、電気がつかない部屋があったから、ドリルで何かしてたんだと思うの」

「すまない、もう一回ゆっくり話してくれ」

電話が鳴り、ジェイムズはそちらに対応した。スタンリーを起こしてしまったわたしは、時間を無駄にはできないと思い、ジェイムズがその場にいなくても話しつづけることにした。

ジーンを床で見つけてから後のことを具体的に語っていく。

「少しまえにもどるが」と、スタンリー。「彼は部屋の電力を復旧させていたと、なぜわかったんだ?」

「彼とそんな話をしたから。そのあと、修理を始めるまえにも聞いたわ。愚痴っていたのよ、とっくに修理済みのはずだった、いつもの道具が使えないって」

「それで結局、何を使っていた?」

わたしは見たものを伝えた——工具ベルト、古いドリル、脚立。

スタンリーは眉間に皺を寄せ、わたしはつづけた。

「いつもは明るいジーンが、きょうはとても不機嫌だった。でも仕事で問題があれば、それも仕方がないと思ったわ」

スタンリーは今度は指先で唇をこすりながらいった。

「それはどんなドリルだった?」

「古いものよ、塗装がはげたところは光っていて」

「光っていた?」彼はくりかえした。「絶縁処理されていないドリルってことか?」

そこまでは、わたしにはわからない。

「彼はドリルで何に穴をあけようとしていた?」スタンリーはとまどっているらしい。「事故が起きたとき、どこに立っていた? 詳しく説明してくれ」

くやしいことに、詳細はわからなかった。あのときの状況をできるかぎり再現しても、たいした情報にはならない。

スタンリーは口に手を当てたまま、うつむいて黙りこくった。それもずいぶん長い時間で、わたしは心配になった。電話を終えたジェイムズがやってきて、たぶん彼もおなじ感想をもったのだろう、顔をのぞきこむようにして「スタンリー?」と声をかけた。「何か思いついたかい?」

スタンリーは顔を上げ、わたしの目を見ていった。

「経験のある技師なら、何が危険かは承知しているよ。絶縁が不完全なドリルを、電気が通っているものに使ったりはしない。この意味はわかるかい?」

わたしはうなずいた。

「彼は濡れていた?　汗をかいていたかな?」

「ええ、ずいぶん汗をかいていたわ」

「これだけはいえる。電気技師なら、わきまえていたはずだ。そりゃあね、多少危ないことだってやらなくはないよ、てっとり早く済ませたくてね。ジーンという人のことはまったく知らないが、もし熟練者なら——」

「彼は熟練よ」

「それなら、自分が何をしているかはちゃんとわかっていたはずだ。しかも長年ホワイトハウスで仕事をしていれば、隅々まで把握していただろう。そんなドリルで作業をするとは思えないよ。ただし……」

スタンリーは視線をおとし、また顎を掻いた。

「ただし？」

彼はふうっと息を吐いた。「きょうはひどい雨が降ったよな」

ジェイムズとわたしはうなずいた。

「オリー、悪いがもう少し考えさせてくれ。あらためて連絡するよ」

6

あくる日の朝、大きな棺がホワイトハウスに納められた。わたしはファルファッレ用にホワイト・チェダーを削りながら悲しみを振り払おうとしたけど、うまくいかなかった。あしたが祝日だなんて、とうてい思えない。いつもなら、シアンとバッキーと三人で和気あいあいと感謝祭の料理について意見をいいあうのだけど、きょうはそれもなく、冗談も、雑談もいっさいなかった。会話は短く、厨房に必要品を届けたり取りにきたりする職員たちも無口だ。アグダはもちろん、そこまでのことはなく、ひたすらロールパンの生地をこねている。それでも厨房を包みこむ悲しみは感じるのだろう、顔を上げるたび、同情に満ちた目でわたしたちを見た。

「きょう、SBAシェフがもうひとり来るわよ」わたしはみんなに告げた。

バッキーはコンロの上の鍋にロースト・ポークの切り身を加えていた。タマルをつくるときはいつも、フィリングは前日に用意しておくのだ。彼はわたしをふりむいた。

「今回は面談したのかい？」ちらっとアグダを見る。

「しなかったわよ。だって、レイフだもの」

「レイフ！」シアンがうれしそうにいった。この厨房できょう初めて聞く明るい声だ。「文句なしね。彼はソースの天才よ」

「ふん」これはバッキーなりの同意の表現だ。彼は鍋に水を入れ、火を中火にした。しばらくすると、ポークの良い香りが漂ってくるだろう。バッキーはわたしに背を向けたまま、「ヘンリーにはジーンのことを話したか？」と訊いた。

「ゆうべ、帰るまえにここから電話をしたわ。お通夜には行きますって」

「彼ならそういうだろうな」バッキーはつねにぶっきらぼうで、何かにつけて我を通したがるけど、根はやさしい人だった。いまは下ごしらえをしながら、肩と腕がせわしなく動き、何か独り言をいっているようだ。小さく上下する頭は、後頭部に髪が薄くなったところがあり、地肌のそばかすがのぞく。急に傷つきやい、か弱い人になってしまったかに見えた。首をすくめ、彼は誰にともなくいった――「まったく、たまんないよ」

わたしもそう思った。ヘンリーとの会話がよみがえる。彼はジーンの突然の訃報にショックを受け、ひどく悲しみ、その後の言葉にわたしの胸はいっぱいになった。『これまでにも悲惨な事故はあるが、これほどのことはなかった。こんなにホワイトハウスの友人たちを見送ったことはあるが、これほどのことはなかった。こんなに悲惨な事故は一度もなかったよ。オリー、踏んばるんだぞ。わたしだったら、頭のなかが真っ白で何も手につかないだろう』

そんなことはない、と思った。ヘンリーなら、何があっても切り抜けることができるだろう。乗り越える術《すべ》を、懸命に見つけ出そうとするはずだ。

わたしはチェダーチーズを削る手を止め、厨房を見まわした。アグダは作業場の端で、小さくハミングしながら生地をこねている。シアンは膝の上に料理のテキストを置いてコンピュータの画面をにらみ、バッキーは変わらず淡々と仕事をこなしていた。

わたしはひとつ咳払いをしてからいった。

「レイフが来るまえに、みんなで話し合ったほうがいいわね」

「慰め合うのか？」と、バッキー。「カウンターを囲んで手を握り、霊歌でも歌いましょうって？」ぷっと息を吐く。「ここは厨房だよ、悲しみ支援《グリーフ・サポート》の団体じゃない」

シアンはびっくりして彼を見た。アグダも（意味を理解できたかどうかはさておき）とまどった顔をする。

でもわたしにはわかっていた。そんな皮肉をいうのは、彼が自分の悲しみをまわりに知られたくないからだ。ヘンリーがここにいたら、男同士の無言の理解で、バッキーの背中をやさしく叩いていただろう。そしてそれが立ち直りの一歩となったかもしれない……。わたしにはわからない。わかっているのは、自分がヘンリーではないということだけだ。いまここで、わたしはわたしにできる精一杯のことをするしかなかった。

「慰めではなく、確かめ合ったほうがいいと思ったの」手を拭いて、バッキーのほうへ行く。シアンもそうして、バッキーは突撃されるかのようにあとずさりした。

「ジーンは自分が好きな場所で亡くなったの」わたしはつづけた。「彼は自分の家より、ホワイトハウスを愛していた。とくに奥さんを亡くしてからはね。彼にとって、ホワイトハウスは生きがいだった」シアンはうつむき、バッキーは唇をひくつかせて目をそらした。「膝の手術をしたばかりで、ふつうならもっと休んでいるわ。でもジーンは、自分がクリスマスの準備をするんだって、すぐにホワイトハウスに帰ってきた」

シアンはうなずいた。バッキーの口もとが震える。

「そして彼はあのとき、ホワイトハウスにいたの。愛してやまない仕事をしていたの」

バッキーは腕を組み、ようやくわたしと目を合わせた。

「ぼくは彼が不注意だったとは思わない」

「ええ、わたしも思わない」

「だけど彼らはそういってる」

「彼らって?」

そのとき、ギャヴィン主任捜査官が現われた。厨房に入るとすぐ立ち止まり、両手をうしろで組んでわたしたちを見まわす。

「おはよう」

わたしがスタッフを紹介しようとしたら、彼は人差し指を立て、反対側の手に持っていた革のフォルダーを振った。

「そのまま――」アグダのほうへ行き、彼女の作業に感心したようにほほえむ。「わたしにかまわず仕事をつづけてくれ」

はい、そういうことなら。わたしはバッキーに向きなおり、あらためて訊いた。

「ジーンは不注意だったって、誰がいってるの？」

バッキーは射るような視線をギャヴィンに向けた。

「あの人の仲間さ」

ここはいったん終了としよう。わたしはシアンとバッキーに仕事にもどるようい い、自分もチーズを削った。手のなかにはチーズ、頭のなかにはギャヴィン。

アグダは横に立っているギャヴィンにためらいがちにほほえんだ。彼も笑顔を返す。ふたりはこれを何度かやった。アグダは彼の職務を知らないし、スーツ姿の男性がなぜ厨房にいるのかも見当がつかないだろう。居心地悪そうに、彼女は少し脇にずれた。ふたりの身長はおなじくらいで、彼女がギャヴィンの顔を見るたび、彼はこっくりとうなずく。それにしても、ギャヴィンはいったい何をしに来たのだろう？　まさか新しいアシスタント・シェフをデートに誘いたいわけでもないだろうに。

わたしは彼に話しかけようとした。と、彼のほうが先に口を開いた。

「いい香りがするね。何をつくっているのかな？」

アグダは笑顔でうなずき、生地をこねつづける。

フォルダーを持つギャヴィンの手に力がこもった。生地を指さし、「それは何かな？」と重ねて訊く。「とてもおいしそうだ」

アグダのほうは生地をこねる手に力がこもり、まえよりもっと大きくうなずいた。頰がピンクに染まって、眉がつりあがる。

バッキーが大きな声をあげた。

「彼女はスウェーデン人なんですよ。英語がいまひとつわからない。集中しているときはとくにね」

「スウェーデン？」と、ギャヴィン。「わたしは去年、ヨーテボリに行ったよ」

「ヨーテボリ！」アグダの顔が輝いた。彼女はいきなりスウェーデン語で、興奮ぎみに何やら話しはじめた。

「すまない……」ギャヴィンはあとずさり、わたしに訊いた。「彼女は英語がまったくわからないのか？」

「まったくではありません」バッキーとわたしが同時に答えた。

ギャヴィンはとまどっている。「それでどうしてここに――」

そろそろ切り上げたいと思った。きのうの講習の件でもわだかまりがあったし、ともかく厨房はわたしのテリトリーだ。ここに爆弾があるのをかぎつけた、というのでないかぎり、早く出ていってほしい。

「何かご入用のものでもあるのでしょうか？」

アグダはスウェーデン語の話し相手がいないとわかると肩をおとし、また黙々と生地をこねはじめた。

ギャヴィンは唇をなめてからいった。

「きみの部署は、きょうの講習に出てこなかったからね、いったいどうなっているのかと思って来てみたんだよ」親指でアグダを指す。「彼女の扱いはどうしたらいいかな。コミュニケーションがとれなかったら、セキュリティ上の障害になるとは考えなかったのか？」

「わたしの仕事は、大統領とご家族、そしてお客さまに喜んでいただける料理をお出しすることです。セキュリティはあなたのお仕事ではありませんか？」

彼は一拍おいてから、きびきびした調子でいった。

「きみはよくわかっているようだ。それならわたしもやりやすい」顎を上げ、わたしたちを見まわす。「厨房の仕事に支障をきたさないよう、ひとりずつ出席してもらおうか。四人いるなら――」

「七人です」

どうやら彼は、話をさえぎられるのが嫌らしい。でもわたしはかまわずつづけた。

「いまちょっと出ていますが、ほかにペイストリー・シェフと彼のアシスタントがいます。それからきょう、もうひとり加わりますが、彼とこのアグダは――」彼女のほうに手を振る。「SBAシェフなので、短期契約です。ふたりを数に入れるべきかどうかはわたしにはわかりませんが……どうなのでしょう？」

「勤務期間はどれくらいだ？」

「厨房が彼らを必要とする限り、です。あしたは感謝祭で、金曜日はファースト・レディ主催の昼食会、来週にはふたつほど行事がありますから、最低でも来週の木曜までは来てもらうことになるでしょう。予定が変更されれば、もっと長くなるかもしれません」

ギャヴィンは首を振った。「ではふたりとも、講習に参加してもらう必要はないだろう。正規職員のみ、参加するように。これがスケジュールだ」フォルダーから書類を一枚とりだし、汚れひとつないぴかぴかのカウンターをさっと拭いてから置いた。「職員は全員、A、B、Cの三つの講習に参加する。開始は本日の午後で、週末に完了だ」

「今週末ですか？」

そうだよ、というようにギャヴィンは両手を広げた。

「何か問題でもあるのかな？」

わたしは不満をいいたいのをこらえ、「いいえ、ありません」とだけいった。そして心のなかで、厨房のスタッフは土曜までは参加させないと決める。もちろんマルセルには相談するけど、彼もおなじ意見だろう。ただでさえ予定より遅れているのだ。これから二日間は目がまわるほどの忙しさになるはずで、スタッフに講習を受けさせる余裕などない。

「講習会の時間はどれくらいですか？」

「参加者によるだろう。一時間で終了する場合もあれば、三時間になることもある。参加者の理解が早ければ、進行も早い」そして指を一本立てる。「こちらはもっとも遅い者に合わせるしかないからね、それが男であれ……女であれ」面白い冗談をいったつもりなのか、にっこり笑う。

わたしはスケジュール表を手に取ってながめてから、コンピュータ脇に山と積まれた重要書類の上にのせた。

「わかりました。ご足労いただき、ありがとうございます」

彼は襟を引っぱった。実質的に〝帰れ〟といわれたことに面食らったらしい。それでも気を取り直し、大きくうなずく。

「以上！」ギャヴィンはそういって立ち去った。


わたしは用事があって装花部《フラワー・ショップ》に向かい、ボウリング場の前でホールを横切ると、西側の工匠部《カーペンター・ショップ》のほうからカーリーがやってきた。そのうしろにはマニーがいる。ふたりとも作業用のシャツとパンツ姿で、シャツの袖はまくりあげていた。マニーはわたしより二、三歳しか年上ではないのに、この二日ほどで急に老けたように思える。わたしに気づいて小声で挨拶し、わたしはカーリーに声をかけた。

「奥さんの具合はどう？」

彼は目を細めた。

「どうして知ってるんだ？」

「ジーンから……」といいかけて、口ごもった。きのうの惨事がよみがえる。「ジーンから、あなたは病院に呼ばれたと聞いたから。具合はどうなの？」カーリーの奥さんには二度ほど会ったことがある。とても感じのよい人で、小柄で黒髪、そして無口だ。口数が少ないのは外国生まれということと、口調の荒いカーリーと結婚したからかもしれない。

カーリーはしかめ面になった。「まだまだたいへんだよ」

「つらいわね」それ以外の言葉は思い浮かばなかった。

「ああ、そのとおりだ」

彼が〝カーリー〟つまり〝巻き毛〟と呼ばれる所以《ゆえん》をわたしは知らない。実際の彼はほとんど禿頭で、左耳から頭頂部までJの形をした長い傷跡があった。ジーンが亡くなったいま、電気部門の長は実質的にこのカーリーだ。すると背後のマニーが小声で彼に、自分は上階のブルー・ルームに行くと告げた。そしてカーリーも歩きはじめたけど、わたしは彼の腕に手をのせ、引きとめた。シャツをまくりあげていた素肌に触れられ、彼は火傷でもしたかのようにびくっと身を引いた。

「何だ？」

「きのう、ほんとうは何があったの？　つまり、その……ジーンは注意深い人だったでしょ？」

彼は横目でじろっとわたしを見た。「なんでおれに訊くんだ？」

「あなたならわかると思って。誰よりもジーンをよく知っているから」

眉間に刻みこまれた皺がさらに深くなり、彼は不機嫌そうにかぶりを振った。

「どうしてみんなおれに訊くのかな。おれはジーンといっしょにいなかった。その場にいなかったんだよ。いたのはおれじゃなく、あんただろ？」

わたしはまた罪悪感に襲われ、思わずこういった。

「もっと何かしたほうがよかったのよね？　わたしがそれをしていたら、彼は死なずにすんだかもしれない」

しかめ面が、ほんの少し揺れた。わたしの気持ちを察してくれたか、あるいは逆に、頭のおかしな女だと思ったか――。

「いいかい、みんなにいっていることを、あんたにもいおう。あの横柄な男たちにいったのとおなじことをね。まったく、あいつら何者なんだ……。シークレット・サービスか？　それとも陸軍か？」

わたしは首を横に振った。「よくわからないわ」

「まあ、どうだっていいが」ズボンの後ろポケットからチェック柄のハンカチを引っぱりだすと、頭の傷跡を拭った。「ジーンは電気が流れているものに触れた、それは確実だ。いまおれは、具体的に何が起きたのかを調べている最中で、それがきょうの仕事なんだよ。ほかにも百万種類の仕事を抱えているけどね」タバコでも取るようにシャツのポケットをつかむ。でもポケットは空だった。そしてまた、しかめ面。「ジーンは大柄だった。おれの想像じゃ、電気を感じたとき、何か金属製のものにもたれかかったんだよ。慎重な人間だったから、それくらいじゃたいしたことはないとわかっていたはずだ。だがジーンは、古いドリルを使っていた。しかも汗かきだった。いろんなことが重なって、結果的にジーンは不注意だった、ということなんだろう」

「ほんとうにそう思っているの？」

わたしの言い方が不愉快だったらしく、彼は「はいそうですよ、お嬢さん」といった。

「あんたは訊きたいことを訊いた。おれはそれに答えた。あとは料理のことだけ心配して、おれに仕事をさせてくれよ。そのために給料をもらってるんだから」

7

厨房にもどると、レイフが来ていた。そして、もうひとり――。わたしの足が止まった。

「ショーン……。びっくりしました。どうしてここに？」

ショーンは薄い灰色のシャツを着て、濃い灰色のパンツの上には白いエプロンをつけていた。そして中央のカウンターで、赤ピーマンをスライスしていたのだ。

「やあ、きみがいつもどるのかわからなかったから、ほら、こうして仕事を与えてもらった」

シアンが右肩をぴくっと上げた。

「何かさせてほしいっていわれたから」にやりとする。「これならオリーも気にしないと思って」

セキュリティしか頭にないギャヴィンがこれを見たらなんと思うだろう？　でもショーンは、あしたの感謝祭の正餐よりもっと重要な用件があって来たにちがいない。大統領の甥すら信用できなかったら、どうするの？

「やあ、オリー、元気だったかい？」レイフが声をかけてきた。

わたしは彼に手を振る。「ようこそ、ホワイトハウスの厨房へ」

ふたりに向けていったつもりだけど、ともかくショーンの用件を知りたくて彼に尋ねた。

「何かあったんでしょうか？」

彼は目も上げず、真剣な顔で赤ピーマンをゆっくり丁寧にスライスしている。ほっぺたがピーマンとおなじように赤く染まっていた。

「エレインおばさんと例の件で話し合ったんだよ。ほら、きのうシェルターで話題になった財務上の問題さ」

彼は具体的にはいわなかった。でも彼のうしろで、バッキーが眉をぴくりと上げた。〝シェルターでファースト・レディとくつろぐ〟以上だったのか、といいたげな目でわたしを見る。

わたしは気づかないふりをした。

「エレインおばさんは話の途中で呼び出されて――」ショーンはつづけた。「一時間ほどもどれないっていうから、ちょっと時間をもてあましてね」

でも厨房のほうは、時間に追われている。

「ここにいても、つまらないでしょう？」どうか〝手伝ってほしい〟とは聞こえませんように。たとえどんなに忙しくても、アマチュアの手まで借りようとは思わない。右も左もわからない人がいれば、かえって足手まといになるだけだ。

「そんなことはないよ」ショーンはピーマンを切りつづける。「もうすぐ終わるから、ほかにやることがあればいってくれ」

どうしたらいいだろう？　エグゼクティブ・シェフになって実感したことのひとつが、以前ほどみずから調理しなくなったということだった。もちろん食事の準備にかかわりはするけど、第一の務めは大統領一家の日々の献立とホワイトハウスで催されるイベントの献立を考えることなのだ。そしてこれ以外に管理業務もたくさんある。中小企業の役員みたいなので、スタッフ一人ひとりの休暇や病欠の管理に加え、購入品について承認し、会議に参加し、他の部署と協力し、そして部下を、プロのシェフとして成長させなくてはならない。こういった仕事に予想以上に時間をとられ、ようやく理解できるようになった――なぜヘンリーは毎日朝早く出勤し、夜遅くまで残っていたのか。彼の引退後、おなじことをわたしもやっている。

厨房をうまく機能させるには、人に任せる術を身につけなくてはいけない。この際だから、ショーンにも何か手伝ってもらおうか……。ただし心ならずも、渋々、といった態度にならないよう気をつけなくては。〝人手〟であることに変わりはないのだから（と自分にいいきかせる）。ビッグイベントが控え、キャンベル夫人の顔をつぶさないよう期限に間に合わせるには柔軟に対応すべし、ということだ。

「シアン、エビの殻むきはすんだ？」

わたしをふりむいた彼女の目は、笑っていた。

「まだよ」

「ショーンにやり方を見せてくれない？」

「了解」シアンは面白がっていた。ひょっとして、勘違いしていたりして？　じつはわたしは、エビの殻むきが嫌いなのだ。でも、だからそれをショーンに頼むのではない。これなら失敗が少ないと思ったからで、彼がどんなにムキになってやろうと、それほどひどい結果にはならないだろう。むしろコツをつかんでくれたら、前菜にたっぷり使える。よしんば身がつぶれたところで、刻めばそれなりに利用可能だし、危険度の低い安全策だ。

「エビっていうのは」と、ショーン。「あしたの感謝祭用？」

「はい。お気に召すといいのですが」

「エビは大好きだよ」彼はほほえみ、わたしはどきっとした。その目がどこかトムに似ているような気がしたからだ。「きみの料理なら、なんだって喜んでいただくよ、オリー」

どぎまぎしてすぐに反応できなかった。ショーンはすてきな人だと思うし、彼のことは好きだけど……。彼はトム・マッケンジーではない。

「ありがとうございます」わたしはお礼をいって、自分の仕事にとりかかることにした。

コンピュータのほうへ行く途中、バッキーとレイフの脇を通りかかった。ふたりはレンジの前で何やら話し、そばにオーヴンから出したばかりの大きなクランベリーのお皿がある。どの実もはじけて甘酸っぱい香りを放ち、感謝祭までほんとにあと一日しかないんだと実感させられた。

それにしても、アグダの包丁さばきは見事だった。いまは中央のカウンターで、野菜をめざましいスピードで切り刻んでいる。

ショーンがシアンについて冷蔵庫に向かうと、アグダは彼が切った赤ピーマンをすくいあげてさらに細く切りはじめ、ショーンとシアンがエビの大きなボウルをふたつ持ってもどってくるころには、すべて切りおえていた。わたしとショーンの目が合い、彼は「手伝えてほんとにうれしいよ」といった。

「こちらこそ助かります」けっして本心ではないものの、ショーンの言葉は心からのもののようで、その気持ちはありがたいと思った。

忙しく働くスタッフに背を向け、コンピュータの前にすわる。膝にギャヴィンから渡された書類をのせ、ログインして訓練スケジュール表を見てみると、わたしたちが未出席の講習で空いているコマはたくさんあった。でもその大半が、食事の準備時間とぶつかっている。要するに、厨房メンバーが忙しいときは、ほかの職員も忙しいというわけだ。

厨房の日常の音——調理具が重なり、ぶつかる音、かき回す音——が、疲れた神経を慰めてくれた。死亡事故や爆発物、目前の大行事を少しでも冷静に考えようとすればするほど、逆に冷静さからどんどん遠ざかってしまう。あまりにもいろんなことがありすぎて、整理がつかなかった。

温かい発酵したような香りが漂ってきてふりむくと、アグダがオーヴンから小さなロールパンのトレイを引き出していた。熱が彼女の頬を赤く染めている。わたしの視線に気づいて、アグダはにっこりした。満足感と自信にあふれた笑顔だ。

コンピュータに視線をもどし、出席予定について考える。マルセルと彼のアシスタントについては、マルセルに任せるとしよう。わたしはA、B、Cそれぞれのコマのうち、厨房への影響が最小限になる時間帯を選んでシアンとバッキーの名前を入力した。そして最後に、自分が出席するコマを嫌々ながら決めていく。

といっても、残りの選択肢は限られていた。

仕方なく、感謝祭の夜の講義枠を選ぶ。正餐が終われば、翌日のイベントに備えてシアンとバッキーは帰宅させ、わたしが後片づけをして翌日の昼餐の準備をすればいいだろう。トムは感謝祭で実家に帰る予定だから、わたしにはいくらでも時間があるのだ。トムとはまだ、お互いの家族に紹介するという話にはなっていない。ショーンのほうをちらっと見て、ぼんやり考える。来年のいまごろ、トムとわたしは家族に紹介しあう段階になっているだろうか。

でもともかく、今年はひとりで過ごすのだから、わたしは講習を受け、シアンとバッキーには家族との時間を楽しんでもらおう。それにもし運がよければ、ギャヴィンも自分の家族と過ごし、講習はべつのスタッフが担当するかもしれないし。

「オリー」ショーンの声がした。

首をまわしてそちらを見ると、エビの殻むきはあまり進んでいなかったけど、とくにうんざりしているようすはない。まだ、いまのところは。

「ちょっと待ってくださいね」わたしは残りふたつのクラスを決めて予約した。これでよし。終了。

わたしは大げさにクリックし、ファイルを閉じた。

「それは何だい？」と、ショーン。

わたしは講習スケジュールであることを説明した。

彼はほっぺたを掻きながらいった。「コンピュータをちょっと使わせてくれないか？　きょうはまだメールをチェックしていないんだ」

「ええ、どうぞ」珍しい要望だと思いつつ、「ネットに接続しますね」と応じた。

それからすぐわたしは席を譲った。

「終わったら教えてください」

厨房では一台のコンピュータをみんなで使っていたけど、外部の人に――たとえ大統領の甥であっても――貸すことなどめったになかった。でも、それで何か問題があるかしら？　ショーンがレシピを改竄《かいざん》する？　まさかそれはありえない。

それから十五分ほどして、ショーンが顔を上げてわたしを呼んだ。

「オリー、ちょっといいかな？」

「なんでしょう？」わたしは彼のほうへ行った。

「エレインおばさんからのメールで、ブランチャードは感謝祭の正餐に奥さんじゃなくアシスタントを連れてくるといってるんだが」

「はい、そう聞いています」

彼は回線を切り、カウンターにもどった。

「きみは知っていたのか？」

「はい。ゲストの変更はすぐ連絡があるので」

ショーンはエビをひとつ取って、むきはじめた。いくらか慣れたみたいだけど、もたつかなくなるまで、まだまだ時間はかかりそうだ。

「変更理由は知っているのか？」

わたしは彼を手伝うことにした。エビをひとつつまみ、脚と殻と尾を手際よく取っていく。そして背わたを除いてから、ふたつめをつまんだ。

「ブランチャードの奥さまから、欠席のお知らせがあったようです。自宅で感謝祭の準備をなさるのではないでしょうか」

ショーンは鼻を鳴らした。

わたしは背わたを取ったエビを大きなボウルに入れて訊いた。

「何かほかに理由でも？」

彼は顔をしかめてうつむき、手のなかの甲殻類を見つめた。

「たぶんね」

わたしは籠のなかでからみあったエビの脚をほどき、ひとつ取った。

「ブランチャード議員とビンディの間に何かあるとか？」わたしはよく考えもせずに口走った。

「いや」かぶりを振る。「そういうことじゃなくて……」周囲を気にして見まわしたけど、わたしたちは小さな声で話していたし、厨房はさまざまな音でうるさいから、ほかのスタッフには聞こえない。「ニック・ヴォルコフが抱えている問題のことは知ってるだろう?」

残念ながら、まったく知らない。

「まあね……」小さなエビと格闘しながら、また周囲を見る。「パソコンで検索すればすぐにわかることだからね。彼は以前からいくつか問題を抱えていたんだが、降ってわいたありがたい権利を使えば、その弁護料を払うことができる。だから彼はゼンディ社を売却するよう、ブランチャードとヘレンを説得した、とぼくは考えている」なんとかエビをむき終わり、ふたつめを取った。わたしはその間に三つ完了だ。

「あしたの正餐で、ヴォルコフさんは売却話を話題にするとか?」

「エレインおばさんには、そこをわかってもらいたかったんだけどね。おばさんは人間の良い面しか見ないから」

「それはとてもすばらしいですよ」わたしはむき終わったエビをボウルに入れた。

「騙そうとするやつがいないかぎりはね」

「そんな人がいるでしょうか?」

ショーンは作業の手を止めた。「いるから、悩むんだよ。おじさんが——キャンベル大統領が同席してくれるから、まだいいけどね。彼らがいくら理屈を並べ立てても、おばさんが首を縦に振らなければ、大統領がさしさわりのない範囲で援護射撃してくれるだろう」

「そして、あなたもいるから」

ショーンはまた、あの笑顔をわたしに向けた。

「そのつもりだよ。そしてきみもいるだろう？」

「わたしの料理はその場にいますけど」彼から目をそらす。「食事の席にはわたしではなく、給仕がつきます」

「そうか……」彼はまたエビの殻をむきはじめた。「みんなが疲れてしまうような薬を料理に混ぜてくれよ。そうしたら満腹で家に帰って寝るだけですむ。ビジネスの話なんかいっさいしないでね」

ショーンは笑ったけど、わたしは笑えなかった。この厨房から出される料理は百パーセント安全なものだ。いまのような話は、たとえ冗談でもいってほしくない。

ショーンはわたしが内心むっとしたのに気づいたらしく、真顔になってつづけた。

「オリー、これだけはわかってくれ。ぼくは悪い予感がしてならないんだよ。可能性はきわめて高いと思う。窮地に立ったヴォルコフはなりふりかまわないはずで、エレインおばさんはそこがわかっていない。ぼくはおばさんがみすみす騙されるのを見たくないんだ」

いけないことをした、と気づいたときは遅かった。わたしは彼の手に自分の手を重ねていた。

「キャンベル夫人は聡明な方です。そして強い女性でもある。本意でないことを受け入れたりはなさらないと思います」

そこへ、ピーター・エヴェレット・サージェント三世が入ってきた。ショーンとわたしを見て、片方の眉をぴくりと上げる。

「おやおや。新人が何人もいるようだ」

タイミングの悪さにかけて、サージェントの右に出る者はいないだろう。わたしはため息をついた。でもこのところの騒動と今後の行事を考えれば、そもそも良いタイミングなんてないのかもしれない。

「こんにちは、バクスターさん」サージェントはショーンと面識があった。「またお会いできて光栄です」

「こちらこそ」ショーンはサージェントにそういうと、わたしに顔を向けた。「さて、そろそろ行かないと」しかめ面で最後のエビを見てから、わたしに軽くほほえむ。「あしたのターキーが待ち遠しいよ。じゃあまた、オリー」

彼が厨房を出ていくと、わたしは手を洗い、そして拭いてからいった。

「どのようなご用件でしょう、ピーター？」エグゼクティブ・シェフになってから、わたしは式事室の室長をファースト・ネームで呼ぶ特権（という表現がよいかどうかはさておき）を得た。

「ショーンはここで何をしていた？」

その種の質問に答える義務はないはずだ。

「ご用件は何でしょう？」

彼は上着のポケットからノートを取り出した。

「金曜日の昼餐の招待客リストを見たんだがね、食材に関して信仰や慣例がきちんと考慮されているかどうかに大きな不安を抱いた」

わたしはあきれ顔をしないよう我慢し、「考慮しています」と答えた。

「しかし、わたしはまだ実際の調理を見て確認していない」

「そこまでなさらなくても問題ないと思います」彼を戸口のほうへ連れていく。「詳しい献立はすでに執務室に送っています。それさえ見ていただければ、わたしたちがいつもどおり冷静に検討、考慮しているのがおわかりになるかと」

いささか強気でいってしまった。でも厨房スタッフは、最高の献立にしようと知恵をしぼっているのだ。コーシャにハラル、菜食、低脂肪、低炭水化物、乳製品抜きなど、さまざまな戒律や習慣、主義、アレルギーを考慮して、ゲストのみなさんに喜んでもらえ、かつバラエティに富んだ料理をお出しするよう努力している。そして正直なところ、金曜の昼食会の献立にはかなり苦労した。でも参加者が料理の感想をマスコミに語るのは確実で、ここのスタッフはみんな絶賛してもらえるよう全力を注ぎ、またそれだけの自信がもてる料理をつくるのだ。

サージェントは首を横に振った。

「メニューはまだ見ていない。それより実際にここで説明を——」

「限られた時間は有効に使いたいので、いまは仕事に集中させてください、ピーター」再度、ファースト・ネームで呼んでみる。「日をあらためて来ていただければと思います。できれば、新年になってから」

彼は何度かまばたきすると胸をつきだし、ぶすっと無言のまま厨房を出ていった。

バッキーがゆっくりと拍手する。

「見事だよ、オリー。きみにこんな才能があるなんて思いもしなかった」

8

木曜日、感謝祭のお客さまが到着するまで残り一時間を切り、厨房では料理が飛びかった。といってももちろん、ほんとうに飛ぶわけではないのだけど、それくらいみんな猛スピードで働いた。正餐はわずか九人分とはいえ、給仕直前にやるべきことはいくらでもある。みんな仕事に集中し、口をきく者はほとんどいなかった。

時計を見ると、ちょうど正午をまわったところだ。焼いたお肉のいい香り――オーヴンの中のターキーと、背後のカウンターに置かれたヴァージニア・ハム――に、ほっと胸をなでおろす。なんとか時間に間に合いそうだ。ただし、気を抜くわけにはいかず、とくにターキーは要注意だった。ジューシーさがなくなった肉類ほど最悪なものはない。わたしはオニオン・グレイビーをスープ用の深鉢《チユリーン》に注ぎながら、オーヴンに目をやった。

「バッキー」肩ごしに声をかける。

「ターキーはいま確認したよ」彼はわたしの心を読んだかのように即答した。「申し分ない。焼き色もいいし、時間どおりだ」

「ありがとう」

アグダは各コースの最終仕上げを担当していた。どの料理も厨房から出ていくまえに一分の隙もなく整えられる。ホワイトハウスの料理には、完璧な盛りつけが要求されるのだ。そしてアグダのスピードと正確さは、この仕事にうってつけだった。きょうの正餐は昔ながらの家庭的スタイルで、彼女は細心の注意を払って仕上げなくてはいけない。

前菜の最初の一品で、アグダはフルーツとチーズを丁寧に配置した。クラッカーと香辛料のきいたナッツを散らし、食欲をそそる美しい盛りつけにする。

そこへジャクソンがやってきた。彼はホワイトハウスの給仕を長年務め、ついこのまえ給仕長に昇進したばかりだ。背の高い黒人男性で、巻き毛には白いものがまじり、ほほえみを絶やさない。また、ホワイトハウスきっての情報通でもある。だけどいま、その顔に笑みはなかった。

「大統領がホワイトハウスにもどるのは夜になるらしい」

全員の動きが止まった。

「間違いないの？」わたしが確認すると、ジャクソンはうなずいた。

「計画が変更になったんだよ」

夫人と過ごす感謝祭の正餐をとりやめるほどの、どんな大事件が起きたのか。でもそれを尋ねるより、もっと優先すべき事項がある。

「正餐は予定どおり？」

「うん、予定どおりだ」ジャクソンの表情は暗い。「キャンベル夫人は肩をおとしているだ

たださ？」

ろう。大統領の後押しをあてにしていたはずだから」わたしと目を合わせる。「噂は耳にし

ただろ？」

わたしはショーンの話を思い出した。

「なごやかな団欒《だんらん》のひとときじゃないのね？」

「心配だよ。かといって、わたしたちにできることは何もないからね」

「料理と給仕がよければ、食事に夢中になってビジネスを忘れるかもしれないわ」

ジャクソンはにやりとした。「そうだな。全力を尽くすとしよう」あたりをきょろきょろ

する。「イー・イムを見なかったかい？」

イー・イムは小柄な東洋系の新人給仕だった。でも仕事があるときに、その場にいたため

しがない。わたしは〝イー・イム〟をきちんと発音できるようになるまでちょっと時間がか

かった。

「たしか、カフェテリアに行くようなことをいっていたけど」わたしは下の階を指さした。

ジャクソンの目に怒りがよぎる――「怠けてばかりだ」

「準備完了」マルセルがカートを押しながらこちらにやってきた。カートの上の段には、カ

ボチャのトライフルと四種の小さなタルト――ペカン、オレンジシフォン、レモンチーズ、

ボストンクリーム――が置かれ、下の段にはマルセル特製のアップル・コブラーとオートミ

ールのクランブル。

「給仕のまえに、わたしにできることが何かある?」わたしは彼に尋ねた。

マルセルは眉間に皺を寄せている。質問は耳に入っていないようだ。

「これで足りるかな」

たぶん、お腹をすかせたゲストが二十人いても大丈夫よ、とわたしが答えていると、マルセルはふりむき、誰かを手招きした。入ってきたのはイー・イムで、大きな銀のトレイを持っている。彼は小柄で細身だから、タキシードを着ると、結婚式の指輪を運ぶ少年のように見えなくもなかった。ただし、年齢は四十歳をすぎたあたりで、髪の毛は一本もなく、いつもきれいに剃りあげていた。

「足りなかった場合に備えて、もうひとつつくったんだよ」かすかな優越感をにじませる。

「チョコレート・トリュフだ。なかなかいい選択だろ?」

わたしが返事をするより先に、マルセルはイー・イムにデザートを配膳室——上階のファミリー・ダイニング・ルームのすぐ外にある——まで運ぶよう指示した。どうやらマルセルもわたしとおなじで、重要な正餐を目前に控え緊張しているらしい。わたしに意見を訊くというよりも、進捗確認をしたいのだろう。そしておそらく、自分の作品をほんの少し見せびらかしたかった。彼のチョコレート・トリュフはかならず好評を博す。その点は断言できそうだ。

イー・イムが出ていくと、ジャクソンが彼を探していたことをマルセルに話した。

彼は首をかしげた。

「イー・イム本人から、きょうはここを手伝うようにいわれた、と聞いたよ」

「少なくとも、仕事はしていたわけね」イー・イムの言葉の真偽を確認する気はなく、わたしは声をおとしてつづけた。「こちらはそれで助かったし」

マルセルは考えこみながら、エプロンで手を拭いた。

「彼はとてもよく働いてくれたよ。給仕人にはあまり向いていないのかもしれない」

マルセルがいいたいことはわかった。彼はつねにいいアシスタントをさがしているのだ。魅力的なおいしいデザートをつくりつづけるにはもっと人手がほしい。でもいまは、それについて語る時ではなかった。

「来週、あらためて話しましょう。月曜のスタッフ・ミーティングでどう？」

「すばらしい！　ではとりあえず、作品が無事に到着したかどうかを見に配膳室に行ってくるよ」

マルセルが厨房を出て三十秒後、ジャクソンがやってきた。まるですれ違いばかりの恋愛ドラマを見ているようだ。

「ヴォルコフ夫妻が到着したよ、ブランチャード議員とビンディ・ジャハートさんも。彼女はきみと少し話したいそうだ」

わたしは驚いた。「ビンディがわたしと？」

彼はうなずいた。

「わかったわ。じゃあ、正餐の後に」

「いま、話したいらしいよ」

あらら。また仕事の中断？

「かまわないよ、オリー」バッキーがいった。「ぼくらでやっとくから」

では、そうさせてもらおうか……。

ときいくつか注意されたことがある。ヘンリーからエグゼクティブ・シェフの座を引き継ぐとき、いくつか注意されたことがある。『何もかも自分ひとりでできるわけがないんだよ』ヘンリーはわたしが自分の思いどおりにやりたがるのを知っていて、たしなめるようにいった。『手放すことを覚えなさい。スタッフそれぞれが、もっている才能を発揮できるようにするんだ』そして笑顔でウィンクし、こういった。『わたしはそうやって、オリーの才能を見つけたのさ』

「ありがとう、バッキー」わたしは大きく息を吸った。「そうしたら――」とジャクソンに頼む。「ビンディに厨房まで来てくださいって、伝えてもらえる？」

ビンディ・ジャハートは、一時期ホワイトハウスのウェスト・ウィングで働き、わたしたちはわりと親しかった。といっても、かなりタイプは違う。彼女は純真素朴な見た目のわりに上昇志向が強く、地位の高い人物に媚びるような面があった。そしてブランチャード上院議員のスタッフになってからは、ホワイトハウスにまったく寄りつかなくなった。おそらく、悪い印象をもたれては困るからだろう。ワシントンDCとはそういうところなのだ――中傷と噂話が渦巻いている。そして実体よりイメージのほうがはるかに意味をもつことがままあった。とくにマスコミがからむ場合は。

シアンがわたしの横にやって来た。

「どういうこと？　いまごろ献立の注意事項があるわけじゃないわよね？」

「ビンディにアレルギーの類はなかったと思うけど」その種の注意事項に関し、わたしはかなり記憶力がいい。それにビンディなら、特殊な要望は早めに知らせておくべきだとわかっているはずだ。どうしてこのタイミングで会いたがっているのだろう？　わたしは首をすくめた。あと何分か待てば、その謎も解ける。

「献立をまるまる差し替えたいのかもね」

シアンは笑った。わたしは手を洗い、拭きながら厨房を見まわした。すべて順調――。これまでで最高の感謝祭料理が仕上がるだろう。もうじき達成感と充実感を存分に味わえる。ゲストの喜ぶ顔を早く見たいと思った。

スタッフの仕事の邪魔にならないよう、ビンディとは厨房の外で話したほうがいい。わたしはそう考えて外のセントラル・ホールに出た。すると、ちょうど階段をおりきった彼女がこちらに気づき、「オリー！」と呼んだ。

あれがビンディ？　わたしはびっくりした。以前より十キロくらい痩せて、しかもありえないとわかっていながら、身長も伸びたように見えた。

「ビンディ！　あなた……とても……」上品になった、といいかけて、あわててこらえる。

「とてもおしゃれになったわね。あ、まえからそうだったとは思うけど……」うまい言葉を選ぶのはなんともむずかしい。「すごくすてきよ。新しい仕事が合ってるみたいね」

まぶしい笑顔。「そうなの。みんなオリーとおなじ反応をするわ。わたし、ずいぶん変わったから」

その程度の表現ではまだ足りないと思った。

彼女はネイビーブルーのハイヒールでくるっと回転した。ドレスもネイビーブルーで、真珠のような肌にとてもよく似合う。「いかが？」

「完璧よ」本心からそういった。もともと太ってはいなかったけど、すらりとしたいまのほうが何倍もいい。ここで働いていたときは、着やすい服とバレエシューズのようなぺたんこの靴を好んだ。巻き毛は肩まで垂らしただけで、お化粧もしない。でもいまはショートヘアで、きれいにブロウされ、お化粧も丁寧で、しゃれた真珠のイヤリングまでつけていた。鼻は大きめで顎は細いけど、メークをした目がとても印象的だからまったく気にならない。いわゆる美人じゃないものの、全体的にすばらしく魅力的だ。

ビンディはイヤリングの片方を指でつついた。

「イミテーションパールよ。でもなかなかいいでしょ？」

個人的には真珠より厨房のターキーのほうが気になるので、早く用件を知りたかった。

「きょうはブランチャード夫人の代理で来たのね？」話の先をうながすよう、声に好奇心をにじませる。

「そうなのよ。ちょっと私的な件で、トレイトンが――ブランチャード議員が、どうしてもファースト・レディと話し合いたいっていうから」鼻に皺を寄せ、くすっと笑う。「議員の奥さんは、だったら自分がいないほうがいいと思ったみたい。わたしならいろいろリサーチしてきたし……」両手をひらひら振る。「なんだか堅苦しく聞こえるわね。でも、会社の件で話し合うなら、わたしが同席したほうが何かと都合がいいだろうということになったの」

つまりショーンの懸念は当たっていたわけだ。そしてもうじき、彼も姿を見せるだろう。

「でもきょうは感謝祭の食事でしょ？」

「それはそうだけど、ワシントンＤＣに完全な息抜きの時間なんてないんじゃない？」唇をなめる。「でもね、わたしがあなたに会いたかったのはその件じゃなくて、ジンジャーブレッド・マンのことなの」

「マルセルのデザートの？」

「ううん、そうじゃなくて、全国から送られてくるジンジャーブレッド・マンよ」ここでまたくすくすっと笑う。そういえば以前から、彼女は緊張するとこういう笑い方をしたっけ。

「トレイトンから聞いたんだけど、集まったジンジャーブレッド・マンのなかから、レッド・ルームに展示するのを選ぶのはあなたなんでしょ？」

「わたしじゃないわ。最終的にはマルセルが――」

「だけどあなたも意見をいえるんでしょ？」

「ええ」

「トレイトンの子どもたちも作ったのよ。オープニング・セレモニーのとき、あの子たちの作品をレッド・ルームに飾ってもらえるとありがたいわ」

わたしは片方の眉をぴくりと上げた。「カメラで撮影されるような場所にってこと？」

「ええ、まあね」またくすっと笑う。「パーティが終われば、撮られた写真はいろんなところで紹介されるから……」

彼女は最後までいわなかった。そしてわたしは、彼女がなぜ緊張ぎみなのかを理解した。トレイトン・ブランチャードは子どもたちの作品を新聞やホワイトハウスのウェブサイト、そしてテレビで披露したいのだ。噂によると、大統領選への立候補を検討しているらしい。子どもたちの作品が目立てば、ちょっとした宣伝になる。だけど——。

「彼のお子さんって、ジンジャーブレッド・マンを作れるような年齢だった？」たしか子どもは三人いて、いちばん上の子でも八歳か九歳くらいではなかったか。

ビンディは小さくうなずいた。「教わりながら作ったの。だけど、出来上がりはとってもいいのよ！　そうでなきゃ、オリーにこんなお願いはできないわ」

そうでしょうね。親というものは、わが子が青いクレヨンで描いた落書きを傑作だと思うものだから。そして力のある上院議員から指示されたら、ビンディは素直にそれに従うだろう。

いったいどんな出来なのか、内心ぞくっとしたところで、ビンディがいった。

「あれを子どもの手だけで作れたら、弟子にほしいって引く手あまただと思うわ」くすっと笑う。「じつはブランチャード家のシェフが、こっそり手を加えたのよ。彼はほんとにすばらしいわ」最後の言い方から、彼女とシェフは〝いい仲〟なのかもしれないと感じた。ただ、わたしはそのシェフを知っているけど、ふたりがいっしょにいるのを見たことはない。

「子どもたちは全部自分たちで作ったと思っているの？」

ビンディは唇を噛んでうなずいた。

「考えておくわね」彼女の言葉をさえぎるように両手を上げる。「カメラマンがどんな写真を撮るかまでは保証できないわよ」

彼女はちょっと首をすくめた。「それはわかっているわ。でもオリーにはできる範囲のことをやってもらいたいの。子どもたちはとても喜ぶわ。パーティにも招待されているのよ。奥さんが連れて来るんだけど、ホワイトハウスのレッド・ルームに自分たちの作品が飾られているのを見たら、飛びあがって喜ぶと思う」

何らかの約束をとりつけるまで、彼女はわたしを解放しそうになかった。

「マルセルと飾りつけの担当者に伝えておくわ。わたしにできるのはせいぜいそれくらいよ」

にっこり笑い、ほっとひと息ついたビンディを見て、わたしはまた驚いた。ほんの数カ月で外見上の大変身を遂げたうえ、新たな自信も備わったように見える。

「ありがとう」と、彼女はいった。「わたしたちにはとても大きな意味があることなの」

ビンディは背を向け、階段へ向かった――〝わたしたち〟が彼女と子どもたちを指しているのか、それとも彼女とブランチャード議員のことなのかを、わたしが尋ねる間もなく。

この一時間で、厨房の外に出るのはこれで十回めだろうか。と思いつつセントラル・ホールを歩いていると、給仕長のジャクソンがうしろからわたしを追い越しかけた。わたしは彼の腕に触れ、「何も変更なし？」と確認した。

「何もなしだよ。いまのところはね」

あと五分で一時なのに、ショーン・バクスターはまだ到着していなかった。本来なら、料理を給仕する状態になっているべき時間なのだけど。

「いつ始まるのかしら？」しなびたレタス、乾いたターキー、湿ったロールパンの光景が脳裏をよぎる。

「キャンベル夫人が、一時半まで待ってバクスター氏が到着しなかったら、彼抜きで始めるといっている」

三十分の遅れならそうひどくもないけど、もっと遅れる可能性もあるだろう。

「わかったわ」いったん厨房に引き返し、これを伝えなくては。「また何かあったら教えてちょうだいね」

それから二十分ほど、わたしは厨房と上階の配膳室を行ったり来たりして過ごした。配膳室ではみんな、食事開始の合図をいまかいまかと待っている。ファミリー・ダイニング・ルームはホワイトハウスの北側にあり、そのすぐ西隣が配膳室だ。そしてこの両方に接するように、大きな公式行事が催されるステート・ダイニング・ルームがある。そのため公式晩餐会では、ファミリー・ダイニング・ルームを料理の待機室、配膳室として利用することが多かった。大きく三部屋あるので、お客さまの数が百人を超えても、逆に十人以下でも使い勝手がいいからだ。

わたしは人気《ひとけ》のないステート・ダイニング・ルームの戸口に立った。ここなら姿を見られずに、集まったゲストたちのようすをながめることができる。前菜の進み具合をチェックしたり、場合によっては土壇場でコースに手を加えたほうがいいと判断したり……と、正当な理由はもちろんあるのだけど、それよりも情報収集したいのが本音だった。キャンベル夫人が強くかつ柔軟な心の持ち主であるのは知っている。でもゲストのことはほとんど何も知らないから、もしショーンがいうように、彼らが夫人にビジネスで強く迫るようなことがあれば、情報を提供してショーンに協力したいと思ったのだ。外のクロス・ホールでは、ジャクソンがダイニングを背にして立っている。いま彼と目が合って、わたしたちはおなじ思いを抱いている、と確信した。

ニック・ヴォルコフにはこれまで一度も会ったことがなかった。でもショーンの話を聞いたあと、インターネットで検索して、彼の顔はわかっている。ヴォルコフ夫妻は虚偽の土地取引、不正報酬、賄賂、不動産抵当権などで訴えられており、有罪、無罪にかかわらず、大金が必要な状況であるのは明白だった。キャンベル夫人に株売却を迫るのも想像にかたくない。

ニック・ヴォルコフはほかのゲストとおしゃべりしながらも、妻の腕や背中を撫でたり、かならずどこかに触れていた。キャンベル夫人より十歳ほど若く、色白で体格もいい。はっらつとした顔つきは東ヨーロッパ的で、眉も太かった。一方、夫人のほうは対照的で、夫よりかなり年上らしい。背中も少し曲がって見えるけど、これはたくさんつけている宝石が重いせいかもしれない。わたしはニューヨークのティファニー以外で、これほどきらきらまぶしい宝石類を見たことがなかった。

「どうして話し合おうとしないのかな、エレイン？」ニック・ヴォルコフはひときわ大きな声でキャンベル夫人にいった。「早く不安を解消すれば、感謝祭も心置きなく楽しめるというのに」

キャンベル夫人は両手を握りしめ、膝の上に置いた。ワインのグラスを持っていないのは夫人だけだ。

「それは違うわ、ニック」ややきつい口調で夫人はいった。「話し合うのが嫌なわけでも、会社の件で不安を感じているわけでもないから。おなじことをくりかえすようだけど、議論するのはべつの機会にしたいだけよ。主人とショーンがいるときにしてちょうだい」

わたしは給仕長に目をやった。彼は首を横に振る。ショーンはまだ到着していないようだ。

ヴォルコフが何かいったけど、わたしのところまでは聞こえてこない。「十年後には景気が悪くなっているかもしれない」

「先延ばしにしたら、せっかくの好機を失うよ」と、彼はいった。「十年後には景気が悪くなっているかもしれない」

「十年たてば、もっとよくなっているかもしれないでしょ？」と、キャンベル夫人。「わたしの父はそう予想していたから、会社の売却は――」

「あなたの父上は、環境の変化を把握していなかった」

「そんなことはありません」夫人の表情がこわばった。「父も、そしてこのわたしも」ヴォルコフの声が大きくなる。「ぼくらは行動を起こし、正しいことを実行しなくてはいけない」

「ニック――」夫人の口調に苛立ちがのぞく。「会社を売却したら、あなたのお父さんやわたしの父が積み上げたものすべてが消えてしまうのよ。新しい所有者は、ゼンディ社の使命をないがしろにするかもしれないでしょう」

「それがどうした？　親父たちは懸命に働き、息子や娘の未来を安定させるためにゼンディ社をつくった。その会社を息子や娘が利用して何がいけない？　親父たちが反対するとでも？」

「ええ、反対すると思うわ」キャンベル夫人は握っていた手をほどき、その手でみんなをぐるっと示した。「誰も経済的に苦しんでいないでしょ？　お金が必要な人が……正当な理由で資金を必要としている人がいるの？」

ヴォルコフの顔がみるみる赤くなった。

険しい目つきで彼が何かいいかけると、横から奥さんが割って入った。

「ところで、ショーンはまだなの？　一度しか会ったことがないけど、とてもすてきな人だったわ」

ヴォルコフは鼻を鳴らした。「彼にビジネスの話はわからないよ」

キャンベル夫人が開いたドアに目をやり、わたしはあとずさった。

「どうしたのかしら ね。ずいぶん遅いわ」

ヴォルコフは咳払いをひとつ――「無責任というほかないな」

キャンベル夫人はこわばった笑みを浮かべた。

「あなたの個人的感想として、うかがっておきましょう」夫人はニック・ヴォルコフの奥さんに向かってにっこりし、ほかのゲストと話を始めた。

のぞき趣味、と非難されても仕方ないけど、わたしは集まった人たちを観察しつづけた。そしてキャンベル夫人のことを心から心配しているのは、夫の大統領のほかにはショーンだけなのだと実感する。ここで聞いた内容で重要だと思われることは、やはりあとでショーンに伝えよう。それにしても、いったい彼はどうしたのだろう？ きのう、厨房で話したようすから、この正餐を忘れているはずはないし、ここまで時間に遅れるような人とも思えない。でもまあ、こういうこともあるだろう。ともかくショーンが姿を見せるまで、わたしはスパイ役を務めることにした。

ニック・ヴォルコフはなにやら小声でぶつぶついい、言葉そのものは聞きとれないけど、キャンベル夫人の背中をにらみつけている。トレイトン・ブランチャードのそばにいたヘレン・ヘンドリクソンはそれに気づいたらしく、早足でヴォルコフ夫妻のところへ行った。ヘレンはけっして痩せ型ではなく、若くもない。ニックのそばに着くと、少し息を切らせて尋ねた。

「彼女は署名するって？」

「いいや。ショーン・バクスターが来るまで、まともな会話もしたくないみたいだ」ヴォルコフは妻をふりむいて何かささやき、彼女はフィッツジェラルド弁護士のもとへ行くと腕をからませ、暖炉のほうへ連れていった。

ヘレンは親指の爪を嚙み、ヴォルコフの顔を見た。「わたしたち、どうしたらいいの？」

そのとき、シアンが配膳室から出てきて、わたしは彼女のほうへ歩いていった。

「ショーンはまだ来ていないのよ」小声で伝え、腕時計を見る。「ずいぶん遅くなっちゃったわね」

「じっとしてるのがつらいわ」と、シアン。「気を張りつめて待つしかないんだもの。料理は出来上がって、あとは給仕するだけなのに」

「気持ちはわかるけど、ここは辛抱よ」

彼女はわたしが立っていた戸口をちらっと見た。

「あっちの部屋で何かあった？」

「まあね」

シアンは配膳室へ、わたしは戸口へもどる。見るとブランチャード議員がヴォルコフ夫妻に話しかけていた。

「どうやらあまり楽しい話題ではなさそうだな？」ブランチャードはメリーランド州出身で、前回の上院議員選挙で初当選した。写真やテレビより実物のほうがずっとハンサムで、いつも笑みをたたえ、とても存在感がある。「ぼくの噂話でないといいが」

ニック・ヴォルコフはいかにも不満そうにいった。

「噂していたのは、ゼンディの共同経営者のことだよ」心底、腹を立てているようだ。

「時間をかけるしかないだろう」

「時間？」ヴォルコフの顔がまた赤みを帯びた。「そんな余裕はない」

ブランチャードは手にしたワイン・グラスから、ひと口飲んだ。

「時間はまだたっぷりあるだろう。エレインが信頼を寄せる顧問に相談するのを待つしかない。それまでは何をいっても無駄だよ」

「信頼を寄せる顧問？」ヴォルコフは顔をゆがめた。「ショーン・バクスターは時間さえ守れないんだ。エレインにまともな助言ができるとは思えないね」

「折を見て、ぼくが彼女と一対一で話してみるよ。いまはまだ冷静な判断はできないだろう。父親が亡くなったばかりだからね」

「父親が死んだから、売れる状態になったんだよ」

ブランチャードは注意をうながすように、ワイン・グラスを目の高さまで持ち上げた。

「ぼくがすでに知っていることをわざわざいわないでほしいね。何が問題かぐらいは十分に承知しているよ。しかしきょうは感謝祭だ」わざとらしくほほえむ。「それを忘れないでほしい」

ふたりの男性の会話を、ヘレン・ヘンドリクソンは黙って聞いていた。口をはさみたくないのか、あるいは内気すぎるのか。と思っていたら、彼女はブランチャードにこんなことをいった。

「あなたはお気楽でいいわよね。わたしもニックも政治献金なんてもらわないから、自分の夢は自分の手でかなえるしかないの」

わたしはブランチャード議員の返事を聞きのがした。給仕長のジャクソンがわたしの横を通り過ぎながら、「いざ幕開けだ」とささやいたからだ。

わたしは彼のうしろについた。「ショーン・バクスターは来たの？」

「いや、来ていない」ジャクソンは肩ごしに答えた。

ゲストはそれぞれ席についた。わたしは狭い配膳室でシアンといっしょに一皿ずつ確認し、それをタキシード姿の給仕が隣室に運んでいく。ゲストがうれしそうな声をあげるのが聞こえ、わたしはほっとひと息ついた。

配膳室とダイニング・ルームをつなぐドアが開いたとき、そこからテーブルのようすが見えた。大統領がいないので、上座にはファースト・レディがすわり、その右にブランチャード、彼の向かいの席がビンディだ。ヴォルコフ夫妻も向かいあわせで、ビンディの横にニック、さらにヘレン・ヘンドリクソンと、男女が交互に並んでいた。最年長の弁護士フィッツジェラルドはヘレンの対面で、空席はファースト・レディの向かいの席だけだ。

ジャクソンが配膳室にもどってきて、わたしの横を通りながらいった。

「空いた席はショーン・バクスターの席なんだが」首をすくめる。「いつ到着するのかな」

シアンがこちらにやってきて、小声でいった。

「ショーンは大統領といっしょなんじゃない？　彼は大統領の甥にあたるわけだし、そのせいで――」

わたしは彼女を黙らせた。ファミリー・ダイニング・ルームは静まりかえり、会話どころかもの音ひとつしない。わたしはようすを見るため、急いでステート・ダイニング・ルームへ向かった。まさか料理に何か問題でも、と不安になったからだ。食事中にこんなに静かなのはきわめて不自然だった。そして耳をそばだてると、低く単調な声が聞こえてきたけど、誰の声なのかはわからない。

それからこっそりのぞいてみて、ようやくわかった。シークレット・サービスがふたり、テーブル脇にいたのだ。そのうちひとりがキャンベル夫人に、べつの場所でお話ししたい、というようなことをいった。わたしは広大な部屋をゆっくり歩き、何気ないふりを装って外に出た。そしてセントラル・ホールを横切る。

と、そこへちょうど、キャンベル夫人がファミリー・ダイニング・ルームから現われた。背の高いほうのシークレット・サービスに話しかけようとしてわたしに気づき、「オリー」と呼びかけ引き止める。夫人はわたしの腕に手をのせた。

「ありがとう、すばらしいお料理で――」

「キャンベル夫人」シークレット・サービスが夫人の肘に軽く触れ、レッド・ルームのほうへ導いた。「どうぞ、あちらへ」

夫人は動かなかった。「何があったの？」

ふたりのシークレット・サービスが同時に鋭い視線をこちらへ向けた。わたしを追い払おうとしたのだろうけど、夫人がわたしの腕をつかんで放さない。夫人は何度かまばたきすると、深呼吸してからこう尋ねた。

「主人に何かあったのかしら？」

「いいえ」背の低いほうが即座に答えた。「大統領はご無事です」

「よかった……。そういう話じゃないのね？」わたしの腕をつかむ手がゆるんだものの、放してはくれない。「だったら、用件は何かしら？」

背の高いほうが咳払いをした。「申し訳ありません、わたしどもといっしょに来ていただいてから――」

「だめです」キャンベル夫人の口もとがひくついた。「いま、ここで、教えてちょうだい」

シークレット・サービスのふたりは顔を見合わせた。

わたしの腕をつかむ夫人の手にまた力がこもる。

「テスカ護衛官、わたしがお願いしてもだめだというなら……」

しばらく沈黙がつづいた。

「現在、大統領は交渉会議中のため、急ぎ、こちらにうかがいました」テスカの緊張した顔つきが、悪いニュースを知らせるときの無表情なものに変わった。また静寂が訪れる。わたしは息をつめてつぎの言葉を待った。

「お知らせすべき出来事があります」ようやくテスカはいった。「どうか、わたしたちといっしょに――」

キャンベル夫人の表情は険しく、声はもっと険しかった。

「いまここで話しなさい」

「ショーン・バクスター氏が……亡くなりました」

ファースト・レディはわたしたちが手を貸そうとしても払いのけ、よろよろとダイニング・ルームにもどり、椅子にすわりこんだ。両手で顔をおおい、うつむき、凍りついたようになる。

9

誰も声をかけることすらできなかった。感謝祭の正餐を楽しむために集まった人たちは、ただすわってじっと夫人を見つめるだけだ。シークレット・サービスは彼らを、待たせてあるリムジンへと案内していった。ヘレン・ヘンドリクソンは部屋を出るまえ、キャンベル夫人の手をやさしく握り、肩を抱き、涙をこらえてお悔やみの言葉をつぶやいた。そうしてみんないなくなり、あとは重苦しい静寂だけとなる。

夫人はわたしに、ここに残るようにといった。できればわたしも退出したかったけれど、夫人の悲しみいっぱいの目を見ればほかに選択肢はなく、「はい、ここにいます」と答えた。料理の後片づけや保存はスタッフがやってくれるだろう。わたしがなぜもどってこないのかを不思議には思うだろうけど……。

ジャクソンが水のグラスを持ってきて、夫人はそれを受けとった。でも口をつけることはなく、祈りを捧げるかのように両手で持ち、うつむいたままだ。

「ありがとう」夫人は給仕長にいい、給仕長がほかに何か持ってきましょうかと尋ねると、

「何もいらないわ、いまは何も」といった。

シークレット・サービスがふたり、もどってきた。ひとりはテスカで、もうひとりはパトリシア・バーランドだ。わたしを見てとまどった顔をしたけど、それももっともだと思う。わたしはブランチャードがいた席にすわった。さまざまな思いが頭のなかを駆けめぐる。ショーンが亡くなるなんて……いまキャンベル夫人のためにできることは何か……どうしてわたしに残るようにいったのか……いつ厨房にもどれるだろう……どうしてこんなことが起きるのだろう。きょうは感謝祭なのに。

ショーン。二十四時間まえ、わたしの厨房を手伝ってくれたショーンが死んだ……。そのことがわたしには理解できなかった。きのう笑っていたショーンが、いまはもういないの？　だけどだめ、いま泣いてはだめ。いまはキャンベル夫人のことだけ考えるの。

夫人はようやく顔を上げ、テスカに尋ねた。

「さっき〝出来事〟といったわね？　あれはどういう意味？」

シークレット・サービスは顔を見合わせ、テスカは目を細めて苦しそうにいった。

「現在、バクスター氏の死亡を分析調査中です」

「調査？」

頬が引きつり、テスカはゆっくりと話した——「ショーン・バクスター氏はみずから死を

選んだ可能性があります」

「とんでもない！」夫人は椅子から立ち上がった。「自殺なんてありえないわ！」パトリシアが夫人の肩にやさしく手をのせ、すわらせた。「いったいどういうこと？　ショーンはいまどこにいるの？」

シークレット・サービスのふたりはわたしの存在を忘れているようだったけど、キャンベル夫人は違った。腕を伸ばし、わたしの片手を両手で握りしめる。その手はとても冷たかった。

「発見直後の報告によると」と、パトリシアがいった。「みずから銃で命を絶ったと考えられます」

「それはないわ」夫人はきっぱりと、取り乱すことなく否定した。「ショーンは銃を嫌っていたもの。拳銃自殺なんてしません」

「首都警察は自殺を示す明白な証拠がないかぎり、殺人事件として調査します。しかし……」

「しかし？」

「バクスター氏は書き置きを残しています」

キャンベル夫人は限界を超えた。押し殺した泣き声は、号泣よりもはるかにまわりの者の胸をえぐった。わが国の大統領夫人ではなく、計り知れない悲しみに打ち震えるひとりの女性を前にして、わたしは思わず立ち上がるとそばに行き、震える肩を抱いた。

パトリシアと目が合い、彼女は声には出さず口だけで、「上の階に連れていきます」といった。

わたしは夫人の顔に頬を寄せ、お部屋にもどられたほうがよいと思います、とささやいた。夫人はうなずき、立ち上がる。片手で顔を覆い、もう片方の手はわたしの手をつかんだ。

「わたしたちがお手伝いします」パトリシアがわたしと夫人の間に立った。

夫人はつかんだ手に力をこめてわたしを引き寄せると、なんとか聞きとれるくらいの小さな声でいった。

「ショーンはあなたを好きだったのよ、オリー。あなたとの将来を夢見ていたの」こぼれた涙が頬を伝わりながらも、ほほえもうとする。「ショーンはわたしに、あなたとの仲をとりもってほしいといったの」

わたしは何かいおうとしたけど、言葉が出てこない。

「ショーンはあなたに、自分の気持ちをうちあけたかったと思うわ」そこでつかんでいたわたしの手を放し、パトリシアの顔を見てうなずく。「いいですよ、行きましょう」

この週で二度めだった。わたしは目と、喉の奥と、心のなかの焼けるような痛みと懸命に闘った。

10

痛みに目が覚めた。ゆうべは三階にある事務室の小さなベッドで眠った。マットレスに不満はなくても、自宅ではないことと、きのうの出来事がくりかえしよみがえってなかなか眠れなかった。

こういう時に備えて事務室に置いていた服に着替え、まだ暗いなかを下の厨房へ行く。未明の厨房の、人気のない静けさがわたしは好きだった。自分のペースで動きまわり、冷たいステンレスの厨房を温めて、活気あふれる場所に変えていくのだ。世界を目覚めさせるような気分、とてもいったらいいだろうか。

でもきょうは、そんなささやかな喜びはなかった。あまりに深い悲しみに押しつぶされそうになる。ホワイトハウスの〝家族〟がもうひとり、この世を去ったのだ。それもたまらなく恐ろしいかたちで――。

冷凍庫からビスケットを取り出してカウンターに置き、コンロの火をつける。あの日のショーンから、気落ちしたり、自暴自棄なようすは感じられなかった。それでもシークレット・サービスは、書き置きがあったという。何かがおかしいような気がした。

ショーンのことと、うちひしがれているだろう大統領一家の朝食のことで頭がいっぱいで、厨房に人が入ってきたのにまったく気づかなかった。そして間近に人影を感じて、ぎょっとする。

「レッド！」

給仕のレッドは淡い青色の目を見開き、あとずさった。

「すまない、驚かせたかな」

レッドはホワイトハウスの古参の給仕人だった。動作に鈍いところはまったくないけど、年配者と呼ばれる年齢を過ぎて十年以上はたつだろう。そのあいだに愛称のもとになった赤毛も白くなった。わたしは気にしないでと手を振り、「ファースト・レディのようすはどう？」と訊いた。

「つらいことがつづいたからね」力なく首を振る。「それでも悲しみに暮れる時間すらない」

わたしが首をかしげると、彼はつづけた。

「大統領はゆうべ帰ってこられたんだけどね、朝食はファースト・レディといっしょに早めにとって、それからすぐニューヨークに行かなくてはいけないんだ」

こういうとき、夫人は大統領のそばにいたいだろう。

「キャンベル夫人もニューヨークに行かれるの？」

レッドの目じりの皺が深くなった。

「いや、マザーズ・ランチョンがあるからここに残るよ」

「え？」

「ランチョンは予定どおり開かれるんだ」

まさか、と思った。「でも、あんなことがあったのよ。ショーンが亡くなって……」

彼はため息をつき、「たしかにね」といった。「きょうはやるべきことがたくさんある。その最優先が、今夜のジーン・スカルカの通夜だよ」

そうだ、お通夜があるのだ。大統領とファースト・レディは参列するのだろうか。

「大統領がホワイトハウスに帰ってくるのはあしただから――」と、レッドはいった。「ファースト・レディはスカルカ家に丁重にその旨を伝えたよ」

わたしはお通夜にかならず行こうと思った。でも、目前で気がかりなのはなんといっても仕事だ。

「きょうのランチョンは中止になるとばかり思っていたわ」

レッドはまたため息をついた。「キャンベル夫人は、全国から集まる親子を失望させたくないといっている。みんなここまで自費で来るしね」

「だけど事情が事情だから、わかってもらえるわよ」

「ファースト・レディは、ああいう人だから」

そう、エレイン・キャンベルという人は無私無欲で、しかもすばらしく頑固で、つねに正しい道を歩もうとする。わたしはそんな彼女を尊敬していたし、自分もいつかそうなれたらいいとは思うけど――。

「だったらわたしもフル回転するわね」

　レッドが去り、ほどなくしてシアンが、そしてバッキー、レイフ、アグダが到着した。また、きょう一日だけの応援団としてSBAシェフがさらに数人やってくる。たとえランチョンが中止されたところで、仕事はほかにも大量にあった。公式のホリデイ・シーズンはきょうから三日後、月曜日の午後に始まり、大統領夫妻はこの日、ケネディ・センターのイベントに出席予定だ。厨房の応援団が無駄になることはけっしてなかった。

　朝食とその後片づけが終わるとすぐ、午後の準備にとりかかった。ビュッフェは着席の食事会に比べ――厨房にも給仕にも――はるかにストレスが少ない。料理はあらかじめ、つくれるかぎりつくったけど、ゲストの到着寸前にやることはいくらでもあった。

　母親と子どもの数は二百人を超える予定で、子どもが喜びそうな料理もたっぷり用意した。また、大統領お気に入りのピーナツバターとバナナのサンドイッチも加えておく。パンはプレーンな白パンかシナモンブレッドを選べるようにした。はたして子どもたちにはどちらが人気だろうか？　スタッフの意見は二分された。

　レイフが、白パンにピーナツバターをぬったサンドイッチの耳を切り取りながらいった。

「子どもはいつだってプレーンが好きだよ」

「シナモンの、ほうが、おいしい、わ」シアンが歌うようにいった。

　レイフも負けじと声をオクターブ上げる。

「おいしいかどうかより、最初にどっちを手に取るか、だよ」

シアンが頭を振り、ポニーテールが揺れた。シナモンブレッドにピーナツバターをたっぷりぬる。

「シナモンブレッドに決まってるでしょ」

ふたりのおしゃべりを聞いていると楽しかった。予期せぬ悲しい死がつづいて、いつもどおりというわけにはいかないけど、ささやかな安らぎはありがたく受けとめたい。

そうしてつぎの仕事に取りかかったとき、ギャヴィン主任捜査官が厨房に入ってきて、大きなサラダ・ボウルを肩にのせたSBAシェフとあやうくぶつかりそうになった。

「ちゃんと前を見て歩きなさい」ギャヴィンは背中を壁にへばりつけて小言をいう。

SBAシェフはくるっとふりかえり――ボウルのなかの野菜がこぼれそうになった――「すみません」と小声であやまってから冷蔵庫へ向かった。それにしても、困ったものだ。よりによって、最後の追い込みの時間帯に現われるなんて。ギャヴィンはランチョンに直接かかわりはないはずだし、少しでも早くお帰りいただくとしよう。

彼は姿勢を正し、上着を引っ張ってネクタイを調整した。わたしは彼に近づいて声をかける。

「どのようなご用件でしょうか？」口調は丁寧に、態度はそっけなく。

「非常時対応の講習に参加しなさい」

わたしが決めたスタッフの講習スケジュールは、どれもギャヴィンのクラスだった。

「それは忘れていません。予定どおり参加させます」

「参加すべき講習はこの時間だよ」

「いえ、違うと思います」

「彼らではなく――」ギャヴィンはわたしに指をつきつけた。「きみが参加する講習だ」

「それはありえません」きっぱりという。

ギャヴィンの表情が険しくなった。「部門の長に非常時対応を徹底理解させるのが、わたしの務めだ。きみは昨夜の講習を欠席しただろう」

彼はわたしをにらみつけた。でも、わたしはひるまない。

「ミズ・パラス」と、ギャヴィンはいった。「きみは生きるか死ぬかの状況になったとき、決断力をもってすばやく、正確に反応する術を知っておくのが重要だとは思わないのか？ そんなことより、ホワイトソースの作り方のほうが大切か？」

わたしは眉をつり上げた。

ギャヴィンの唇がゆがむ。「こう見えても、わたしだってオート・キュイジーヌくらいは知っているよ」

彼が高級フランス料理を知っていようがいまいがどうでもいい。わたしはここを断固として動かない、ただそれだけだ。なんとか彼を説き伏せなくては。

「ゆうべの講習を欠席したのは――」

「ここの仕事が」ギャヴィンはさえぎった。「大切なのはわかっている。しかし、ホワイトハウスにとっては安全確保が最優先であることくらい、きみだって承知しているだろう」

「そういう意味ではなく――」

「きみのスタッフは、仕事を任せられないような人材ばかりなのか？」

「そんなことはありません」

「だったらわたしといっしょに来なさい」

ギャヴィンは回れ右をして、戸口に向かった。だけどわたしはその場を動かない。

「ギャヴィン主任捜査官」彼の背中に向かって、「ちょっとお待ちください」と声をかける。

彼はふりかえったけど、わたしがついてこないのを知ってもとくに驚いたようすはなかった。

「ファースト・レディにとって、きょうのイベントはとても大切なんです。そして厨房を頼りにしてくれています。さったお話ししようとしたのは……すでにご存じとは思いますが、夫人は昨夜、大きな悲しみに襲われました」

ギャヴィンはうなずいた。「知っているよ」

「それでも夫人は予定どおりに行事を進めると決断なさいました。わたしは何があってもこの厨房で、全力をかけて仕事に取り組まなくてはいけません」

ギャヴィンはどこか納得したようにも見えた。もちろん、怖い表情は変わらないけど。

「では、講習参加を拒否するんだな？」

「いまは拒否します」

彼は大げさに腕時計を見た。「仕事が終わる正確な時間は？」

わたしはため息をついた。「マザーズ・ランチョンは一時開始ですから……」

「一時だな」わたしがいい終わらないうちに彼はいった。「では一時にまた来よう」

ギャヴィンが出ていき、わたしは目頭をもんだ。

「いつも何かあるわね」誰にともなくいう。

シアンが横に来て、わたしの背中をひとつぽんと叩いた。

「心配ご無用。わたしたちがついてるじゃないの」


シアンのいうとおりだった。ランチョンの準備はバレエのように美しく正確に進行し、サヤインゲンのベーコン巻きやブルーチーズ・ストローをはじめ、香りのいい前菜をビュッフェ会場へ無事に送り出した。

ジャクソンとレッドはちょくちょく厨房へやって来たから、わたしはキャンベル夫人のようすを尋ねた。

「ああいう人を真のレディというんだろうな」と、レッド。「剛と柔を兼ね備えている」

夫人の気持ちを思うと胸が痛んだ。ショーンと知り合って一年もたたないわたしでさえこれほどつらいのに、誕生のときから知っている夫人の悲しみは察するにあまりある。

ジャクソンとレッドは料理のトレイを重ねるのを手伝ってくれ、わたしがビュッフェ会場のようすを訊くと、どちらも顔をしかめた。

「もう大騒ぎだよ」と、ジャクソン。

レッドは首を横に振る。「わたしが若いころ、子どもはもっとおとなしかった」

それを聞いてわたしは、ホワイトハウスで働くようになってから初めて、〝ゲスト〟と会わずにすむことを喜んだ。

「そんなにひどいの？」

ジャクソンが眉をぴくりと上げてレッドを見た。

「何人くらいがトイレで騒いでいた？」

「数えきれないよ」

「料理はどう？ チーズ・ストローは人気かしら？ ブラウニーはどんな感じ？」

レッドは悲しげな笑みを浮かべた。

「母親たちは食べる暇もなくてかわいそうだよ。料理を口に入れようとするたびに、横で子どもが何かをこぼす」

「少し大げさじゃない？」

ジャクソンは小さくうなずいた。「たいていは行儀よくしているけどね。ただ想像以上にうるさいだけだ」

「いいや」と、レッド。「想像以上というより、うるささの質が違うんだよ」

ジャクソンが笑った。「そうそう、たしかにね」

どういう意味か尋ねようとしたら、またあのギャヴィンがやってきた。挨拶そっちのけで、いきなりわたしに指をつきつける。

「一時を過ぎたぞ」

いいかえしてもむなしいだけだし、現実にその必要もなかった。残る仕事は後片づけくらいだったからだ。わたしがギャヴィンについて厨房を出ると、彼はパーム・ルームに入った。

「西棟《ウエスト・ウィング》へ行くんですか?」

彼は答えない。

わたしはこの部屋にはめったに来なかった。レジデンスはゆるい斜面に建てられているので、ここのグラウンド・フロア(厨房がある階)からパーム・ルームを経由すると、ウェスト・ウィングのファースト・フロアに入る。パーム・ルームは白い格子壁に鉢植えの植物が並ぶ田園風の内装で、〈ユニオン〉と〈リバティ〉という名画がふたつ飾られていた。どちらも十九世紀の画家コンスタンティノ・ブルミディの作品だ。

ギャヴィンはまっすぐ正面を向いて、ひたすら目的地へ向かっている。彼の大きな歩幅に合わせるため、わたしがたびたび小走りになるのに気づきすらしない。パーム・ルームの先には報道記者室があり、ここに入ると記者たちが一瞬目を輝かせてこちらを見たけど、料理人だとわかったとたん、がっかりした顔になった。

ここの空気はよそとはかなり違っていた。人が多くて避けるのがたいへん、コード類が多くてまたぐのがたいへん、機材類が多くてぶつからないようにするのがたいへんだ。そしてぴりぴりしたムードが漂って、なんとなく息苦しかった。モーターの低いうなり音が聞こえるから、たぶん一年じゅうエアコンがついているのだろう。さまざまな電気機器と大勢の記者の熱気を冷ますには仕方がないのかもしれない。

「どこに行くんですか?」わたしはもう一度訊いた。

ギャヴィンは答えなかったけど、突きあたりまで行くと立ち止まって脇にどき、わたしのためにドアをあけてくれた。その先は記者会見室で、わたしはまだ二回しか来たことがない。ここはたしか、わたしが勤める数年まえに大幅改装されたはずだ。

ギャヴィンは部屋のなかへ二、三歩入ると、また立ち止まった。

「どうだ? 何が見える?」

この人独特の質問法には正直うんざりだったけど、ともかく答えなくては。

「申し訳ありません、講習会が開かれているようには見えませんが」

彼はわたしの生意気な答えに、口もとだけでほほえんだ。

「きみは昨夜のクラスを欠席したから、急遽《きゅうきょ》、わたしが特別講習することにしたんだよ」

「事情があって欠席せざるをえませんでした。代わりにべつのクラスを受けてはだめなのですか?」

「それはどのクラスだ? きみはいつでも、忙しい、忙しいとしかいわない。きみのスタッフは、あすと日曜に受講する。そんなに忙しければ、同時に受講するのは無理だろう?」

ぐうの音も出ない、とはこういうことかも。

「すみません、お時間を無駄にさせたくありませんし、わたしも集中して勉強しますので、指導書をいただけませんか? それを読んでみんなに追いつきます」

「つぎのクラスは初回の知識に基づくものだ。基本を飛ばして習得することはできない」

彼は話しながら、大統領の防弾仕様の講演台に向かい、その前に立った。腕を広げて台の左右の縁をつかむ。この時点で、彼の視界にわたしは入っていないようだ。きっと権力志向の強い人なのだろう。

すると、ふっと現実にもどったようで、彼はわたしがまだドア横にいるのに気づいた。

「そこから何が見える？」またおなじ質問だ。

ここは素直に従ったほうが、早く厨房に帰れるだろう。わたしは大きく息を吸いこんだ。

「少し時間をください」

上品だけど無駄を排した内装、全体に明るく、青い革張りの椅子が美しい、最新の電子機器類、部屋の端には小さな高壇、その先の扉がウェスト・ウィングの心臓部へ。

ギャヴィンはどんな答えを求めているのだろう？　彼にちらっと目をやると、質問はいっさい受けつけない、という顔つきだった。

仕方がない。独断と偏見で考えよう。何か場違いなものはないか。ここにあってはいけないものはないか。

北側の壁にはパラディオ式の窓が並び、わたしはそこに問題がないかひとつずつ確認していった。それからドアもひとつずつ。西の渡り廊下《ウエスト・コロナード》につづく扉も確認して、すべて問題なしに思えた。

でも、これくらいは序の口だろう。ギャヴィンがそんなに簡単な問題を出すとは思えない。

彼が仕組んだものが何であれ、発見がきわめて困難なもののはず――。だったら、ギャヴィンの立場になって考えてみよう。いいかえると、自分が暗殺者だったらどうするか？　わたしがその方面にちょっとばかり経験があることを彼は知らない。あの事件で、わたしはわたしなりに多少は学んだのだ。

　暗殺者はどんな計画をたてるか？　知恵を絞る程度じゃだめだ。ほんのわずかでもしっくりこないものがあれば、シークレット・サービスの目に留まる。たとえば爆弾を仕掛けたければ、ここにあっても不自然ではないものに偽装するだろう。誰ひとり疑いを抱かないもの。見ても素通りするようなもの。

　わたしは縦横に並んだ記者席の前から四列めに立ち、ゆっくりと部屋を見まわしていった。じわりじわり一度ずつ、三百六十度を徹底して見ていく。

「わたしたちは観光客じゃないんだぞ」ギャヴィンがいった。「部屋の美しさを堪能するのではなく、セキュリティの隙間を見つけるんだ」

　わたしは彼を無視した。目を閉じ、集中して考える。

　仮にギャヴィンがここにＩＥＤを隠したとしよう。前回の講習で、ＩＥＤの形や構造はめまぐるしく変わる、と彼はいった。だからここにあるのは、このまえのような瓶に似たものではないはずだ。

　もっとも被害が大きくなる場所はどこだろう？

　わたしは目を開いた。ちょうどここ、部屋の中央であれば、記者会見中に大勢の犠牲者が出るにちがいない。でも、暗殺者の目的はそれだろうか？　テロリストは9・11で膨大な数の命を奪った。暗殺者はこのホワイトハウスで、罪のない報道関係者を殺害しようとするだろうか？　それもあるかもしれない。だけど、狂気の殺人者がこの部屋まで来たなら――厳重なセキュリティをパスしてここまで来ることができれば、狙いはもっと大きいのではないか。

　わたしは椅子の間から出て講演台のほうへ行くと、ギャヴィンにいった。

「ちょっと失礼します」

　彼はためらいつつ講演台から離れ、わたしはその前に立った。演壇にしては高いけど、全体を見渡すことはできる。台の側面に指をはわせると、わたしでさえ権力者になったような気がした。からだをひねって背後を見る。カーテンのかかった壁に楕円のレリーフが飾られている。青地に白いホワイトハウスが描かれ、大統領が語るときはかならず背後にこれが見えた。

　ギャヴィンは無表情でわたしをながめている。

　わたしは正面に向き直った。ギャヴィンはわたしに落第点をつけたいだろう。その点はもう間違いないから、ここは素直にあきらめて、彼を喜ばせたほうがいいのかも――。

　ううん、それはだめ。わたしにだってプライドがあるもの。戦わずに白旗を掲げることはできない。少なくともこの場では、全力を尽くさなくては。といってもこのところ、ギャヴィンにはずいぶんふりまわされているような。

ため息をひとつ。

彼がこちらに寄ってきた。

「答えはテレパシーで送ってくるのかな？　きのう、おなじことをカフェテリアでやったとき、きみの同僚はあきらめるまえに少なくとも部屋をさがしまわったぞ」腕時計を見る。

「残り一分としよう。一分たったら、解答・解説を始める」

わたしは講演台の縁を両手でつかんだ。頭のなかでカウントダウンの音がする。もう一度目をつむり、自分だったらここでどんな惨事を引き起こせるか考えた。

「あと三十秒」

「ありがとうございます」それをいうだけで、二秒かかった。

この部屋は何年かまえに改装された。でも、どうしてそんなことが気になるのだろう？　比較的新しいことの、どこが重要なのか？　全面的に手を加えられ、清潔そのものだ。そして清掃係が、それを日々維持している。

改装。変化。

頭の隅がちくちくした。

「十五秒」

わたしは目を開き、また背後の壁を見た。穴があくほど見つめる。

「十秒」

カーテンが……変な気がする。どこかがおかしいような。

何がおかしいと感じたのか。大統領だって、背景を変えたくなることがあるだろう。わたしはロイヤル・ブルーのカーテンを撫でてみた。このまえ、キャンベル大統領の記者会見を見たとき、背景は平板で……ホワイトハウスのレリーフを吊るすワイヤーも見えていた。でもいま、ワイヤーは見えなかった。だったら、どうやって飾っているのだろう？

「何をしている？」

わたしは答えなかった。レリーフの縁を指でなぞってみる。自分でも何をさがしているのかはわからなかった。

「三秒……二秒……」

「見つけました！」わたしは叫んだ。レリーフの裏面に、こぶし大のプラスチックがダクトテープで貼りつけられていた。わたしはそれをつかんで引っぱり、ギャヴィンに見えるよう掲げた。

「それがどうした？」彼が訊いた。

「これです！」満足感で頬がほてるのを感じる。

ギャヴィンは眉をぴくりと上げた。

「これが解答でしょう？」

彼は首をかしげ、ゆっくりとこちらにやってきた。わたしの手からプラスチックを取りあげる。

「まずは、おめでとう、といおう。このＩＥＤを見つけたのは、きみが最初だよ」プラスチックから延びている二本のワイヤーを指ではじく。「そしてきみは、ほかの誰もしなかったことをやってのけた。それは何だと思う？」

わたしは首をすくめた。

「きみは爆弾を作動させたんだ」

「え？」

彼の目つきに、わたしはすくみあがった。これほど冷たい目をする人を初めて見たような気がした。彼は二本のワイヤーを指でいじりながら、わたしのほうへ突きつけた。

「こんなことをしたらどうなるか、わかっているかな？」

わたしは首を横に振った。

「ドッカーン！　大爆発だよ」

思わず息をのむ。

「発見するだけではだめなんだ」ギャヴィンは数歩うしろに下がった。ふたたび無表情。

「緊急時の対応は、しっかり身につけておかなくてはいけない」

わたしはいい返そうとした。わたしだって非常事態に直面したことがあります、それなりにうまく切り抜けました——。でも、ギャヴィンのいうとおりだと思った。爆発物のことは何も知らないし、どう扱えばいいかもわからない。わたしは何もいわずに彼の顔を見た。

「よろしい」なんとも傲慢な言い方だったけど、我慢するしかなかった。「これできみの観察力の試験は終了だ。つぎは、対応法を学ぶ」

それから四十五分後、ようやくギャヴィンはわたしを解放してくれた。

「スタートはまずまずだな」彼にしてみれば、最高の誉め言葉だろう。

「ありがとうございました」汗びっしょりの額から前髪をかきあげて、わたしはお礼をいった。ほんとに動きっぱなしで、休みは二分となかった。といっても、予想以上のことを学べた。たぶん、ここまでは必要ないだろうと思えることまで——。ギャヴィンは自分でお手本をやってみせるまえにかならず「大人数のクラスではここまでできない」といっていたから、わたしはほかの職員より濃い内容を教わったのだろう。一対一で教えるときの彼は、ほんとうに熱心だった。ひょっとすると、わたしはつぎのクラスを免除してもらえるかも？

ふたりいっしょにパーム・ルームを経由して、レジデンスにもどった。まったく会話はなかったけど、わたしは彼と別れて厨房に向かうとき、「ギャヴィン主任捜査官？」と声をかけた。

彼は足を止め、ふりむいた。

「ギャヴと呼んでくれていい」

わたしが心のなかで、すでにそう呼びはじめていたことを、もちろん彼は知らない。首をすくめ、彼はこうつけくわえた。「ふたりで訓練しているときは、ニックネームで呼んでくれ。ただ、いったん外に出たら、主任捜査官を使ってほしい」

「わかりました」だけど一対一の訓練は、これが最初で最後でありますように。

「で、わたしを引きとめた用件は何だ？」

彼がじつに横柄で、エグゼクティブ・シェフの仕事のたいへんさをわかっていない、という感想はさておき、きょうの講習でわたしは緊急時の対応をしっかり学べたという実感があった。

「お礼をいいたかっただけです。とても勉強になりました」

彼は眉間に皺を寄せ、「次回はもっと厳しいぞ」というと、くるっと背を向け、歩き去った。

変な人。

厨房に入りかけると、出てくるビンディとはちあわせた。彼女は厨房で何をしていたのだろう？

「オリー！ どこにいたの？」

説明する元気がなく、わたしは西のほうを指さした。

「あっちで忙しくしてたの」

「マリアンが――ブランチャード議員の奥さんが、上の階に来てるの。それでよかったら、あなたに会いたいって」

「わたしに？」反射的に前髪を払うと、悲しいことに額はまだ汗で濡れていた。「何か用件でもあるのかしら？」

ビンディはとても疲れているように見えた。おしゃれな服に身を包んでも、きのうのような輝きはない。彼女の頬が赤らんだ。

「わたしはあなたをもっとまえに紹介してなくちゃいけなかったの。トレイトンからそうするように厳しくいわれていたんだけど……」おちつかなげに視線がさまよう。怒ったトレイトン・ブランチャードがいまにも現われるのではないかとびくついているようだ。そしてまた、例の笑い。その顔つきから、神経がぴりぴりしているのがわかった。誰でも仕事をしていれば、困った事態になることはよくある。だけどこんなようすで彼女は、うまくやっていけるのかしら。「ブランチャード夫人は、あなたに子どもたちと会ってほしいのよ」

「いますぐ？」腕時計を見ると、マザーズ・ランチョンがそろそろ終わるころだった。母子はその後、ホワイトハウスの内部見学ツアーに出かけ、最後はイースト・ルームに集合して、締めの会が開かれる。「ファースト・レディも上の階にいるの？」

ビンディはわたしの質問にとまどい、首をかしげた。

「ええ、ブランチャード夫人といっしょにいるわよ。ほかにもあと数人ね」

「彼女はおちついている？」

ビンディは質問の意味がわかったらしく、「あっ、そうね、そうだったわね。きのう、甥御さんを亡くしたばかりなのよね」といった。

こんなに大事なことを忘れるなんて……。どうかしちゃったの、ビンディ？

彼女はまたあらぬ方向を見やった。いまの仕事は彼女にとって、手に余るのかもしれない。

「その……気持ちはお察しするわ、大切な人を失ったんだもの」と、ビンディはいった。

いまごろ、そんなことをいっても。

「ねえ、オリー、上の階に顔だけでも出してくれない?」

「レッド・ルームにジンジャーブレッド・マンを飾ることと関係があるの?」

ビンディの顔がさらに紅潮した。「五分でいいのよ、ね?」

わたしはかぶりを振った。「ごめんなさい、無理だわ。一時間以上も厨房を離れているのよ。仕事がどっさりたまっているから」そういって歩きはじめると、彼女が立ちはだかった。

「お願いよ。あなたを連れてくるって、奥さんに約束したのよ」

「このまえわたしは、選別するスタッフに話しておくといったわ。それじゃだめなの? 奥
さんに、わたしは手が離せないって伝えてちょうだい。それは事実なんだから」

「会ってもらわなきゃいけないのよ、オリー」声の調子が一変した。「あなたには、その意
味がわかっていない」

わたしがまっすぐ目を見つめると、彼女は視線をそらした。

「その意味って、どういうこと?」と、訊いてみる。

彼女は目を伏せ、唇を嚙んだ。そしてまたわたしを見たときは、いまにも泣きだしそうだ
った。

「オリーはいいわよ。成功したんだもの。トップの座についたわ、エグゼクティブ・シェフ
になれたわ」

話の流れの方向が見えて、堰《せ》き止めたいと思った。でも言葉が見つからない。

「これはわたしにとって、チャンスなの」と、彼女はいった。「夢の仕事につけたのよ。こ

のためにわたしは――」指で自分の胸をつつく。指が折れそうなほど強く。「ずっとがんばってきたの。だけどまだ新人だから、実力を証明しなきゃいけないの。議員の奥さんに頼まれて、あなたを彼女に紹介する、そんな簡単なことさえできなかったら、どうなると思う？」

「軽々しく引き受けずに、もっと……」

「ええ、そうね。あなたのいうとおりよ。安請け合いしなきゃよかったのよね」おしゃれな服や靴とは対照的に、なんともみじめな顔をすると、絶望したように両手を広げた。

「そんなにつらい思いをしてまで、いまの仕事をつづけたいの？」

ここで初めて、彼女はほほえんだ。「この仕事が好きなのよ」

「ほんとに？」

「プレッシャーはあるわ。いまはまだ慣れていないけど、そのうち楽になっていくはずだから。トレイトンにはね、計画があるの。それもすっごく大きな計画よ。わたしがうまく仕事をこなせば、ずっとそばに置いてくれるわ。わたしの望みはそれだけなの」

大きな計画。大統領選への出馬とか？　ブランチャード議員はキャンベル大統領とおなじ政党だから、公認候補に選ばれるかどうかは、はなはだ疑問だけど、野心としては十分に考えられる。

わたしはビンディに同情したものの、仕事はあるし疲れていたし、知らない人と会う気分ではなかった。ましてや、自分の子を依怙《えこ》ひいきしてほしいという要望をもつ人には。

「お願いよ」彼女はまたいった。

わたしはまぶたを押さえた。「汗まみれなんだけど」

「誰も気にしないわよ」

というわけで、わたしは上のエントランス・ホールに行き、ブランチャード夫人と初対面した。夫人は小柄な黒髪の美人で、ビンディがわたしを紹介すると、「マリアンと呼んでちょうだい」といった。

形式的な言葉でしかないのはわかっているけど、わたしはほほえみ、彼女にくっついている三人の幼い子たちに挨拶した。

「お名前は?」いちばん年長の子に尋ねる。

男の子はにやにやもじもじしながら、「トレイ」と答えると、「コックさんなの?」と訊いてきた。

「ええ、そうよ」

「お料理、おいしかった」子どもとはいえ、とても礼儀正しい。「でもね、リアはバナナ・プディングが嫌いだって、床に投げたんだ」

母親が息子をたしなめ、わたしに「ごめんなさいね」と首をすくめてあやまった。

「いいえ、かまいませんよ」わたしは下のふたりに顔を向けた。リアは三歳、ジョンは五歳だという。どちらも早く家に帰り、ひらひらした服をぬぎたくて仕方なさそうだ。リアは母親の脚にしがみつき、べそをかいていた。

背後では母子連れの小グループがいくつも、職員の案内のもと、グリーン・ルーム、ブルー・ルーム、レッド・ルーム、そしてステート・ダイニング・ルームを出たり入ったりしている。子どもたちのほうは、予想外に行儀がよかった。ときどき大声を出して母親に叱られてはいるものの、ジャクソンとレッドから聞いた話とはずいぶん違っていた。

ファースト・レディは少し離れた場所で、わたしたちをながめている。静かな笑みをたたえながらも、その目を見れば、早くひとりになりたいと思っているのは容易に想像がついた。起きた出来事を考えたら、ここにこうしているだけでも、なんて強い女性なのだろうと思う。

「みんなウェスト・ウィングも見学するの？」会話が途切れて、わたしは訊いた。

「ホワイトハウスのほぼ全体を見てまわるのよ」と、ビンディ。「でもわたしたちはファースト・レディとお話ししたかったから。いま少しよろしいでしょうか？」

キャンベル夫人はうなずいた。その顔に表情はない。

悲しみにくれる女性をひとりにしてあげることはできないのかしら。

見学者たちが静かに会話しながら行き交うなか、ハイヒールが大理石の床を踏む音が響いた。そしてすぐに秘書官のマーガレットと秘書官補佐がそばに来て、お邪魔をして申し訳ありませんといいつつ、キャンベル夫人に「急ぎ、上の階に来ていただけますか」と小声でいった。

夫人は座をはずすことを詫び、ブランチャード夫人に行事に参加してくれたお礼をいった。そして秘書官補佐に、みなさんが存分に楽しめるようくれぐれも配慮するように、と指示する。

ファースト・レディとマーガレットがいなくなり、わたしも厨房にもどることにした。「お会いできて光栄でした」ブランチャード夫人にそういってから、子どもたちにも声をかける。「ジンジャーブレッド・マンを作ってくれてありがとう」

するとトレイが口をとがらせた。

「あんなの作ったって、ぜんぜん楽しくなかったよ」

ビンディはあわてて少年にいった。「この人がね、がんばって作ったジンジャーブレッド・マンをみんなが見られる場所に飾ってくれるって。でしょ、オリー？」

わたしはどう答えていいかわからず、「最善をつくすわ」とだけいった。

ブランチャード夫人が息子の腕を引っぱる――「お礼をいわなくちゃ」

「ありがと」

夫人はわたしにほほえんだ。といっても、いささか困ったように。

「みんなといっしょには提出しなかったの。たくさんのなかで紛れてしまったら困るからって、ビンディがいうもので――。どこにあるかは、彼女が知っているわ」

「わたしが直接オリーのところに持っていくわね」と、ビンディ。

「ツアーもそろそろ終わりますので」秘書官補佐がぎくしゃくした会話を終わらせようと割って入った。「お帰りになるまえに、どこかご覧になりたい場所はありますか？」

じつにうまい誘導だと思った。

「いいえ、もう十分楽しませてもらいました」ブランチャード夫人は満面の笑みでビンディを見て、ビンディはわたしにウィンクした。

「あした連絡するわね」

彼女たちが背を向け去っていくのを、わたしはほっとしてながめるだけだった。

11

フライパンで焼かれるような気分だった。

ジーンのお通夜に行き、十五分とたたないうちに、わたしは文字どおり身が焼かれる思いをしたのだ。自分が姿を見せることで、ここまで周囲の人びとが動揺するとは思わなかった。棺の脇に立つなり、悲しみにくれる親戚たちがわたしをとり囲み、口々に尋ねる――何があったの？　あなたは何を見たの？　何をしたの？　ジーンは苦しまなかった？　みんなが一度に尋ねるので、一人ひとりにきちんと答えることができない。だけど少しでも慰めになるのならと、わたしは精一杯あのときのことを伝えようとした。

そうやって嘆き悲しむ人たちを前に話していると、背の高い女性がひとり、わたしの右肩に手を添えてからだの向きを変えさせた。そこにいたのはスーツを着た年配の男性だ。

「この方がジーンを発見したのよ」女性が彼にわたしを紹介した。

すると右側にいたべつの男性がわたしの腕を軽く叩き、「ジーンはちゃんとした医療処置をしてもらったのか？」と訊いた。この人もスーツ姿で、いかにも成功したビジネスマンという感じだった。「あなたは蘇生措置を施したのか？」

さっきの女性がまたわたしを年配の男性のほうに向けさせた。彼はジーンのお兄さんだという。

「心からお悔やみ申し上げます」わたしは彼の手を両手で包んでいった。

「ありがとう」お兄さんの目は涙で腫れぼったい。

「失礼します」聞き慣れた声がして、大きな手がわたしの左肩をがっしりつかんだ。「オリー、会いたかったよ」

わたしはふりかえり、なつかしい顔と対面した。髪は全体が白くなっていたけど、青い瞳はいまも変わらず明るい輝きを放っている。わたしはほほえもうとして、ここはお通夜の場なのだと思い、こらえた。

「ヘンリー……」腕をのばし、彼に抱きつく。避難所を得たようでほっとし、わたしは遺族に向きなおった。そしてお悔やみの言葉をもう一度述べ、早めにおいとましなくてはいけないことを詫びる。

「会えてうれしかったわ」ロビーに向かいながらヘンリーにいった。「どう話せばいいかわからなくて……」ふりかえると、何人もの人たちがまだ身を寄せ合うようにしている。「頭が混乱して、いっていいこととよくないことの区別もつかないの」

「そんなものだよ」ヘンリーはそういい、玄関ロビーを見まわした。「今度のような場合は、とくにね」小さくウィンクする。「オリーを待っていたんだ。よほどの急用がないかぎり、弔問に来ると思ったから」

ヘンリーはエグゼクティブ・シェフとしての最後の数カ月で蓄えた体重を、いくらか減らしたようだった。顔の赤みも薄らいでいる。お腹まわりは相変わらず太めだけど、以前よりはすっきりし、着ているスーツにも多少のゆとりがあった。

「元気そうね」わたしがいうと、ヘンリーはちょっと照れたように頬を赤らめた。

「きみの厨房のようすはどうだい？」

「わたしたちの厨房？」

「いい、いい」

ヘンリーはほほえんだ。

「コーヒーにつきあってくれたら話してもいいわ」

ヘンリーは、おや、という顔をした。

「若くて美しい女性が、こんな年寄り相手にコーヒーを飲みたいと？　それを断わるほど、まだもうろくしちゃいないよ」

わたしは彼の腕に手をのせた。「その調子なら、永遠にもうろくしそうにないわね」

半ブロック先にスターバックスがあり、ずいぶん寒かったけど、そこまで歩いた。ヘンリーはたぶんわたしを質問攻めにするだろう。そして彼は予想を裏切らず、小さなテーブルを前に腰をおろすとすぐに訊いてきた。

「で、ホリデイ・シーズンまえの追い込みはどんな調子だ？」彼の手にはホットコーヒー、わたしの手には温かいキャラメル・アップル・サイダー。

わたしは厨房のようすや献立の内容を語り、最後に「ショーン・バクスターのことは知ってる?」と訊いた。

目を細めて献立を聞いていたヘンリーは、完全にまぶたを閉じた。

「知らないわけがない。大々的に報じられているよ」大きな頭を振る。「これまでも、大統領になりたがる人の気が知れないと思うことはちょくちょくあったけどね……プライバシーがまったくなくなる」いま来た葬儀場のほうを手で示す。「ジーン・スカルカの家族も記者の相手をしてはいたが、たいていは身内だけでひっそりと死を悼むことができていた。世間の大きな注目を集めることなく、ひとりの人間として、遺族として、お互いに慰めあえていたよ」そこでふうっと息を吐く。

「そうね、わたしも新聞を見たわ。大統領もファースト・レディも、一挙手一投足があぁでもないこうでもないと分析されて……」

ヘンリーの目からいつもの輝きは消えていた。

「たまにはメディアも一歩さがって、そっとしておいてあげてほしいな」

長い沈黙がつづき、わたしはサイダーをひと口飲んだ。喉を伝わる甘く温かい液体にしばしほっとする。

「爆弾事件のことも聞いた?」ヘンリーなら知っているはずだと思いつつ尋ねた。でもいまの時代、洪水のように溢れる情報から離れて過ごす時間も必要な気がする。

「避難させられたか?」

シェルターでキャンベル夫人とショーンとともに過ごしたことを話すと、ヘンリーの目が少し険しくなった。夫人がショーンとわたしの仲をとりもとうとしたこともいいそえる。ヘンリーはわたしの手を軽く叩いた。「知らせを聞いたときは、さぞかしつらかっただろう」

わたしは思いがこみあげてきて、「ええ」としかいえない。

それからは、バッキーがちょくちょく嫌味をいうことや、シアンがめざましく腕を上げていること、マルセルの天才ぶりについて語った。そしてアグダのことを話すと、ヘンリーはからからと笑った。

「ヘンリーならまず面談をしたってバッキーにいわれたわ。そうすれば言語の壁が事前にわかったわよね」

ヘンリーはそこに厨房があるかのように天井を見上げた。

「いや、それはちょっと違うな。みんなおしゃべりを楽しむために、あそこにいるんじゃないんだから。わたしたちは最高の料理をつくるために厨房にいる。アメリカ合衆国の大統領に、むずかしい問題はしばし忘れて、おいしい料理を堪能してもらうのがわたしたちの仕事だよ」ヘンリーはなつかしい愛国スピーチを始め、わたしは笑顔で耳をかたむけた。詩を朗読するように、よい食事とはどういうものか、そのすばらしさと効果、国家のリーダーたちはよい食事をしてこそよい決断ができるのだと、とうとうと語る。こういうヘンリーの話を毎日聞けなくなって、わたしはほんとうにさびしいと思った。

「ホワイトハウスの料理人は、国家の繁栄に貢献するのが仕事であって、厨房は友人をつくる場ではない」

「そうはいっても……」わたしは彼の手に自分の手を重ねた。「ときには厨房で、生涯の友人もつくれるんじゃない？」

ヘンリーはわたしの手を包みこんだ。瞳に明るい輝きがもどる。

「ま、それもそうだな」

おやすみをいって別れ、わたしは自分の車へ向かった。歩きながら、ふーっと長いため息をつく。それが夜の寒さに白い筋となって流れるのを見ると、自分が生きていることを感じた。と同時に、白い筋は沈んだ気持ちの表われでもある。ヘンリーに会えたのに、ようやく家路につけたのに、それでもなお——。

アパートに着くと、ジェイムズがフロント・デスクの前でうたた寝をしていた。彼を起こさないよう、忍び足で歩く。でもエレベータが到着すると、彼は目を覚ました。

「お帰り、オリー」ジェイムズは立ち上がった。

わたしはエレベータの扉が閉まらないよう手を当てて、いつもの挨拶をした。

「調子はどう、ジェイムズ？」

彼はこちらへやってきながら、エレベータに向けて手を振った。

「乗るのはちょっと待って。知らせたいことがあるから」

わたしはためらいつつ、扉から手を離した。「知らせたいこと？」

「そう、情報がね——」まばたきして、しっかり目を覚まそうとする。「スタンリーから何か知らせたいことがあるらしい。オリーが帰ってきたらそう伝えてほしいといわれたんだよ」

「だけど……」

ジェイムズは手を上げて、エレベータ通路の左右を見渡した。

「先日の事故の件。ほら、オリーが働いているところの」

「感電事故？」

ジェイムズはうなずいた。こらえようとしても、目に不安がのぞく。

わたしはすぐにでも知りたくなって、彼にお礼をいうとエレベータの「上」ボタンを押した。

「スタンリーの部屋に寄ってみるわね。たしか——八階？」

さっきとおなじエレベータが開いた。

「いや、たぶん、オリーのお隣のウェントワースさんの部屋じゃないかな」

「わかったわ、ありがとう」わたしはエレベータに乗った。夜のこんな時間に、ウェントワースさんの部屋でどんな電気関係のトラブルがあったのだろう？

エレベータの扉が閉まる寸前、ジェイムズはなぜか顔を赤らめていた。そしてウェントワースさんが部屋のドアをあけてくれたとき、その理由がわかった。彼女はバスローブ姿で、背後におなじくバスローブ姿のスタンリーがいたのだ。

「あの……スタンリーがここにいると聞いたので……こんばんは、スタンリー」

「お願いよ、金魚みたいに口をぽかんとあけないで、さあ、なかに入ってちょうだい」ウェントワースさんはそういった。「スタンリーがたくさん、あなたに話したいことがあるんですって」

ウェントワースさんとスタンリーは、花柄のソファに並んで腰かけた。そこでわたしはふと、ウェントワースさんのファースト・ネームを知らないことに気づいた。ウェントワースさんはいつだって〝ウェントワースさん〟で、スタンリーも〝スタンリー〟だった。でもこの状況でどう呼びかけたらいいのかわからなくなり、とまどいの上にとまどいが重なって、わたしはそわそわした。バスローブ一枚だけの年配の男女は、顔がつやつやして満足感に浸りきったようで……。

「考えたんだよ、オリー」スタンリーの言葉に当面の用件がよみがえり、わたしはほっとした。「事故があった日は、たしか雨が降っていただろう?」

スタンリーはこのまえも、雨の話をしていたような気がした。

「ええ、降っていたわ」

「そこにいた電気技師……何という名前だったかな?」

「ジーンよ」少しまえのお通夜を思い出し、胸がつまった。

「うん、うん、そのジーンが――」スタンリーの横でウェントワースさんは恋する乙女のようにほほえんで彼を見つめている。わたしはそわそわするのをきっぱりやめた。ふたりはわたしがいようがいまいが関係ないのだ。なんともうらやましい光景だった。「軽率な人間だったら、ホワイトハウスの電気技師長になんかなれないだろ？　高電圧の近くに行くとわかっていれば、それなりの用心をしていたはずだ」

「ジーンは電気設備について、誰よりも熟知していたわ」

「まさしくそこなんだよ」と、スタンリー。「原因は、中性線にちがいない」

「え？」

「中性線の断裂だよ。非常に危険、かつ予測不能だ」

ウェントワースさんはスタンリーの膝を軽く叩いた。

「あなたが作ったものを彼女に見せてあげたら？」

スタンリーは少し照れながら、「わかりやすいように模型を作ってみたんだ」といって、キッチンへ行った。ウェントワースさんは彼の背中を見守り、ある程度離れてからわたしにいった。

「あなたに見せるために、まる一日かけて模型を作ったのよ。彼の自信作だわ。わたしだって、中性なんとかがわかったような気になったもの」

スタンリーはボードを手にもどってきた。四十×六十センチくらいで、ソケットが五つあり、うちふたつには四十ワットの電球が、残り三つにはヒューズが接続されていた。そして中央に、電源スイッチ。部品は互いにケーブルでつながり、ケーブルはまとまって三倍の厚みがある灰色のコードにつながっている。コードの先はわたしの手のひらほどある大きな円形プラグだ。差し込み用の金属の刃は三つで、奇妙な形をしていた。

「このプラグは二百四十ボルト用で――」スタンリーはそれを掲げた。「家庭内ではあまり見かけないが、衣類乾燥機はたいていこれだ」彼はそこでいったん黙ったけど、わたしはよくわからないので首をすくめるだけだった。「まあ、いいさ。電化製品のなかには通常の百二十ではなく二百四十ボルトのものもあるってことさ。部屋に帰ったら乾燥機を見てみるといい」

「わかった、そうするわ」

「手短に説明するが、不明点があったら声をかけてくれ。いいかい？」

わたしはうなずいた。

「強い雨が降ると、中性線が――接地線がおかしくなることがある。そうなると非常にまずいんだよ。たとえば高電圧で家が燃えないように守るのが、この接地線だからね」唇をなめる。「ヘアアイロンは持っているかい？」

「ええ、ふたつ」最近は手早くポニーテールにするから、ほとんど使っていないけど。

「ヘアアイロンなら、家が燃えるほどの熱を生まない。だから電源を切り忘れても心配する必要はないんだ」

「ひとつは自動で電源が切れるタイプなの」

「もちろんそのほうがいいが――」どうでもよさそうに手を振る。「そうでなくてもさして心配はない。どっちみち百二十ボルトだろうし、まともに動いてさえいれば問題ないよ」そろそろ本題に入るようで、声に熱がこもった。「ただ、衣類乾燥機は二百四十ボルトで、それだけの電気を一度にまとめて流すのは危険だから、百二十ボルトのコードを二本使うんだ。ここまではいいかい？」

「ええ、いまのところ」

「そしてその二本を中和する、いわば緩衝役を務めるのが中性線だ。技術的な細かい話は飛ばすが、要するにこの緩衝役が死んでしまうと、ふたつの百二十ボルトを引き離すものが何もなくなる。ヘアアイロンもホットカーペットもトースターもどんどん熱をもって、そのうち発火しかねない」

スタンリーは自分についてくるよう手を振った。ウェントワースさんも立ち上がっていっしょに行く。着いた先はクロゼットで、給湯器、洗濯機、乾燥機、大型のシンクが置かれていた。じつに掃除がゆきとどき、ぴかぴかでびっくりする。ウェントワースさんにはうちの部屋のクロゼットを見せたくないと思った。下着が引き出しのハンドドルに掛かっていたり、洗濯物が床で山をつくっているのを見たら目を回すだろう。

消臭スプレーのにおいがするクロゼットは大人三人がなんとか入れる程度だったけど、スタンリーはわたしに乾燥機の背後を見るようにいった。そこにあるプラグは、彼がつくったボードの模型とそっくりだ。

「では、これから模型のほうに電気を流すからね。たぶんそれとおなじことが、ジーンにも起こったんだと思う」

爆発でもするんじゃないかと思い、わたしはあとずさった。でもウェントワースさんのからだが戸口をふさいでいる。

彼がプラグを差しこむと、電球がふたつ点灯した。

「これならどうってことないだろう？」彼はそういうと、今度はスイッチを押した。スイッチには『オン／通常』『オフ／断』と書かれていて、いま彼が押してもとくに何も起こらない。

「ふたつの電球は電圧がおなじなんだ」と、スタンリー。「それでバランスがとれているんだが、緩衝役の中性線がなくなっても、一見とくにおかしなことはない」そしてプラグを抜く。「しかしね、バランスが崩れたらどうなるかをこれから見てみよう」

彼は四十ワットの電球の片方を大きなスポットライト型の電球にとりかえると、スイッチを『オン／通常』にして、プラグを差しこんだ。

電球は両方とも点灯した。もちろんスポットライト型のほうが四十ワットよりも明るいけど、違いはその程度で、おかしなことは何もない。

「準備はいいかい？」彼が訊いた。

ウェントワースさんがあとずさり、わたしは「いいわ」と答える。

「では、中性線を切ったらどうなるか――」彼はスイッチを押した。

「うわっ！」わたしは思わず手を上げて目をかばった。

スタンリーはスポットライト型を指さした。「ずいぶん違うだろう？」

たしかに――。スポットライト型はまともに目を向けられないほど、とてつもない光を放っている。これで電球はもちこたえられるのだろうか？　そのうち爆発してしまうのではないか？

「緩衝役がなくなったら、こうなるんだよ」スタンリーは冷静につづけた。ウェントワースさんは完全にクロゼットの外に出ている。このぎらつくまぶしさのなかではわたしもそうしたかったけど、スタンリーの手前、ぐっとこらえた。

「安全なの？」わたしは彼に訊いた。

スタンリーは小さくうなずきながら、「短い時間ならね」といった。「中性線をいたずらにいじっちゃだめなんだよ。この模型を木製ボードで作った意味がわかるかい？　おれは金属にまったく触れていないだろ？　これくらいなら大きな危険はないが、それでもおれは万全を期したんだ」

わたしがつらそうにしているのに気づいたのだろう、スタンリーはボードのスイッチをオンにした。するとすぐ、ふたつの電球は通常の明るさにもどった。

「さっきはこの電球ひとつに二百四十ボルトの電圧がかかったということ？」

「正確にはそうでもない。この部屋はどれくらいかな……たぶん二百二十か、それ以下だろう。しかし中性線とはこういうものだ。きわめて大切なんだよ。これが切れたら、予測不能の事態になる」

「ジーンはそれが原因で命をおとしたと思うのね？」

ありがたいことに、スタンリーは答えるより先にまずプラグを抜いてくれた。

「確信はない。ただ何かしらの原因があって——それは彼のようなベテランでも予期できなかったことだとは思う。いきなり二百四十ボルトに襲われたら、ひとたまりもないよ」せつない目でわたしを見る。「おれが調べてもよければ調べるが、それは無理だろう？」

「ええ、たぶんね……。だけどホワイトハウスの技師も、きっとおなじことを考えたはずよね、感電の原因のひとつとして」

スタンリーは白い眉をぴくりと上げた。

「念のために、確認したほうがいいと思うな。中性線の断裂なんてそうそうないからね。ふつうは疑問に思いすらしないよ。それにおれの仮説が大間違いだって可能性もある。まったくべつの原因で亡くなったのかもしれない。それでも大雨は電気系統に被害を与えるからね、ふつうでは考えられないアースとか中性線のダメージも含めて。だから確認する価値は大いにあると、おれは思うな」

12

電気技師のマニーがセントラル・ホールを小走りで横切り、ベルトの工具がかちゃかちゃ鳴った。わたしは彼に声をかけたけど、聞こえなかったようだ。まだ朝の八時まえとはいえ、ホワイトハウスのなかはあわただしい。公式の就業開始を迎える準備作業には、いくら時間をかけてもかけすぎということはないのだ。

「マニー!」ホールの向こうにも伝わるくらいの大きな声で呼んでみる。

彼はふりかえり、わたしだとわかると目を細めた。理由は十分に想像がつく。エグゼクティブ・シェフが自分を呼びとめるなど、どうせろくな用件じゃない——。

彼は立ち止まったまま親指で南のほうを指し、「仕事があるんだよ」といった。もちろん仕事はいくらでもあるだろうし、当面は外の大木にホリデイ・シーズン向けのイルミネーションを施さなくてはいけないはずだ。でも、わたしの用件はほんの二、三分ですむ。

わたしはエプロンで手を拭きながら彼のほうへ行った。

「ほんのちょっとだけ訊きたいことがあるの」

すると彼の視線がわたしの背後に向けられた。ふりかえって見ると、ヴィンスがこちらにやってくる。

「こんな時間まで何やってたんだ？」マニーが彼に訊いた。

「あんたのほうこそ、カーリーがさがしまわってたよ」ヴィンスは副技師長のカーリーがいるかのように、背後をなかばふりかえった。

「またか？　きょうは朝からがみがみいわれっぱなしだよ」ふてくされて何やらつぶやく。わたしがいなければ、あからさまな罵《のの》り言葉を発していただろう。「いったいどうしちまったんだろうな、カーリーは——」

わたしが中性線について尋ねる間もなく、話題の人物が通路の角を曲がってやってきた。ヴィンスはそそくさとその場を去りながら、「やあ、カーリー、ぼくは仕事にもどるから」と声をかけ、背後を指さす。「マニーならあそこにいるよ」

カーリーはマニーに向かい、大きな咳払いをした。

「こんなところで何やってる？　一時間まえには電源を入れて、外にいるはずじゃなかったのか？」

マニーが答えるより先に、わたしがいった。

「質問したいことがあって、わたしが彼を呼び止めたの」

「早く行け！」カーリーがいうと、マニーは弾丸のように飛んでいった。カーリーは怒りの形相でこちらをふりむく。わたしは思わずあとずさりしそうになった。

「用件は何だ？」

「ジーンのことなの」

「彼は死んだよ」

わたしは頰の内側を嚙んだ。「亡くなった原因に関して教えてほしいことがあるの」

カーリーの顎がひきつり、わたしは間をおかずにつづけた。

「中性線の不良が原因だった可能性はない？」

カーリーがこれほど驚いたのをわたしは初めて見たような気がした。あっけにとられたように、「え？」とつぶやく。

「だからあの……中性線が不良で……」

「それは聞いたよ。だが、中性線のことをどうして知ってる？」驚きの表情は消え、いつもの不機嫌な顔になる。「それになんで他人の仕事に首を突っこむ？　厨房はどうした？」

彼の言葉そのものより、全身から発散される激しい感情にわたしはひるんだ。だけどここで引き下がってはいけない。

「その可能性は検討したの？」

「何を読んだか知らないが、ちゃんとわかってしゃべってるのか？　どうしてそんなことを思いついた？」

「あの日は雨だったし――」

彼は鼻を鳴らした。「ここの電気系統の専門家にでもなったつもりか？　ほら……」大げさな手つきで工具ベルトをはずし、わたしに差し出す。「接続点六十四番が切れている。K

三五の電圧が下がっている。おれがクッキーを焼いているあいだに修理してくれ」

わたしはこれ以上ないほど怒りをこめて彼をにらみつけた。

「何かの役に立てばと思っただけよ」

「ジーンは死んだんだ。何をやったところで生き返らせることはできない」

「だけど亡くなった原因が——」

「いいかい？」工具ベルトをまた腰に巻きながらいう。「あんたが電気技師だったら、喜んでいくらでも説明するよ。だが当面は、仕事をなまけるわけにはいかないんだ」カーリーはマニーたちを追うように歩きはじめ、歩きながら顔だけこちらに向けてこう締めくくった。

「つまらない話で仕事の邪魔をするのは、これきりにしてくれ」


厨房の中央にあるカウンターで、横にいたレイフがわたしに訊いた。

「チキンのむね肉に、何か恨みでもあるのかい？」

わたしは顔を上げた。そして手元のむね肉が、パンケーキのようにぺちゃんこになっているのに気づき、ぎょっとした。どうやらわたしは腹立ちまぎれに、鶏肉を叩きつづけていたらしい。

「大失敗だわ」

「エグゼクティブ・シェフになって初めてのホリデイ・シーズンだから」と、レイフ。「ずいぶんストレスがたまってるのかな」

それだけならたいしたことはないんだけど、と思いつつ時計に目をやる。

「朝の九時まではすべて順調、なんていう宇宙の法則があるといいのにね」

「それは無理だな、少なくともここでは」レイフは笑いながら、ちらっと目をやった。その視線の先ではバッキーが、きょうの献立用のビーフ・ストックをときおりかき混ぜながら、ぶつぶつ独り言をいっては、オリジナルの新作ドレッシングをつくっている。

ほかのスタッフはといえば、シアンはいつになく寡黙で、アグダは腕の青い血管が見えるほど力を入れて生地をのばしている。しかも眉間には深い皺——。

「あなたはいつもほがらかね」わたしがいうと、レイフは首をすくめた。

「人によってストレスの表われ方が違うだけさ」

わたしはビンディのくすくす笑いを思い出した。

「ほんとにそうね」

すると電話が鳴り、いちばん近くにいたのはわたしだったので、電話機専用の消毒ウェットタオルで手を拭いてから受話器をとりあげた。

かけてきたのは給仕長のジャクソンだった。ファースト・レディは親族とショーンの葬儀の打ち合わせをするのでほぼ一日外出だという。ショーンの両親はヴァージニア州に住んでいて、キャンベル夫人は夕食をそちらですませるらしい。

「大統領が帰ってこられるのも夜になる」と、ジャクソン。

「夕食は？」

「準備しなくていいよ。ヴァージニアにいる夫人に合流して、ホワイトハウスにご夫妻いっしょに帰ってこられるのはたぶん八時以降になる」

「わかったわ、ありがとう」わたしは受話器を置いた。昼食も夕食も不要になって、厨房は少し息がつけるけど、大統領夫妻にはさぞかしつらい一日になるだろう。キャンベル夫人はきのうのイベントをなんとかのりきり、それだけでも苦しかっただろうに、きょうはきょうで、葬儀の打ち合わせをしなくてはいけないのだ。

わたしはスタッフに予定変更を知らせた。みんなの肩や背中、腕や顔つきから、緊張感が抜けていくのがわかる。念のため、ひと言いっておいたほうがいいかもしれない。

「それでもやることはまだまだたくさんあるから、くれぐれも——」

いい終わらないうちに、マルセルがものすごい剣幕で入ってきた。小走りで彼のうしろについてくるのはイー・イムだ。マルセルは挨拶抜きでいきなりわめきはじめた。

「使えたもんじゃないよ、こんな……こんなできそこないは！」突き出したトレイには、きのう届いたばかりのジンジャーブレッド・マンがいくつかのっていた。「わたしはね、精魂こめてジンジャーブレッド・ハウスをつくったんだ。今年の最高傑作なんだよ。なのにこんなものを置かれたら……ああ、最悪《ル・ピール》だ……」

わたしは彼に近づいてジンジャーブレッド・マンをじっくりと見た。

「わかるだろう？」と、マルセル。「こんなものをどうすれば使える？　美しいハウスは意味がなくなるよ。誰にも見てもらえないだろう。みんな稚拙なジンジャーブレッド・マンに仰天して、目はそっちに釘づけだ」

マルセルとわたしはお互いの領域に踏みこまないようにして、友好的な共生関係を保っている。彼に不満があればいくらでも発散していいし、わたしは喜んで耳を傾けた。ただ今回の場合、少しばかり口を出してもいいだろう。

「ケンドラに相談してみれば？」

「これをわたしに押しつけたのが、そのケンドラなんだよ！　なんとかうまく修正しろってね。そんなことをやってる暇はない！」

たしかに、二十センチのクッキーの仕上がりはお粗末だった。でも、これはこれでかわいいような気もした。

「展示の趣旨は、いまのアメリカの子どもたちを見てもらおうってことだから」わたしは冷静にいった。

「ではアメリカは、どんな子どもの育て方をしているんだ？　ほら――」マルセルはトレイの隅のクッキーを指さした。とりあえず輪郭は人間の形だけど、目はひとつで、片方の足は下半分がない。外周のアイシングはでこぼこしているうえ、地のクッキーが欠けているところまであって、幼い子がでたらめにやったとしか思えなかった。「これは七歳の男の子が作ったらしい。わたしが七歳のときは三段のケーキを作って、そこに手づくりのキャンディをのせたよ。作品と呼ぶにふさわしい出来だった」

マルセルならきっとそうだろう。わたしはなだめるようにいった。

「全体の責任者はケンドラで、彼女が完璧主義なのはマルセルも知っているでしょ？　集まったクッキーはできれば全部飾りたいのよ、きっと」マルセルの目をしっかと見る。「なかでもこれが、出来のいいほうだった――とは思わない？」

マルセルの心底ぎょっとした顔は、状況が状況でなかったら、周囲の笑いを誘ったにちがいない。

「こんな仕事はできない」彼はトレイをなかば投げるようしてカウンターに置くと背を向け、嫌悪感まるだしでいった。「こういうものは使えない。砕いて犬のおやつにでもすればいい」

マルセルはつかつかとドアのほうへ行き、わたしはため息をついてその背を見つめた。彼は自分の思いどおりにならないとかんしゃくを起こすことがあるけど、ここまで徹底して拒絶するのは珍しい。バッキー、シアン、アグダも顔を上げて心配そうにちらっと見やり、すぐまた仕事にもどった。わたしとレイフの目が合って、ストレスの表現は人によって異なるという暗黙の了解をした。

「やあ、やあ！　クリスマスの準備はいかがかな？」

その声にふりむくと、総務部長のポール・ヴァスケスだった。満面の笑みをたたえ、手にはホワイトハウスの公用袋を持っている。

「お帰りになったんですね」わかりきったことをわたしはいった。

「外のモミの木はじつに美しいな」と、ポール。「今年はとりわけ、見とれるほどすばらしい。ライトアップが待ち遠しいよ」と、そこでほほえみが消えた。「これはうれしい話だが、残念ながら、悲しいことも起きてしまった」スタッフ一人ひとりと顔を合わせていく。ポールはこうして、みんな大切なホワイトハウスのメンバーであることを示そうとする人だった。

「出張中も連絡はとりあっていたからね。今後については、次回のスタッフ会議で議論することになるだろう。しかし当座は――」公用袋を差し出す。「オリー宛にこれが届いた」

「え？」一瞬驚いたものの、そういえば、とすぐに思い当たった。わたしが袋を開いているとシアンが寄ってきて、「これもジンジャーブレッド・マン？」と訊いた。

わたしはうなずく。

「たぶん、ブランチャード議員の子どもたちが作ったものよ」予想は当たって、ビンディのメモも添えられていた。全部で三つあり、わたしはひとつずつ取り出した。どれも箱に入れられ、さらにティッシュペーパーとエアキャップでくるんである。

「壊れるのがよほど怖かったのね」シアンがいった。「わあ、すごい。これを子どもが作ったの？」

わたしが最初の箱からとりだしたものに、全員が注目した。

「すばらしいわ」

ポールが小さく口笛を吹く。「ケンドラは飛びあがって喜ぶだろう。これほど立派なクッキーが集まれば……」

「それはありえない」マルセルがわたしたちの背後でいった。「残念だけどね《サクレ・ブル》」彼が両手を差し出し、わたしはそこに小さなジンジャーブレッド・マンをのせた。「これはどこから届いた？」

　ポールは仕事があるからとオフィスにもどり、わたしはマルセルにビンディから頼まれたことを伝えた。

「すばらしい《メルヴェイユ》！」マルセルはクッキーをそっと丁寧に箱にもどした。「ほかのも見たいな」

　三つとも驚くほど完璧だった。マルセルでさえ文句のつけようがないほどで、大きさも焼き具合もいうことなしだ。しかも縁どりのアイシングの色は、アメリカを象徴する赤、白、青――。これはほんとにクッキーだろうかと疑いたくなるほどで、わたしはマルセルにそういった。

「たとえプラスチック製でも気にしないよ」マルセルはにこにこしている。「もったいなくて、誰も食べられない。これは鑑賞用だ」

　ジンジャーブレッド・マンの提出条件は、アイシングの縁どりだけだった。小さなお砂糖の旗を持たせたり、繊細な地模様をつけたりといったアイデアは見事で、人の形に焼いたジンジャークッキーを超えて、お菓子の芸術品といってよいほどだ。

「これならレッド・ルームの目立つ場所に置けるわね。ビンディの要望をかなえられてよかったわ」小さくウィンクする。「あの子たちにこんな才能があるとは思わなかったけど」

　マルセルはわたしの言葉の含みに気づかなかったのか、「子どもたち《シルドレン》が作ったんじゃない」と断定した（彼の発音では〝チルドレン〟が〝シルドレン〟になる）。「熟練者の作品だよ」

「ビンディの話だと、ブランチャード家のシェフが少し手伝ったみたいよ」

マルセルは大笑いした。「少しどころじゃなくて、全部だね。それでも何日かかかったと思う。傑作として展示しよう」

懸案事項がひとつ解決してわたしはほっとし、笑顔で三つの箱を差し出した。

「どうぞ、お受けとりください」

「はい、喜んでいただきます」マルセルは小さくお辞儀をして受けとった。

二度とカーリーの怒りをかいたくなかった。でも、工具ベルトを巻いたマニーの姿を見たらこらえきれず、名前を呼んだ。

マニーはふりむき、わたしだとわかるとかぶりを振って、あとずさる。

「ひとつ教えてほしいことがあるの」

「カーリーをあんなに怒らせるなんて、いったい何をいったのかな？　一日じゅう不機嫌で、おれに当たりちらしてくる。ヴィンスにもだよ。カーリーは、あなたのせいだといっていた」

「彼に中性線について尋ねたの。そうしたら――」

マニーは今朝のカーリーとおなじ反応をした。

「え？」

わたしはスタンリーから聞いた話をくりかえした。

「カーリーが怒るのも無理ないな。ジーンが死んだことであなたに責められた、としかいわなかったけど」

「わたしが彼を責めた？　ただ質問しただけなのに」

「これはただの愚痴だけどね。ヴィンスはきょう五回も怒鳴られたんだ。どうしてそんなに機嫌が悪いのかってカーリーに訊いたら、返事もせず、追加の仕事を押しつけられた。まるで見張られてるみたいで、おれたちのそばから十五分と離れることがないんだ。カーリーによけいなことは訊かないでほしかったな。ただの質問じゃすまないってことだよ。いつも以上に機嫌が悪くなって……。でもまあ、これで理由が見えたから」

「質問するのが、そんなに悪いことなの？」

マニーは首をすくめ、話をきりあげるようにドアのほうを向いた。

「さあね。恥をかかされたとか、そんなふうに思ったんじゃないの？　あなたのせいで、技師長の座をふいにするとか」

「よしてちょうだい」マニーを引きとめるため、わたしはもう一度スタンリーから聞いた話をした。「ジーンの感電の原因が中性線かどうかを確認する方法はあるのかしら？　もしあるなら――」

いい終わらないうちに、彼は首を横に振った。「もう忘れたほうがいい」

「ジーンが単純なミスをおかすなんて信じられないのよ」

「おれはそこまで断定できないね」

「お願い、確認してみてくれない？」

「無理だって。中性線は関係ない。その点ははっきりいえる。ともかく、おれはかかわりたくないんだよ。カーリーがこれ以上不機嫌になったらどうする？　こういっちゃなんだけど……」悪巧みでもするように、声をおとす。「おれだったら、カーリーをここから追い出すね。あの人の頭のなかは、奥さんの病気やら何やかやでいっぱいなんだ。おまけにいまは、おれが仕事でミスをやらかすんじゃないかとはらはらしている。ヴィンスに対してもそうさ。だから仕事を任せきれないんだ。ああいう人間は、大きなトラブルを引き起こすまえにクビにしたほうがいい、冗談じゃなくね」

13

その夜、厨房の電話が鳴ってびくっとした。時刻は七時十五分。ホワイトハウス内のＩＤから、かけてきたのはファースト・レディだとわかった。

「よかったわ、オリー」と、彼女はいった。「出てくれたのがあなたで。いま忙しいかしら？」

ギャヴィン主任捜査官がバッキーとシアンを講習に連れていき、午後の半分はふたりがいなかったため、八時に仕事を終える予定がそうはいかなくなった。このぶんだと、十時過ぎまでかかるだろう。

「いえ、大丈夫ですよ」わたしはキャンベル夫人にそう答えた。「どうなさいました？」

「今夜、お客さまがひとりみえるのだけど、どうも夕食をすませていないらしいのよ。じつはね、主人もわたしもそうなの」

びっくりして、わたしはそれを素直に口にした。

「ええ、そうでしょうね」夫人のため息が聞こえる。「夕食はすませてくるつもりだったのだけど、あまり食欲がなくて……」

現在の状況（大統領のむずかしい交渉会議、ショーンの死、ジーンの死）を考えれば、それも無理ないと思った。

「お察しします」

「ありがとう、オリー。あなたならわかってくれると思って、このわがままな電話をすることにしたの。申し訳ないのだけど、いまからお客さまと主人とわたし用に、簡単でいいから夕食を用意してもらえないかしら？」

「はい、承知しました」そこでひとつ質問しようとしたら、夫人はつづけてこういった。

「ごめんなさい、わがままはもうひとつあって、食事の用意はこちらで、家族用のキッチンでしてもらいたいの。私的な内輪の食事ということで、あまり……いろんな人に出入りされるのは避けたいから。オリーはここまで来られる？」

「では、そのようにします。もしよろしければ、お客さまはどなたか教えていただけますか？　お好きな料理を用意するようにしますので」

「ええ、ええ、お客さまはブランチャード議員よ。彼とは――」言葉が途切れ、わたしはじっと待った。「話し合わなきゃいけないことが、たくさんあるの」ふたたび少し間があく。「ショーンが……シェルターで話していたあの件について。あなたなら、あの場にいたから知っているでしょう。でもできるかぎり、ほかの人には聞かれたくないの。それで今夜は人数を限定したのよ。料理は凝らなくていいわ。残りもので十分だから」

わたしはすでに献立を考えはじめていた。

「お食事は何時くらいから始められますか？」

「あなたの都合で、できるだけ早い時間にしてもらえればいいわ。キッチンはひとりで自由に使ってちょうだい。きょうはいろいろあったから、わたしは少しほっとしたいの。にぎやかなのはもう耐えられそうにないから」

厨房は常時食材を豊富にそろえているので、ファースト・レディの急な注文にも問題なく対応できる。今後の準備はバッキーに任せ——いずれにしてもそう簡単には終わらない——わたしは材料その他の必要なものをカートにのせて、大統領一家のキッチンに向かった。

キッチンは花柄の壁紙を背にぬくもりのある木製のキャビネットが並び、アメリカの中流家庭の見本のような、居心地のいい造りだった。ふたりで調理するのに十分な広さがあったけど、今夜はわたしひとりで三人分の夕食をつくる。それでとくに不都合はないし、何よりそれがファースト・レディの要望なのだ。

この隣に、ダイニング・ルームがある。大統領一家が使うダイニングということで、下の階の〝ファミリー・ダイニング・ルーム〟やウェスト・ウィングの〝プレジデンツ・ダイニング・ルーム〟と混同されることが多いけど、もちろん職員は間違ったりしない。この部屋は十九世紀のブキャナン政権時代にイギリス皇太子が宿泊したことから、〝プリンス・オブ・ウェールズ・ルーム〟と呼ばれたこともある。でもその後ダイニング・ルームに改装され、ジャクリーン・ケネディの意向により、家族だけで食事をする場となった。

わたしがチキンのむね肉にパン粉をまぶしていると、キャンベル夫人が入口の側柱をノックした。

「忙しいのはわかっているんだけど……」

「大丈夫ですよ。八時半には出来上がります。それでよろしいですか？」

夫人はうなずき、なかに入ってきた。

「給仕には三人分の食器を用意するよう頼んだの。だけどトレイトンがビンディを連れてくるかもしれないわ。もしそうなったら、どうしたらいいかしら？　急にひとり分増やすのは無理でしょう？」

食材は多めに持ってきてある。緊急時を想定しない料理人はプロとはいえないのだ。

「四人でも問題ありません」

「よかったわ……」夫人はキャビネットを端からあけていった。「信じられる？　わたしはどこに何が入っているか、いまだにわかっていないのよ」さびしそうにほほえむ。「いつだって、何だって、誰かが用意してくれるのに慣れてしまったのね。ほんとうは、そういうのはいやなんだけど」

「どうか、もっと慣れてください。わたしたちは喜んでそうしているんですから」

夫人はわたしに背を向け、両開きのキャビネットをあけた。

「あなたがいてくれてうれしいわ、オリー」

どう答えていいかわからなかった。夫人は話しつづける。

「主人もわたしも、ショーンが自殺するなんていまだに信じられないの。あの子の母親もそういってるわ」

夫人がショーンについて話すなんて——。内心びっくりしたけど、それを顔に出さないようにがんばる。わたしをふりむいた夫人の目は涙にうるんでいた。

「あなたもショーンを知っているわ。わたしたちには見えなかったものが、見えていたんじゃない？　あんなことが……あの子があんなことを……」

「はい」きっぱりという。「わたしも信じられません」

ファースト・レディはまた悲しげにほほえんだ。

「ありがとう、オリー」

軽率な発言で失敗することが多いわたしだけど、このときばかりは抑えられなかった。

「生意気なことをいうようですが——」

夫人は首をかしげた。「いいわよ、思っていることをいってちょうだい」

「奥さまはとても冷静でいらして、そのお気持ちを察すると——」心のなかでうめいた。冷静？　もっとふさわしい言葉はないの？「奥さまの威厳と気品のあるお姿に、心から敬服しています。ショーンが亡くなって、さぞかしおつらいでしょうに」

ショーンの名に、夫人の目がさらにうるんだ。でも同時に、その目は話しつづけなさいと語ってもいた。

「マザーズ・ランチョンを予定どおり開催なさったうえ……」自分でも訳がわからなくなっ

た。ともかく、いいたいことを簡潔にいわなくては。「奥さまはどんな状況でも、つねに優雅で毅然としていらっしゃいます」

キャンベル夫人は弱々しくほほえんだ。

「主人が大統領として国に奉仕することが決まってから、彼もわたしも一般市民であったときよりさらに厳しい規範に従うことを心に決めたの。ファースト・レディとしてのわたしの行動は、大なり小なり国じゅうに影響を与えるでしょうから」夫人は自分自身に向かって語りかけているようでもあった。「それはある意味、恐ろしいことよね。自分の行動がもつ影響力を知るようになって、わたしはたとえどんなにつらくても、模範的なふるまいをするよう心がけているの」目を細め、わたしをじっと見る。「それとおなじものが、あなたのなかにも見えるのよ、オリー。わたしにもあなたにも、ここに——」両手の拳を胸に当てる。「芯のようなものがあるといえばいいかしら。世界が壊れてしまったように感じても、その芯のおかげでなんとか地面に立っていられるの。あなたはわたしを誉めてくれたけど、あなたにもおなじ強さがあるとわたしは思っているわ。そしてあなたが、その芯に頼らずにすむよう願っているの、この何日かのわたしのように」

頬が熱くなるのを感じた。しかも言葉が何ひとつ出てこない。

キャンベル夫人はわたしのとまどいを察したのだろう、背を向けると食器棚から白い小鉢をいくつかとりだし、テーブルの上に置きながらいった。

「これを使ってちょうだい。気どらずに、大きなお皿から取りあっていただくわ。トレイトンも家族同然だもの。わたしは彼がまだお腹のなかにいるころから知っているのよ」

夫人のアシスタントがドアから顔をのぞかせ、トレイトン・ブランチャード議員が到着しましたと告げた。ビンディがいっしょじゃないといいけど、とわたしは思う。こういう食事の席に、野心に満ちた人はふさわしくないような気がした。

短い時間で、キャンベル家お気に入りの料理を仕上げた。けっして豪華ではなく、極細のカペッリーニにレモン風味のチキンカツをのせてケイパーを添えたものだ。サラダのドレッシングはバッキーの新作を使うことにする。これは厨房ですでに試食ずみで、バッキーにもたいへんおいしいと伝えてあった。デザートもシンプルなオレンジ・シャーベットだ。くり抜いたオレンジをそのまま器にして冷凍庫に入れてある。あとはこれにホイップクリームとペパーミントの葉を飾ればいい。出すときにちょっと手間がかかるけど、食事の席が少しでも明るくなるようにと思ってこれにした。

調理に没頭していて、名前を呼ばれるまでビンディがいることに気づかなかった。

びくっとしてふりむき、よけいな思いが顔に出ていないことを願う。

「すてきなキッチンね」なかに入ってきながら彼女はいった。「勤めていたころ、ここには一度も来たことがなかったわ」彼女は手に、お皿と銀のナイフ、フォーク、ナプキン、グラスを持ち、脇の下に公用袋をはさんでいた。

「どうしたの？」

ビンディの表情が曇り、わたしはおおよそ見当がついた。

「トレイトンに、席をはずすようにいわれたの」頬が赤らむ。「なんだか恥ずかしいわ。彼もわたしも、大統領ご夫妻と小人数で食事を楽しむ会だと思って来たの。だからわたし……」首を横に振る。「愚痴っても仕方ないわね。ともかく出ていくようにいわれたんだもの。トレイトンが帰るまで何もすることがないから……ここにいさせてくれない？」

ビンディは持ってきたお皿やグラスをテーブルに置いた。そしてそばの椅子に公用袋をそっと丁寧に置くと、「これは、あとでね」と独り言のようにいった。

わたしは料理を出したらすぐに後片づけをして、厨房にもどるつもりだった。でもこのぶんだと、それも十時を過ぎてしまうだろう。

「いいわよ、ゆっくりして」わたしはちょっぴり嘘をついた。「だったら食事はまだなのね？」

ビンディはうなずいた。

「よぶんにつくってあるから。あちらにお出しするまで待っててね」

彼女は何か手伝うとはいわなかった。でもむしろ、そっちのほうがいい。これくらいの人数の食事なら、素人に指示しながらつくるより、自分ひとりでやるほうがはかどる。ビンディはテーブルの席につくと、わたしの仕事をながめながら、調理法や盛りつけについてときどき質問してきた。

といってももちろん、ひそひそ声だ。隣の部屋の会話がこちらまで聞こえてくるから、逆もまたありで、気をつけなくてはいけない。

わたしはカートにサラダとドレッシング、パンをのせ、運んでいった。アメリカ合衆国大統領、ファースト・レディ、そしてお客さまというより、自分の母と祖母に給仕するような気分になる。いつもならタキシードを着た給仕たちがおごそかに運ぶのに、わたしはコック服にエプロンという作業着姿だったからだ。

「こんばんは、大統領、ブランチャード上院議員」わたしは挨拶し、一人ひとりの顔を見て会釈した。大統領はわたしの名前をいって挨拶してくれ、ブランチャード議員はにっこりする。その表情に、わたしは彼に投票した人の気持ちがわかるような気がした。魅力的で自信にあふれ、その力で淀んだ悲しみも憂鬱《ゆううつ》も払いのけてくれそうに思えるのだ。

サラダとドレッシングを並べおえ、「隣の部屋にいますので、御用の際はお呼びください」といってカートを押していく。

わたしがここに入ってくるなり途切れた会話が、わたしがキッチンに通じる戸口の敷居をまたぐなり再開された。

「タイミングが悪いのはわかっていますよ」ブランチャード議員がいった。「しかし、現実は直視しなくてはいけない。これは父親たちが招いたことで、先見の明がなかったというほかないでしょう。その後始末をぼくらがやることになり、運悪くこの時期に重なってしまった」

ビンディはこれに眉をひそめ、わたしは小声で「サラダを食べる？」と訊いた。

彼女はうなずき、わたしはお皿に盛ってテーブルに置くと、つぎの料理の仕上げにとりかかった。ビンディが食べているあいだ、わたしの耳はどうしても隣の部屋の会話にひきつけられた。

「会社の会計報告書をエレインに見せてもらったんだが」キャンベル大統領がいった。「収益は順調に伸びているじゃないか。きみたちがなぜいま売却したがるのかが、よくわからないよ」

「こういってはなんですが」と、ブランチャード。「大統領やぼくよりも、アナリストたちのほうが理解が深いでしょう。大統領もぼくも、金勘定ではなく、国政に従事するために生まれてきたようなものですから」

「しかし、ショーンが報告書を見て――」

「やはり売却するように助言したでしょう？」

「いいや。ショーンからは売却するなと忠告されたよ」

椅子が床をこする音がした。あれはブランチャードの椅子だろうか？　わたしはチキンにソースをかけながら、ビンディがサラダを食べる音よりブランチャードの声のほうに集中しようとした。

「彼の言葉を誤解なさったのでは？」

「それはないわ」銀のフォークが置かれる音。キャンベル夫人が姿勢を正したのかもしれない。「もう忘れてしまった？　木曜日に話したでしょう、あの知らせが……」声がかすれる。

「あの訃報が入るまえに」

「こういうときにむずかしい問題を持ち出してほんとうに申し訳ないが」と、ブランチャード。「あのような聡明な男性が誤った助言をするとは、どうしても思えない」

ささやき声がした――「オリー？」

ふりむくと、ビンディがグラスを掲げていた。「水より濃いものはないかしら？」

わたしは冷蔵庫まで行って扉をあけた。どうして自分で動かないのかしら、と思ってすぐ、彼女は遠慮しているのだと気づいた。ここは他人の家のキッチンで、それもホワイトハウスだ。「オレンジジュースにミルク、アイスティー……」

「アイスティーがいいわ」

わたしは紅茶をつぎながら、隣室の会話に耳をそばだてた。ビンディのようすから、どうも彼女はわたしに話を聞かせたくないらしい。そこでわたしは無関心をよそおいつつ、できるだけ音をたてないようにして聞き入った。でもそこまでする必要はなく、隣の声は十分大きく、はっきりと聞こえた。

「これが父たちの失敗だなんて思わないわ」キャンベル夫人が話している。「子どもの将来を考えてくれただけよ。わたしの父は、自分が亡くなってすぐ売却されるなんて思ってもいなかったでしょう」

ブランチャードは静かに話すので、単語がときに聞きとれないこともあった。

「ぼくの父もニックの父も、そしてヘレンの父も、何年もまえにこの世を去っている。しかし株の売却は……あなたが相続するまで待っていたにすぎない。きのうきょう考えて、急に提案したわけではないんですよ」

「でもわたしには急な話だわ」

「どうしてわかってもらえないのかな？　いいですか、父親たちは子ども四人が全員合意しなくてはいけないと考えた。これは大きな判断ミスだったと、あえていわせてもらいますけどね。約款にそんな追加事項さえなければ、ヘレンは父親の死から一年とたたないうちに株を売却していたでしょう。彼女はその収益を、十年間ずっと待ちつづけてきたんだ」

「わたしがよくわからないのは――」大統領がいった。「なぜ売却する必要があるかだ。きみたちのひとりとして、生活に困っていないだろう？　生きていくためにどうしても必要だとは思えない。なのになぜ、こうも急ぐ？」

わたしはチキンと茹でたてパスタを入れた大皿を持っていった。それをテーブルに置きながら、追加でほしいものはないかを尋ねたかったけど、ブランチャードが話をやめないので黙っておく。

「原因はヴォルコフでね」ブランチャードはそこでわたしに鋭い視線を向け、水をひと口飲んだ。

いまなら訊いてもいいだろう。「ほかに何かお望みのものはありますか？」

「いいえ、ありがとう」キャンベル夫人がいった。「ジャハートさんも何か召しあがっているかしら？」

「はい、お出ししています」

「ありがとう、オリー」

わたしがキッチンにもどると、大統領の補佐官ベンが入ってきた。

「みんなダイニングか？」

「今夜は非公式ですけど」

「大統領に至急来てもらわなきゃいけないんだよ」

「いますぐですか？」

ベンは答えずにまっすぐダイニング・ルームに入っていき、大統領に耳打ちした。わたしが戸口から見ていると、大統領は深くため息をついてからナプキンで口を拭き、それをテーブルに置いた。

「ちょっと失礼するよ」大統領は立ち上がった。

わたしは戸口から身を引く。

ブランチャードはキャンベル大統領がいなくなるとすぐに話を再開し、声はいっそう熱を帯びていった。

「ヴォルコフが厄介なんだよ。彼のスキャンダルは、そうすぐには解決されないだろう。それどころか、悪化する一方だ。ゼンディの共同経営者として、ぼくたちと彼の名前がいっしょに並んでいると、そのうちこっちまで何もかも失いかねかない」

お皿の触れる音がして、キャンベル夫人がいった。

「少し大げさに考えすぎよ」

「そんなことはない。株売却の先鋒はヴォルコフなんだから。ぼくも最初はいまのあなたのように取り合わなかったんだけどね。でも、よく考えてみてほしい。ヴォルコフは膨大な弁護料をなんとか工面したいんだろうが、その判断は正しいんじゃないか？　ゼンディ社が最盛期のうちに売るべきだよ。機を逸すれば、ヴォルコフのトラブルがぼくら全員を巻きこんでしまうだろう」そこで小さな舌うちのような音。「全員一致の原則がほんとにうらめしいよ」

長い沈黙がつづいた。ナイフやフォークとお皿の触れ合う音、衣擦れの音しか聞こえない。

「父はわたしに売ってほしくなかったと思うわ、それも亡くなってからこんなにすぐに」

「エレイン……お父さんを失った悲しみはわかっているつもりだ。ショーンもあんなことになったしね。だけど、のんびりしてはいられないんだよ」

「わたしは売却に反対よ。考える時間は、あと十年あるわ」

鋭く息を吐く音がした。たぶんブランチャードだろう。すぐあとに彼がこういったからだ。「どうしてわかってくれないのかな。あと十年あるのではなく、今回売らなければ、さらに十年待たなくてはいけない、ということだ」

「ショーンはそうしたほうがいいといったの」

重苦しい沈黙は、キッチンにいるわたしでさえ息がつまるほどだった。ビンディはわたしをじっと見つめている。お皿のチキンにはまったく手をつけていなかった。

「こんなことはいいたくないが、エレイン……ほんとうにショーンがそういったのだとしたら、彼は明らかに間違った判断をした。ひょっとすると……それが原因でみずから命を絶ったのかもしれない」

キャンベル夫人は息をのんだようだった。

「まさか。そんなことは絶対にないわ」

「そうかな？　彼は誤った助言をしたことに気づき、自分はあなたの期待を裏切った、あなたは自分に失望するにちがいないと思いこみ、死を選ぶしかなかったのかもしれない」

「トレイトン、そんなばかげたことがよくいえるわね。ショーンの死について二度と話さないでちょうだい。これでもうおしまいよ」

ため息が聞こえた。

「すまなかった」

「そうね、ゼンディについても、これでおしまいとしましょう。またいつか話せる機会があると思うわ」

ずいぶん長い沈黙。

「これだけはいわせてほしい、エレイン」ブランチャードがようやくいった。「チャンスの女神に後ろ髪はない。いったん逃せば、さらに十年待つことになる。いまなら買い手がいるんだよ。いまが売り時なんだ」

「いまはね、古い友人ふたりが、おいしい夕食を楽しむときなの。今夜はもう、ビジネスの話はよしましょう。いいわね？」ブランチャードの顔を見ることはできなくても、その台詞から十分に想像はついた。

「おおせのままに」

それから話題は変わって、ブランチャード家の子どもたちの近況などが語られ、わたしは冷凍庫からオレンジのデザートを出して、最後の仕上げにとりかかった。少し時間を置いて、シャーベットがいくらかやわらかく、食べやすくなってからテーブルに運ぶとしよう。すると静まりかえったキッチンで、ビンディがいきなりこんなことを訊いてきた。

「オリーはゼンディ社のことをどれくらい知ってるの？」

わたしは首をすくめ、ダイニングのほうをちらっと見た。ビンディの声は小さかったけど、それでも聞こえたのではないかと心配だった。

「たいして知らないわ」ショーンと話したことはいいたくない。なんとなく、裏切り行為のように思えたからだ。だけどあまり黙りこくっていると、ビンディは何かを察し、それをブランチャードに報告するだろう。

彼女はシャーベットの仕上げをするわたしをじっと見つめている。期待と不安のいりまじった表情は、なんでもいいから話して、と訴えていた。彼女はファースト・ファミリーのビジネスのことはほとんど何も知らないし、わたしは黙々と仕事をするだけだからだ。

「どうしてこんなことになるの？」わたしはビンディの向かいに腰をおろし、気軽な調子で尋ねた。「なんていうか……ほかの三人は株を売って、キャンベル夫人だけ売らない、というのは無理なの？」

「そこが問題なのよね」ビンディは意を決したようにいった。本来なら、ボスのビジネスについてぺらぺらしゃべらないのだろうけど、ここはわたしから何らかの情報を得られると思ったのかもしれない。ぐっと身をのりだして声をおとす。「社史によると、四人の創立者は、子どもたちが会社を手放すのを望まなかったらしいの。世界に貢献するリサーチ会社というのが設立趣旨で、実際にそのとおりの実績を積んでいったわ。膨大な収益の大半を慈善活動に使ってるのよ」

「ふうん……」これで納得がいったような気がした。ショーンの考えを信頼してはいたけど、現在の好収益がいつまでつづくか保証がないなか、それでも売却を十年保留するのはどこか理屈があわないような気がしていたのだ。でも、話はたぶんそれだけではないだろう。「だけどキャンベル夫人はどうして売りたくないの？」

ビンディは隣の部屋を見て、「こっちの話は聞こえないわよね？」といった。

わたしはうなずく。

「ゼンディを買収したがってる会社は、路線変更する気なのよ」

「どういうふうに？」

「ゼンディは分社化したほうが価値が上がるの」彼女は唇をなめた。「いま会社を売れば、ゼンディはいずれ分社化されて、ひとつずつ売りに出されるでしょうね」

「慈善活動はどうなるの？」

彼女は首をすくめ、例のくすくす笑いをした。

「そこがマイナス要因なのよ。だけど、四人の共同経営者が売却することで得られる利益を考えたら、ちっぽけなことだわ」

「キャンベル夫人が売りたがらない理由がようやくわかったわ」感謝祭の日、〝新しい所有者は会社の使命をないがしろにするかもしれない〟と夫人がいっていたのを思い出す。

「でしょう？」と、ビンディ。

「ブランチャード議員は困っている人にお金をばらまくのにうんざりして、売却利益を自分ひとりのために使いたいってことね」

わたしの棘《とげ》のある言い方に、ビンディはむっとした。

「トレイトンはそんな人じゃないわ。ニック・ヴォルコフがいけないのよ。あの人が抱えているトラブルは、あなただって聞いたことがあるでしょ」

「弁護料が払えずに困っているという話？　わたしには、ちょっと信じがたいけど」

「オリーは知らないからよ、彼がどれくらいの借金を抱えているか」

「あなたは知ってるの？」

彼女は顔をそむけ、「まあね」と認めた。

そこでふとひらめいて尋ねてみる。

「ブランチャード議員は大統領選に立候補するつもりなの？」

彼女はびくっとして、わたしの目を見た。そのうろたえ方から、訊いてはいけないことを訊いてしまったらしいとわかる。

「いいえ」消え入りそうな声。「だって、キャンベル大統領とおなじ政党よ」

「そうよね」

わたしは立ち上がると、シャーベットをおいしそうに、かつかわいらしく盛りつけた。ダイニング・ルームをのぞくと、夫人も議員も空のお皿を少し前にずらしているのがわかった。食事は完了したらしい。それからすぐ、わたしはお皿を片づけに行き、デザートを出した。

キッチンにもどってから、ビンディに尋ねる。

「どうしてここに来たの？」

「いったでしょ。何人も集まる夕食会だと思ったのよ」

なんとなく、嘘のような気がした。でも、ほかにもっともな理由も思いつかないから、たぶんわたしの考えすぎだろう。

キャンベル夫人とブランチャード議員はデザートも食べおわり、わたしは最後の片づけをしに行った。ふたりとも熱心に話していたから、邪魔をしないようにする。キッチンで食器を洗い、キャビネットにしまうと、わたしはビンディと例のジンジャーブレッド・マンについて話した。

「すばらしい出来だったわ」

「ありがとう。精一杯がんばったのよ」

「あなたとシェフが？」もしかしてふたりはロマンチックな関係かしら、というのをにじませて訊き、小さく首をかしげてみる。ビンディは答えずにダイニングを見やり、耳をそばだてた。でも隣室は静かで、話し声は聞こえてこない。

「そうだ、忘れるところだったわ」彼女は椅子の上に置いていた公用袋をテーブルにのせ、軽く叩いた。「これを受けとってちょうだい」

わたしはきょとんとした。

「ジンジャーブレッド・マンの件をひきうけてくれたお礼にって、トレイトンから預かってきたの」わたしのほうへ差し出す。「ほんの気持ちだけだから」

「受けとれないわよ……」

「ええ、だけどこれはあなた個人じゃなく、厨房で使ってちょうだい。トレイトンは、それなら問題ないだろうっていってたわ」

袋はわりと重く、ビンディはわたしがあけるのを唇を嚙んで見守っている。品物を選んだのは彼女なのかもしれないと思った。

「わあ、ありがとう」わたしは袋から取りだしてすぐにいった。「すてきだわ」

それは置時計だった。大きめで、単行本くらいのサイズがあり、ホワイトハウスの厨房より、フランスの田舎家の居間に合いそうだ。文字盤は小さいけど、周囲を金色の太い帯が飾っている。この金色部分が本物の金だったら、わたしは仕事を辞めてのんびり暮らせるだろう。でも正直な感想をいわせてもらえば、見るからに安物の、けっして品の良い時計ではなかった。

「ほんとにありがとう」

ビンディはほっとため息をついた。「気に入ってくれた？」

「もちろんよ。厨房で、どこからでも見られるような場所に置くわね」ビンディが厨房に来て、間違いなく飾られているのを確認したら、それでよしとしよう。その後は申し訳ないけど、たぶん不用品の収納庫行きだ。「こんなに気を遣ってくれなくてもよかったのに」

わたしはダイニングにコーヒーを持っていったけど、ブランチャードはいらないといった。

「ビンディは仕事の邪魔にならなかったかな？」彼はわたしに訊いた。「この夕食会のことをちょっと勘違いしてしまったものでね。そうしたらビンディが、台所であなたの手伝いをしたいというから」

自分の名前が出たのを聞いたのだろう、ビンディがわたしの横にやってきた。

「久しぶりにオリーとゆっくり話せて楽しかったわ」不自然なほど明るい調子でいう。

「それはよかった」ブランチャードはほほえんでうなずいた。「いつもおいしくて楽しい食事をありがとう、エレイン。あの件については、あらためてじっくり考えてみてくれないか」

「ええ、そうするわ」

「時間は待ってくれないからね」腕時計をこつこつ叩く。「それを忘れないでほしい」

「ここまで何度もいわれたら、忘れたくても忘れられないわ」言葉の強さを打ち消すように、キャンベル夫人はにっこりした。

厨房にもどると――ファミリー・ダイニングより二階下だ――シアンとバッキーだけが残っていた。ふたりとも、見るからに疲れきっている。

「もう帰っていいわよ」

するとシアンが何かいいかけ、わたしは首を左右に振った。

「今夜は休んで、あしたの朝からまたがんばりましょう。ここ数日は厳しいけど、大きな問題はないし、あしたは折り返し点だから」

ふたりとも、ほっとした顔になる。

「あしたの集合は何時？」シアンが訊いた。

大統領はレジデンスにいるから、三食すべて準備することになる。シアンとバッキーは情報を交換し、翌朝の段取りについて了解しあった。そしてわたしはわたしで、うきうきしていた。大統領がDCに帰ってきた、ということはトムも帰ってきたのだ。仕事の関係で、わたしたちはずいぶん長いあいだ離れ離れだった。早くトムと話したい。うぅん……彼のそばにいられるだけでいい。

シアンとバッキーが厨房を出てから十五分後には、わたしもマクファーソン・スクエア駅に向かった。

プラットホームに着くなり、申し分なしのタイミングで電車が入ってきて、わたしはドア近くの席にすわった。窓に頭をあずけて、少し休むことにする。地下鉄を降りたら、アパートまで歩く途中でトムに電話をしよう。

駅に着いてふたたび地上に出ると、気温が十度は下がったような気がした。最近は十度台なかばだったけど、今夜の空気は冷たく、吹きつける風に耳がちぎれてしまいそうだ。ジャケットの前をきつく合わせ、震えをこらえる。

このダウン・ジャケットはわたしのお気に入りで、シカゴから持ってきた。シカゴでも寒風をよくしのいでくれ、一月になるとこれを着て帽子をかぶり、その上にトレーナーのフードをかぶせて、防寒性の高い大きなミトンをはめた。でもここDCではそこまでの必要はなく、ひどく寒いといっても、ダウン・ジャケットだけでなんとかなる。

襟を立て、首をすくめる。髪が風に吹かれて顔にはりつく。まともに前を見ることもできず、わたしはアパートを目指し、早足で歩いた。トムに電話をするのはあきらめるしかないだろう。右手はポケットの奥深くで寒さをしのぎ、働きものの左手は襟をつかんで鼻の下に押し当てる。

低くたれこめる灰色の雲から、ぽつぽつと雨粒が落ちてきた。顔が氷の針に刺されるようで、わたしは小走りになった。すると後方に人がいて、おなじように小走りになったことに気づいた。たぶん、一刻でも早く目的地にたどり着きたいのだろう。わたしはかなりスピードを上げたのに、そのわたしよりもっと、ずっと、速い。

ちらっとふりかえってみた。黒いウィンドブレーカーを着た男性だ。あたりは暗かったし、冷たい雨も降っていたから、年齢まではわからない。ただ、きびきびした素早い脚の動きから——からだつきもしっかりしているし——たぶん若い人なのだろうと思った。ズボンはブルージーンズで、靴が地面を踏むたび、タップシューズのようなコツコツという音がする。野球帽の上に、暗色のトレーナーのフードをかぶせ、うつむいたままだから顔はまったく見えない。両手はポケットにつっこんでいた。

わたしは小走りのまま、道をゆずろうと、歩道の右のほうへ寄った。近づいてくる彼を、立てた襟の上からのぞくようにして見てみると、ずいぶん背が高いことがわかった。たぶん百八十センチくらいはあるだろう。ジャケットははちきれんばかりで、体重は百キロ近いかもしれない。

行く手の正面に木があった。左に避けると彼にぶつかってしまうし、右側はもうほとんど縁石だ。

わたしは右を選ぶことにした。このまま彼が通り過ぎれば、また左に出ればいい。

ところが、彼はわたしを追い越さなかった。

木が目前に迫ってきて、わたしが速度を上げるか下げるか迷っていると、彼はペースをおとし、わたしの進路をふさぐかたちになった。まるで高速道路のへたな合流だ。

わたしは寒さに顔をゆがませ、速度をゆるめて彼を先に通した。アパートまで、残すは二ブロック。背の高い大きな男を風よけにすればいいのだと、自分を納得させる。

だけどわたしがうしろにつくと、彼はまた速度をおとした。小走りが早足になり、さらにそぞろ歩きになる。

いいかげんにしてちょうだい。わたしがうしろにいるのを知らないの？

そこでふと、いやな予感がした。アパートはもうすぐで、つぎの交差点で車道を渡るつもりだったけど、そうしないほうがいい――と第六感がわたしに告げた。

カーブにさしかかり、一対のまぶしいヘッドライドが走り去るのを待ってから、わたしは全速力で車道を横断した。心臓をばくばくさせて、反対側の縁石を飛び越える。われながら、心配しすぎだとは思った。想像力過剰はいまに始まったことではなく、パラノイアの傾向があるのはわかっている。だけどそのおかげで、命びろいしたことがあるのも事実だった。

立てた襟をさらに顔に押しつけて、道の反対側にいる男の行方を追おうとした。雨はみぞれになり、濡れて黒くなった道を打ちつけるたび、寒さが増してゆく。早く部屋着に着替え、冷えた手足を温めたかった。道の向こうははっきり見ることができなかったけど、逆にいえば、向こうもわたしを見ることができないわけで、ほっと胸をなでおろす。

また小走りでアパートに向かった。動く標的は狙いにくい、と何度もトムから聞いている。もうすぐ声が聞けるわね、と思うと顔がほころんだ。うまくいけば、彼は今夜アパートまで来ることができるかもしれない。そうすれば、温かい毛布にふたりいっしょにくるまれる……。

顔がひきつった。またタップシューズの音がする。しかもわたしの背後で。

うしろにあの男がいる。ふりかえりながらそう確信したときは、手遅れだった。

男の蹴りあげた足がわたしの左膝を直撃し、激痛が走る。わたしは悲鳴をあげた。あまりに突然のことで、うつぶせに倒れこみながら手をつき、顔が地面に激突するのを防ぐのがやっとだった。どうか手首や指が折れていませんように。料理人の命、わたしの命といってもいいのだ。

悲鳴をあげても、大男はふりむきもしない。

それどころか、速度をあげて走り去った。

「ちょっと！」わたしは叫んだ。ハンドバッグがなくなっていることに、ようやく気づく。

「待ちなさい！」むなしい叫びであるのはわかっていた。立ち上がろうとしても、寒さのなかで、膝がガラスになったみたいだった。歩道をこすった手のひらがひりひりする。

「つかまえてやる！」わたしは地べたから、またむなしく叫んだ。

「大丈夫ですか？」すぐそばで、やさしい声がした。

肘がつかまれるのを感じ、顔を上げると小柄な男性がわたしを見下ろしていた。歩道にすわりこんでいても、かなり背が低いのはわかる。彼がつかんだ肘を引いてくれ、わたしは立ち上がろうとした。でも濡れた地面に足がすべって、思い切りしりもちをつく。

「痛っ……」なんとかこらえ、もがきながら立ち上がった。「はい、大丈夫です」

「ほんとうに？」男性のしゃべり方には少し訛りがある。わたしはしっかり地面に足をついて立つと、彼と向き合った。髪はほとんど丸刈りで、アジア系のようだ。年齢はよくわからないけど、五十歳は超えているだろう。「あの男は何をした？」アイドリング中の車にちらっと目をやる。「車で通りかかったら、あなたが倒れるのを見たから」

わたしは手の甲で額をぬぐいながら、気持ちをおちつけようとした。この数日はホワイトハウスでいろんなことがあり、みんなへとへとになった。そのうえ、こんな目にあうなんてひどすぎる。しかもきょう、こんな時間に。引ったくり犯が逃げた方向をながめながら、わたしは絶望感に襲われた。バッグには身分証から何から、いろんなものが入っている。あしたは仕事をするまえに、さまざまな手続きをすませなくてはいけないだろう。うなだれて首を振り、そうだ、この男性にちゃんと答えなくてはと思った。

「大丈夫です。男に蹴られて、ハンドバッグを奪われました」

「それはそれは……お気の毒に」

「ええ」降る雨をまばたきして払う。

「わたしはシャン・ユといいます」彼は一歩前に進み出た。

「わたしはオリーです」反射的に答えたけど、みぞれに濡れて立ち話をするより、痛い足を引きずって早くアパートに帰りたい。ただ、起きた出来事を頭のなかで懸命に整理しつつ、ここは礼儀を失してはいけないと思った。

シャン・ユは両手を腰に当てたまま、車のほうに視線を向けた。

「お送りしましょうか？」

「ありがとう。でも、歩いて帰れますから」お尻の泥を払おうとしたが、手が痛くてあきらめる。「自宅はひとつ先のブロックなんです」

「わたしもですよ」彼は住所をいった。

「あら、おなじアパートみたいですね」

彼はほほえんだ。「せっかくだから、どうか車に乗ってください」

みぞれまじりの雨は強くなる一方で、冷たい夜闇のなか、彼の微笑だけが光明のように思えた。

「それでは、お言葉に甘えて」

トヨタ・セリカのほうへ行くと、ワイパーが規則正しく動いていた。

「ドアをあけましょう」彼はそういうと、助手席側にまわった。

わたしは彼についていきながら、首をひねって自分のお尻を見た。ここは街灯のちょうど真下だ。

「やっぱり乗れません。これじゃ座席が汚れてしまいますから」

「気にしなくていい」なぜか急いでいるようすだった。

わたしは泥だらけであることを説明しようとして彼の顔を見た。すると、彼の目つきが変わった。いま彼は、わたしと触れ合うほどすぐそばにいる。

「さあ、乗りなさい」

「いいえ、ほんとうにわたし――」

いいかけたとたん、彼はわたしのお腹に力いっぱいげんこつをめりこませた。苦痛にからだがふたつに折れる。彼はわたしを車の座席に押しこもうとした。だけど地面が濡れていて、わたしはずるっと滑って地面に倒れこんだ。這うようにして車体の後方へ行き、恐怖の叫びをあげる――「助けて！」

なんとか立とうとしたとき、振りあげられた男の足先が見え、とっさに身をくねらせた。男の靴がわたしのわき腹をかすった。

「助けて！」絶叫は冷たい夜の道路にとどろきわたり、ふと、それに応える声が聞こえたような気がした。もう一度声をふりしぼる。「助けて！」

男がわたしのジャケットの背中をつかんだ。力では負ける。そう思ったとき、トムに教わったことがよみがえった。それはあの引ったくり犯がわたしにしたこととおなじだった。男は両手でジャケットを引っぱりあげている。わたしはからだをひねり、男の膝を力いっぱい蹴りあげた。男のからだが地面に倒れこむ。

激痛と闘いながら、わたしはなんとか足を踏んばった。男はしかし、地面で軽く一回転するとジャンプして立ち上がり、また襲いかかってきた。

わたしは車の運転席側に走った。飛び乗って発進させようと思ったのだけど、そこまでの時間があるはずもない。わたしがドアの前に着いたとき、男は真後ろに迫っていた。わたしはくるっとふりかえり、男と正面から向き合う。そしてすぐさま、しゃがみこんだ。男は宙をつかみ、車体にぶつかり、わめき声をあげた。わたしは男の足もとから逃げようとし――靴音を聞いた。それもかなり大きい。誰かが助けに来てくれたのだ！

「おい！」男性の声。

シャン・ユがふりむき――わたしはその顔を脳裏に刻んだ――車に飛び乗った。わたしはあわててタイヤのそばから離れる。トヨタ・セリカは猛スピードで走り去った。

バンダナとジョギングパンツ姿の大柄な男性が、わたしのほうに身をかがめ、雨に濡れた顔で心配そうに訊いた。

「大丈夫ですか?」

14

わたしはその夜のほとんどを救急処置室で過ごした。引ったくり犯と、シャン・ユと名乗った男とその車について、首都警察の警官に説明する。そして警官から、ふたつのことを教わった。まずひとつ――悪人が襲い、善人が助けるというのは、使い古された手口であること。ふたつめ――引ったくり犯の靴がタップシューズのようだったのは、蹴りの効果を大きくするため、おそらくつま先に金属をつけていたからだろう。

わたしがホワイトハウスの職員であるとわかると、盗まれたもののなかに今後の注意を要するものがないか確認するため、シークレット・サービスが呼ばれた。やってきたのはケヴィン・マーティンとパトリシア・バーランドで、わたしは手と膝の診察、治療が終わると、個室に移された。話の内容をほかの人たちに聞かれないようにするためだ。

「ハンドバッグに入っていた物を残らず教えてください」ケヴィンがいった。「ひとつも漏らさずにね。これは私物だから問題ない、と決めつけないように」

わたしは精一杯記憶をたどり、ひとつずつ挙げていった。身分証、アパートの鍵、車のキー、ホワイトハウスの部屋の鍵がいくつか。ケヴィンたちはそこで顔をしかめた。

「メモも何枚か入れたし、それからレシピも」恥ずかしいほど雑多だ。「地下鉄のカードに……」思い出せるかぎりのものを伝え、女性特有の品物を口にしたときは、さすがに顔が赤くなった。

狙われる覚えがあるかと訊かれ、「ぜんぜんないわ」と答えてから考えこむ。

「だけど、へんよね」

「何が？」

「車の男は――」声に出しながら考える。「わたしとおなじアパートに住んでいるようなことをいったのよ」

ふたりのシークレット・サービスは顔を見合わせた。

「あなたが自分の住所をいうまえに？」

「そうなの」わたしは身をのりだした。「あの男は、アパートの住所をすらすらいったの。だから信用してしまって……。わたしがどこに住んでいるかを知っていたんだわ」

ふたりはわたしの記憶を呼び起こそうと、次つぎ質問してきた。

そして事情聴取の終わりに、ケヴィン・マーティンがいった。

「ここで話したことは、ホワイトハウスでは口外しないように。仕事にはいつ復帰する？」

「あしたよ」といってから、彼の頭上の壁時計を見る。「もう、きょうになったわね」

それでは早すぎる、としつこくいわれたけど、禁止はされなかった。ホリデイ・シーズンに向けてやることが山積しているから休むわけにはいかないのだ。わたしがそれを強い口調で説明し、かつお願いだから出勤させてと懇願したせいで、彼らもあきらめるしかなかったらしい。シークレット・サービスとしては、わたしを黙らせておきたいだけなのだろうと思う。

戸口から、聞き慣れた声がわたしの名を呼んだ。

「トム！」

背が高くてがっしりしてて、おまけに今夜のトムはいつもの何倍もハンサムだった。服装はシークレット・サービスが着るビジネススーツだったけど、ホワイトハウスからここまで全力疾走したみたいに髪はぼさぼさだ。同僚ふたりに会釈をしながら、その脇に立つ。

「パラスさんはぼくが家まで送っていくよ」トムはふたりにそういった。

ケヴィン・マーティンはにやりとし、「了解です」というと、わたしに尋ねた。「マッケンジーが自宅まで同行することに異存はありませんか？」

からだの痛みはどこへやら、わたしはにっこりして答えた。

「はい、よろしくお願いします」

パトリシアのほうは、わたしとトムの関係をまったく知らないか、知っていても上手に知らないふりをしているかのどちらかだ。

「では、おやすみなさい」と、ケヴィン。「また連絡します」

ふたりが部屋を出るとすぐ、トムはわたしのそばに来て両手を広げ、抱きしめかけて――そっとやさしくわたしの両肩をつかんだ。

したままだ。

「ええ、大丈夫よ。あなたは元気?」トムの胸に顔をうずめようとしたけど、彼は腕をのば
「大丈夫かい?」

「からだが痛くないかい?」

「そんなの平気」わたしは彼を引きよせた。

だけど、やっぱり痛かった。でもその何倍も、しあわせだった。

わたしはトムに、こうなったいきさつについて語った。話している最中、彼は何度も首を横に振る。

「オリー、もっと用心しないとだめだよ」

いやというほどわかっていることを、あらためていわれるとつらい。

「そのつもりだったんだけど」

「あの事件を忘れたわけじゃないだろ?」

エグゼクティブ・シェフになる直前の恐ろしい事件がまざまざとよみがえり、背筋が寒くなった。トムはそのようすを見て、もっとお説教をする。わたしは神妙に聞くしかなかった。

「ホワイトハウスの関係者は、とくに慎重でなくちゃいけない」

「だけど今度の件は、襲われる理由が思い当たらないのよ」

「犯罪者はそこを狙うんだ。たいていの人間は、まさか自分が襲われるなんて思わないからね」暗い顔で、わたしの頬を撫でる。「あした、ぼくが非番だといいんだけどな」

「そうね、わたしもそう思う……」

病院で必要な書類に記入してから、トムの車に乗った。彼が合鍵を持っているから、部屋に入ることはできる。また、あらかじめ鍵屋さんを手配してくれていて——ドリルの音や金属音が夜中の二時までつづいたので、隣人に迷惑ではないかとはらはらしたけど——部屋の鍵は完全にとりかえられた。

「これで完了です」ルーという名の職人は、顔の前で新しい鍵をぶらぶら振りながらいった。「防犯性の高い鍵だから、楽しく過ごせますよ」

楽しく過ごせる、というのがどういう意味かはさておき、わたしはありがとう、お疲れさまでしたといってルーの背中を見送った。そしてすぐ、倒れこむようにしてベッドに横たわる。トムがわたしの頬と額を撫でながら、ずっとそばにいるよといってくれた。神さまの優しい取り計らいに心の底から感謝しているうち、わたしは夢の世界へ漂っていった。


「いったいどうしたの？」あくる日の朝、シアンはわたしの手を見て目を丸くした。「そんなじゃ仕事ができないわ」

「ちょっとタイミングが悪いわね」

彼女は眉をぴくりと上げた。

「タイミングのいいときが、あるわけ？」

たしかに。

わたしたちは仕事にとりかかった。

「それでも」と、シアンはいった。「大統領もファースト・レディもまる一日外出することになったから、仕事への支障はまだ少ないかも」

作業をすべてスタッフ任せにするのはいやだったけど、選択の余地はなかった。裂傷はないものの——もしあれば、完治するまで厨房から追放されただろう——左手首には包帯が巻かれ、右の薬指には副木が当てられていた。ドクターによると、左の手首は打撲、薬指は関節障害、つまり突き指らしい。べつにからだは元気なのだけど、食べものを扱う料理人としては、包帯が完全無菌というのは考えにくく、午前中は作業管理だけで過ぎていった。

仕事が順調に回りはじめたころ、ギャヴィンが現われ、まっすぐわたしのところにやってきた。

「ゆうべ、何があった?」

コンピュータに向かうとき以外、わたしは両手を背中にまわしていた。スタッフの仕事についぃ〝手を出して〟しまわないようにするためだ。

「このことかしら?」わたしはその手を前に出した。「どうしてわかったの?」

「ホワイトハウスのセキュリティに関することは、すべて耳に入ってくるよ」

やっぱりね。

ギャヴィンは鋭い目でわたしを見た。「きみは攻撃者を撃退したらしい」

正直なところ、ゆうべの恐怖はまだ消えていなかった。でも彼の表情は、事情を説明しろといっている。

「〝撃退〟はちょっと大げさだわ。子どものように悲鳴をあげただけで、ジョギング中の人が通りかからなかったら……」思い出して背筋がぞくっとする。「ふたりの男はたまたまわたしを襲ったわけではなくて、計画的だったみたい。まんまと彼らの罠《わな》にはまったのよ」認めたくはないけど、わたしはだまされやすいタイプなのかもしれない。「ふたりめの男は助けてくれるふりをして、わたしはそれを信じてしまって」

「その男はマーシャルアーツの動きをしたと聞いたが」

わたしは無意識に、殴られたお腹に手を当てていた。

「マーシャルアーツかどうかは知らないけど、かなり痛かったわ」

ギャヴィンは何かいいかけてやめ、わたしをじっと見つめてからこういった。

「きょうはここの仕事ができないのかな？」

バッキーが部屋の向こうから目で合図を送ってきて、首を小さく横に振った。

はい、了解。

「仕事はしっかりやっているわよ」妙に明るい言い方になる。「前任のヘンリーから、人に任せることを覚えなきゃだめだって、しょっちゅういわれていたの。きょうはそれを実践しているだけ」

「講習の続きをしようと思っていたんだが」

この人はわたしを軍隊に入れる気かしら？　どれだけ訓練をしなきゃいけないの？　わた

しは両手を上げた。

「ごめんなさい」と、心にもない言葉を口にする。

ギャヴィンが厨房から出ていって、わたしはほっとした。

「みんな、ちょっと聞いて――」スタッフに呼びかける。「これからクリスマスの飾りを取りに行ってくるわね。みんなが調理するあいだ、わたしは楽しい飾りつけをするわ」

全員がきょとんとしてわたしをながめ、レイフがいった。

「その手でやるのか？」

「気をつけながらやるわ。それに、たいした怪我じゃないもの」

シアンがかぶりを振った。「オリーはすぐトラブルに巻きこまれるから」

「収納庫にトラブルなんてないわよ」

わたしはホールに出ると、工匠部と電気部、装花部の前を通り過ぎ、厨房用の収納庫のひとつを新しい鍵であけた。ホワイトハウスのＩＤなど、盗まれた重要なものは思った以上に早く再支給され、とても助かった。

収納庫は約三×四・五メートルで、床面積は限られているからいくつも棚があり、どこもあふれるほどいろんなものが置かれている。ここに来るたび、そろそろ整理しなくてはと思い、きょうもまた、仕事が一段落したら片づけよう、といつもとおなじ台詞をつぶやいた。

壁の一面には、灰色のコンテナ――高さ〇・五メートル、横と奥行きがそれぞれ一メートル強――がいくつも並んでいる。キャスター付きで、どれにも歴代大統領の陶器《チャイナ》コレクションが収められていた。よく使う陶器は厨房の近くに常備しているから、この部屋にあるのはめったに使わないものばかりだ。わたしは目的のものを取りだすため、いちばん手前のコンテナ（リンドン・ジョンソン大統領時代の陶器）を押して脇にどかした。

毎年クリスマス・シーズンになると、ヘンリーはここにしまってある素材を使って、みずから厨房を飾りつけた。一般公開されるわけではないから、ケンドラたちはとくに気にしなかったし、ヘンリーもホワイトハウス全体の飾りつけが終了してからしか行なわなかった。そして彼はこれを、年内最後の〝メイン・ディッシュ〟と呼んだ。

わたしはヘンリーのやり方を、伝統として守っていくつもりだった。また、この何日かで起きた出来事を考えると、明るい雰囲気をつくるのは早めのほうがいいだろう。

コンテナをもうひとつ動かして、自分の出口がふさがれたことに気づいた。解決策はひとつしかない。コンテナ二個をいったんホールに出してから、飾りの入った箱を奥から引っ張り出すのだ。

だけどそういえば、箱を厨房まで運ぶ台車がここにはなかった。手がこの状態だと、抱えて持っていくのは無理だろう。

わたしは収納庫を出ると、台車を借りるため電気部へ向かった。それにもしマニーがいたら、もう一度話してみたい。このまえのようすだと、たぶん中性線のことは調べてくれていないだろう。でもわたしから、しつこさを取ったら何も残らないから。

残念ながらマニーはいなかったけど、ヴィンスが作業台のスツールにいた。もぐもぐ何か食べている。

「ちょっといい？」わたしは戸口から声をかけた。

ヴィンスはスツールから落ちかけるほどぎょっとした。

「脅かさないでほしいな」食べものが詰まった口でそういうと、わたしの両手をじっと見る。

「ごめんなさい」わたしはあやまりながら入っていった。「何を食べてるの？」

彼は食べかけのサンドイッチを掲げた。「チキン・サンド」

とくに驚くこともなく、わたしはうなずいた。技術職人たちは全般に、下のカフェテリアでは食事をしないのだ。ホワイトハウスの外に出かけるか、食料を持ちこんでくる。これは古い時代――ホワイトハウスの家事をまかなう従者の大半が黒人で、かたや職工は白人だった時代からつづく慣習的なものだった。十九世紀のDC近隣では、黒人の従業員が外食できる店はなく、そのためホワイトハウスが食事を提供した。一方、白人の従業員にそんな苦労はないので、昼でも夜でも毎日外に出て食事をとった。時は移り、ホワイトハウスの職員も多様化して、いまではすべての地位に白人もいれば黒人もいる。ただ、職人の伝統（ともいうべきもの）は絶えることなくつづいた。そしてこんにち、技術職人たちは人種や民族を問わず、ホワイトハウスのカフェテリアではめったに食事をしない。

ヴィンスの顔つきから、わたしは歓迎されていないらしいとわかった。近づいていくわたしの背後をちらちら見ているのは、ほかに誰か、おそらくカーリーあたりが来ないかと期待しているからだろう。早く用件をすませねば、とわたしは思った。

「マニーから中性線について何か聞いた？」

ヴィンスは口をもぐもぐさせるだけだ。せめて首を縦か横に振るぐらいはしてくれてもいいのに、と思っていると、彼は食べものをごくりとのみこんでから、「ん、まあね」とだけいった。

「それで？」

ヴィンスはまた戸口に目をやる。

「〝それで〟って、何が？」

「確認したのかしら？ ジーンが感電したとき、断線とか何かおかしなことはなかった？」

わたしの背後で大声がした――「ここで何をしている？」

ふりむくと、彼がいた。カーリーその人だ。中性線についてはこれ以上訊けないとあきらめて、わたしは彼に精一杯の笑顔を向けた。

「箱をいくつか厨房に運ばなくちゃいけないんだけど」痛々しい両手を上げる。「こんな状態だから、台車を貸してもらえないかと思って」

彼は怒りを顔の片側に集めるように口をひねった。

「ああ、台車ならある。持ってこよう」足を少しひきずって奥に姿を消し、灰色の台車を押してもどってきた。「箱、といったな？」

わたしがうなずくと、彼は荷台の向きを垂直から水平に変えた。

「こっちのほうが使いやすいだろう。かならず返してくれ。使いたいときにさがしまわるのはごめんだ」

「終わったらすぐに返すわ」

ヴィンスは消えてしまいたいかのように肩をすぼめ、身を縮こまらせている。わたしはカーリーにお礼をいって、収納庫にもどった。どうして誰も、中性線についてちゃんと教えてくれないのかしら？

四時間後、かわいい鍋つかみや鍋敷き、布巾などで厨房を楽しく飾り終えてから、空になった箱を収納庫にもどしにいった。そのあと、台車を返却しなくてはいけない。

収納庫に入って、箱をもとあった場所に置こうとして——並んだ陶器のコンテナが、さっきと違う位置にあるような気がした。ジョンソン・チャイナのコンテナがずいぶん右に寄っている。どうしたんだろう？　ここには厨房スタッフ以外、ほとんど用事がないはずだ。そしてこの何時間か、うちのスタッフはみんな厨房にいた。

どうもおかしい。ほかに何か変わったことはないかしらと気にしながら、とりあえず大きな灰色のコンテナを手前に引いた。そんなに頻繁には使わないけど、必要なときに必要なものがそこになかったら困る。誰かが何かを勝手にいじったりしていないでしょうね？　ホワイトハウスでは収納スペースがとても貴重で、この収納庫は厨房専用なのだ。ほかの部署が無断で入り、ひとつかふたつ置いていっても気づかれないなんて考えたとしたら言語道断だ。

それからジョンソン・チャイナのコンテナを押して場所をあける。するとそこに、見慣れない段ボールの箱があった。側面に雑な字で「保管」と書かれ、上面はテープで封がされている。これは厨房のものじゃない……。それに、さっき来たときはなかったし。たぶん、誰かがここに無断で置いたのだ、ほんの数時間以内に。

室内をざっと見まわす。見慣れない箱はこれひとつのようだ。

段ボールにはほかに何も書かれていないから、部署の見当もつかない。大きなため息が漏れた。このままにしておこうかな。たいして場所をとっているわけでもないし。だけどそうすると、収納庫のスペース侵略を助長しかねないかも……。それくらいはささいなことで、考えるだけ時間の無駄かもと思いつつ、エグゼクティブ・シェフになりたての身としては悩ましくもあった。やはり職位は職位なのだから、それなりに筋は通してほしいと思う。もしヘンリーだったらどうするか——。厄介なことは、つぼみのうちに摘んでおくだろう。

わたしはその箱をコンテナの上にのせた。カッターは持っていないけど、台車にハンドル調整で使うクリップがついている。それを一本引きぬき、先端で中央のテープを裂いた。それからすぐ左右の縁も。クリップをポケットにしまい、箱をまた床に下ろして開封しようとした。

これを梱包した人は、念には念を入れたらしい。蓋の片面を引っぱって、それを三度やってようやく開いた。反対側は、すぐに持ち上がる。どんなに大切なものが入っているのだろう。わたしは緩衝材のカットペーパーをつかんで持ち上げ、中をのぞいた。

さらなる緩衝材。

手を突っこんでみると、指先が金属かガラスか、円形の固いものに触れた。床に膝をつき、それをつかんで引きあげる。でも途中で止まってしまった。緩衝材ではっきり見えないけど、側面を指でなぞると瓶のような形をしていて、わりと軽そうだ。周囲のカットペーパーをどかしていくと、コードに触れた。瓶の両端が、そのコードで底にある板に固定され――。

手を引きぬいた。心臓がどきどきし、唇が震える。恐る恐る緩衝材をすべて取り除くと、隠れていたものが姿を現わし、悲鳴をあげそうになった。

これはＩＥＤだ。

「助けて……」弱々しい声しか出なかった。もう一度叫びながら立ち上がったけど、誰にも聞こえないだろう。シークレット・サービスに知らせなきゃ。わたしは外に飛び出した。だけど――このまま逃げるわけにはいかない。このフロアには工匠部や装花部や洗濯室があるのだ。何も知らない人たちを爆弾といっしょに残して逃げることにはできない。

わたしは洗濯室に駆けこんだ。

「逃げて！　早く！　爆弾があるのよ！」

人の動く気配がして、とまどった顔の女性たちが奥から現われた。

「みんな外に逃げて！」彼女たちに叫びながら装花部に向かう。「逃げて！　助けを呼んで！」

ひとりでも多くの人に警告しなくては。電気室に飛びこむと、そこは無人だった。

でも作業台の近くに電話がある。わたしは緊急通報した。オペレータがただちにその場を離れろ、人員がそちらに向かっている、といった。わたしは駆けだした。

十人以上がホールに飛び出し、ディプロマティック・レセプション・ルームに向かう。この南側のドアを経由して外に避難するのだ。

わたしは全速力でカーブを曲がり、厨房へ向かった。なかに飛びこむと、スタッフ全員がぎょっとしてわたしを見る。

「みんな逃げなさい！」

バッキーが何かいおうとした。

わたしはドアのほうへ腕を振る。

「早く！」

スタッフはわたしの顔を一瞥《いちべつ》し、ぞろぞろと外に出ていった。全員そろっているかどうか、わたしは数をかぞえた。

シークレット・サービスの対応は早かった。ホワイトハウスの隅々に配置され、職員に避難を指示し、大声の指令が飛びかい、厳格な管理態勢がしかれた。

わたしも外に出ながら、避難までの時間は五分とかからなかっただろうと思った。ホワイトハウスの職員数を考えれば悪くない。わたしは白亜のホワイトハウスを見上げた。つぎに何が起こるのか——。

それから仲間たちのもとへ向かう。バッキーとレイフ、アグダが話し、シアンは黙って聞いている。四人の輪が少し広がり、わたしを入れて五人になった。

「寒くて凍えそうだわ」シアンが両腕をからだにまわして震えながらいった。「早く建物のなかに入れるといいんだけど。いったい何があったの？」

わたしも自分の腕をこすりながら説明しようとしたけど、吹く風に声をはりあげなくてはいけなかった。

「爆弾を見つけたの？」シアンが目をまんまるにした。「ほんとうに爆弾？」

「あれは……」爆発物だと断定はできなかった。わたしが過剰反応しただけかもしれないのだ。答えるのに躊躇して、わたしはふりむき、ホワイトハウスの同僚たちをながめた。みんな厳しい寒さのなか、小さなグループに分かれて身を寄せ合っている。仕事を放り出し、震えながら戸外にいるのだ。わたしが危険だ、逃げろとわめいたせいで——。

「爆弾だったと思うわ」

「思う？」と、バッキー。「断定できないのか？」

胃が締めつけられた。いまになって思えば、わたしはほんものの爆発物を一度も見たことがないのだ。収納庫にあったものは、ギャヴィンの講習で見せられたものと似ていたにすぎない。

バッキーは不機嫌だった。

「それは時限爆弾みたいにチクタクいってたのか？」しゃべると吐く息が白くなる。

「いいえ」

バッキーはひゅっと白い息を吐き出し、べつのグループのほうへ歩いていった。

たぶんわたしは、シークレット・サービスに通報するだけでよかったのだろう。あんなよけいなことをしなければ、専門家がきちんと処理し、みんないまごろ暖かい部屋で仕事をつづけていたかもしれない。あちこちから突き刺すような視線を感じた。この世の終わりのようなわたしの叫び声を聞いた職員だろう。すぐ近くのグループは、南のドアを見やりながら話をしている。ヘルメットをかぶった黒服の一団が、あのドアから建物内に入ったのだ。

「爆発物処理班だな」

レイフがいい、そばにいた人たちはみんな黙ってうなずいた。安全な距離まで離れていたから、南のドア近くにいる人たちの顔まで見ることはできなかった。少し離れた場所に立つシークレット・サービスのなかに、トムがいるかどうかもわからない。でも彼はＰＰＤだから、たぶんここではなく大統領のそばにいるだろう。

バッキーがもどってきて、胸を張った。「爆弾じゃなかったらしいよ」

「え？」全員が同時に声をあげた。

バッキーは内部情報をつかんだことが自慢のようだ。

「アンジェラと話したんだよ。彼女は兄さんと電話で話して、兄さんの友人が爆発物処理班にいるらしい」

胃がきりきり痛んだ。バッキーは話しつづける。

「あそこには何もなかったって。オリーが見つけたのはガラクタで、爆弾じゃない」

りが原因だ。

バッキーはこの混乱について語り、迷惑千万だといった。それもこれも、わたしの早とち顔が熱くなるのを感じながらその場にいると、ギャヴィンがやってきた。冷たい風に震えるようすもなく、顔つきは険しい。

「パラスさん」彼がいった。「わたしといっしょに来てほしい」

シアンが同情のまなざしを向けた。

「スタッフを建物のなかに入れてはだめかしら？」

わたしが訊くと、ギャヴィンは真っすぐ前を向いたままいった。

「まだ検討中だ」

「でも――」

「パラスさん、きみの同僚が快適でいられるかどうかは、わたしの関知するところではない。しかし、バスがそろそろ到着するから、もしよければ、そこで待機できる」

このまえの爆弾騒ぎを思い出せば、どれほど長い時間がかかるかは見当がついた。あのときのバッキーの不満は記憶に残っている。ほんの数日まえのことでしかないのだ。あれからずいぶんいろんなことがあった――。

ギャヴィンについて歩きながら、シェルターにいたときのショーンを思い出し、目がうるんだ。わたしたちはあそこでどんな話をした？　それほど親しくつきあったわけでもないのに、どうしてこんなに恋しく思うのだろう？

そのとき、向かっている先がホワイトハウスではないことに気づいた。アイドリング中の車まで行くと、わたしの知らないシークレット・サービスの捜査官が、わたしのために後部座席のドアをあけた。

「どういうこと？」

「いいから乗って」と、ギャヴィン。

車内の暖かさと新しい革のにおいに、震えがいくぶんおさまった。でもそのかわりに、まるでスパイ映画のような状況からくる恐怖の震えが始まった。

「これはいったい何？」横にすわったギャヴィンに尋ねる。

運転席と助手席にいた男性ふたりが、顔をこちらに向けた。

「きみが見たこと、したことを正確に話してくれ」

冷徹なギャヴィンの口調に鳥肌がたちながらも、わたしは箱を見つけてから開くまでを語った。彼らはそれを録音していく。

「なぜきみは、箱を見つけてすぐシークレット・サービスに連絡しなかった？」

わたしは驚いて彼の顔を見た。

「収納庫に段ボール箱があっただけなのよ」思わずきつい言い方になる。「それに〝保管〟と書いてあったし。怪しいなんて思わないわ」

三人の男たちは顔を見合わせ、わたしは幼稚な子どものような気分になった。

「あれは爆弾じゃなかったと聞いたわ。なのにどうして、こんなふうに尋問されるの？」

ギャヴィンは一瞬とまどったようだけど、「そのうちわかる」といった。「ともかくいまは、きみから事情を聞かなくてはいけない」

「わかりました」ため息をつき、できるだけ細かく説明していく。

ギャヴィンは唇をなめながらそれを聞き、射るような視線は決して揺らぐことがない。そしてわたしが前の座席のふたりに目をやるたび、ギャヴィンの表情は険しくなった。すると車の外がざわついて、三人ともがそちらに気をとられた。わたしはつかの間、ほっとする。

黒ずくめの服に防弾チョッキの男がひとり、窓をこつこつ叩いた。ギャヴィンはドアをあけて外に出る。

「きみはここにいるように」彼はわたしにそういってから、ドアを閉めた。

「尋問される理由は何なの？」前の座席のふたりに訊いてみる。

どちらも三十歳前後で、からだが小さいほうは肌が白く黒髪だった。もうひとりは肩幅が広く、髪の色は薄茶色だけど、わたしの前の助手席にいたから、ふりむいたときの横顔しか見えない。わたしの問いに、彼らはまた顔を見合わせた。

「どうして何もいってくれないの？　事情を教えてちょうだい」

運転席にいるほうは横の窓から外をながめ、助手席のほうは軽くふりむいて、「できません」とだけいって、また正面を見た。

バスが何台か到着し、停車した。バッキーがまた、自分たちは十把《じっぱ》ひとからげでバスに押しこめられ、オリーは黒いセダンでぬくぬくしていた、というだろう。

車内は静まりかえり、わたしは憂鬱になっていった。でも、ギャヴィンがいない時間を有効に使わなくてはと思う。そこで仕事の優先順位を考えた。つぎに控えているのは、ホワイトハウスの公式行事が終了したあとのレセプションだ。大統領夫妻が参加するかどうかをマーガレットに尋ねたけど、まだ答えはもらっていない。ショーンの死がさまざまなことに影を落としている。ホワイトハウスは今週半ばまで公開されるけど、内部は混乱状態だった。

「あとどれくらいかかるの？」わたしは前のふたりに訊いた。

大きいほうが、「わかりません」という。

わたしはダッシュボードの時計を見つづけた。ギャヴィンがもどってきたのは、それから四十五分以上たってからだった。彼はドアをあけ、わたしに外に出るよう合図した。

「お疲れさま」彼は前の座席のふたりにいった。「もどってくれ」

どこにもどるかは、いわなくてもはっきりしているらしい。わたしが車から降りてギャヴィンがドアを閉めるとすぐ、黒いセダンは走り去った。

わたしは子犬のようだった。短い足を懸命に動かして飼い主についていく。ギャヴィンはうしろにわたしがいるかどうか確認すらしなかった。ひたすら南庭《サウス・ローン》を横切って、避難時に使ったドアを目指す。

「ギャヴィン主任捜査官」わたしは彼の背中に呼びかけた。

彼は立ち止まりもせず、ちらっと斜めうしろを見るだけだ。

「これはどういうことなの？」寒風のなかで小走りだから、少し息がきれている。

彼は無言だったけど、小さくかぶりを振ったようにも見えた。

ホワイトハウスのなかに入るとき、ふりかえってバスを見る。どれも満員状態で、せめて暖かくしてくれていることを願った。そして、獲物を待ち構えるハイエナの群れのごとく、いたるところに記者がいた。アンテナを突き出したテレビ局のバンとカメラマンもだ。カメラのレンズはわたしたちに向けられていた。

建物に入ったところで、冷たい風に当たって出た涙をぬぐった。ギャヴィンがわたしの腕をつかみ、いくらか表情をやわらげていう。

「どうってことないさ、オリー。これはお決まりの手順だから」

オリー？　彼はわたしを初めて名前で呼んだ。

泣いていたわけじゃないの、といおうとしたら、彼は正面を向き、すたすた歩きはじめた。汚れひとつない黒靴が、床で硬い音を響かせる。静まりかえったホールを進み、ようやく彼は立ち止まった。わたしがあの箱を見つけた収納庫の前で――。

15

ギャヴィンはわたしに逐一再現させた。それも、とてもゆっくりと。わたしはもう一度あのときのことを話し、黒ずくめの男性が記録をとっていく。彼は防弾チョッキをつけ、背中にライフル銃をかけていた。ぶすっとして、ひと言も口をきかず、わたしと目を合わせようともしない。この騒動にかかわっている人たち全員が、何でもないことで大規模避難を引き起こしたわたしに怒っているのだろう。シークレット・サービス、狙撃手、軍人があちこちにいて、ホールは話し合ったり無線連絡したりする人たちであふれかえっていた。

マスコミは大はしゃぎだろう。わたしは自分が感謝祭の丸焼きターキーになって、彼らに食い散らかされないことをただただ願った。

あのときの動きを再現しはじめて十分たってもまだ、わたしは収納庫のドアから一メール半くらいしか入っていなかった。ギャヴィンがわたしの動きをちょくちょく止めて、記録係が細かく記していくのだ。問題は、伝えるべきことがほとんどないという点だった。どうしてここまで関心をもつのだろう？　わたしの話を信じられないということ？

意に反して、声が震えた。

「ここでわたしは、ジョンソン・チャイナの位置が変わっているような気がしたの」

ギャヴィンはうなずいた。

先をつづけて、という意味だと解釈する。「それでコンテナを脇にどかして、あれを
……」あえていわなくても、男性ふたりは想像がついているだろう。「あの段ボールを見つけたの」

「それから?」

「どうしてここに」できるだけ正確に伝えなくては。「あるのだろうと思って、なかを見ることにしたの」首をすくめる。「どの部署のものかわかれば、そこにもどせると思って」

「テープで封がされていた、ときみはいった」

うなずきながら、クリップをポケットに入れたままなのを思い出して取り出す。

「これでテープを切ったの」

ギャヴィンの眉間に皺が寄る。

「歯で引き裂くよりましでしょ」場をなごませるつもりだったけど、ふたりともむっとするだけだ。

「箱は簡単に開いた?」

「いいえ。蓋の縁を何度か引っぱらないと開かなかった」

「オリー」ギャヴィンは顔をしかめた。「蓋を引き破ったのか?」

「だって――」言い訳がましくなる。「危険なものだとは思わなかったし、ずいぶんしっか

り閉じていたから」記録係の彼でさえ、顔を上げた。ふたりとも、なんてばかなことをするんだ、という目でわたしを見る。「もちろん、不審なものを見つけたら気をつけなくちゃいけないのはわかってるけど、あの箱は、見た目はふつうだったのよ。ガラクタだなんて想像もしなかったわ」

ギャヴィンの目がきらりと光った。

「ガラクタ？　何のことだ？　きみはほかにも何か見つけたのか？」

「いいえ、あれだけよ」わたしはたじろいだ。「あれをＩＥＤだと思いこんで、だから通報したの」両腕を大きく広げる。「そうでなきゃ、みんなに逃げろなんて叫ばないわ。だけど結局、何でもなかったんでしょ？」

ギャヴィンは唇をなめた。これはどうも、自制心を引き出すときの癖らしい。

「オリー」彼はまた、親しげにそう呼んだ。「きみが発見したのはほんものだった」

「え？」膝が震えた。「ほんもの？」

「そうだ」ぐっと感情をこらえるように。「きみは爆発物を見つけた。あれはほんものの爆弾だ」片手で顔をなでる。「さあ、先に進もう。わたしから話せることは話すよ」

こうして爆弾発見から避難までの経緯を順を追って再現し、ようやく完了すると、記録係は部屋を出ていった。

ドアが閉まるとすぐ、わたしは床にすわりこんだ。お尻がとても冷たい。

「大丈夫か？」ギャヴィンが心配そうに訊いた。

「愚かな質問だとは思うけど、爆発物は無事に処理されたのよね？」

彼もわたしの横にすわりこむ。

「ああ、処理された。周辺もくまなく調べ、問題はなさそうだ」

なさそう？

わたしは立てた両膝に額を当てた。「どうしてこうなのかな。どうしてわたしは、こんな目にあうのかな……」

ギャヴィンの大きなため息が聞こえ、わたしは顔を上げた。このとき初めて、彼のわたしに対する不満や怒りのない顔を見たように思う。彼は考えこんでいるようだった。

外のホールには大勢の人がいたけど、誰もこの収納庫をのぞきには来ない。ここはとても静かだった。

「なあ、オリー」正面を向いたまま話す。「これまでわたしは、何度もこういう状況に遭遇してきた。この仕事に就いて、二十五年はたつからね」

わたしは黙って聞いていた。

「いろんなことが身にふりかかってしまう人というのは、現実にいるんだよ。幸か不幸か、きみもそうらしい」横を向き、わたしと目を合わせる。「きみの人物調査書を読んだよ」

わたしは顔をしかめた。

「勘違いするな。きみの行く手につねにトラブルがあるという意味ではなく——きみにはものを見て、感じとるセンスがある、といいたいだけだ」頭をゆっくり左右に振る。「超能力とか予知能力じゃないぞ。しいていえば、第六感かな。知性と正確な認識力で、何かがおかしいと察知できる。おまけに、とことん原因をさぐろうとする好奇心が旺盛だ」

「それは幸ではなく、不幸のほうね」

「そうかい？　わたしたちは、きみのような力をもつ人材を日々求めているんだけどね」

これは誉め言葉と受けとめていいのだろう。萎縮、アドレナリン、自意識が重なって、わたしは何もいえなくなった。そして咳払いをして、ようやく「ありがとう」という。

また顔を正面にもどし、ギャヴィンはいった。「それを踏まえて、公表されていないことをきみに教えよう。きみとわたしとでは、また視点が違うだろうから」そこで少し間をおく。「あれは、時限爆弾だった」

「時刻は？」

彼は目を細めた。「あす、ホワイトハウスのオープニング・セレモニーの最中だ」

愕然とした。と同時に、こうしてギャヴィン主任捜査官と床にすわり、爆弾について話しているのが不思議な気がした。

「まだしも救われるのは」ギャヴィンはつづけた。「爆弾としては小型だった。個人向け、とでもいうのかな」彼の冷静さが、わたしにもおちつきを与えてくれる。「ターゲットはひとりだったと想定される」

「わたしじゃないでしょ？」

彼は首をすくめた。「たぶんね。ただ、路上で襲われたことを考えると、その可能性も否定できない」

「わたしでないとしたら」収納庫を見まわす。「なぜここに置いたのかしら？　もっと効果的な場所はいくらでもあるわ。この部屋には、めったに人が入らないもの」

ギャヴィンはほほえんだ。

「そのとおりだ。テロリストはＩＥＤをホワイトハウスに持ちこみ、隠しておくのを第一ステップと考えたんだろう。その後べつの場所へ、ターゲットに近い場所へ移動させる」

「そういうことね……」会話のくつろいだムードが、まだ不思議でならない。「全員を監視しているんでしょ？　職員もふくめて」

「この二十四時間のあいだにホワイトハウスにいた人間をね。偽爆弾が発見された日にここにいたかどうかも確認している」

「職員が犯人とは思えないわ」

「最初の講習で話したように」またわたしを見る。「自分の周囲は安全だと考えてはいけない。誰ひとり、信用してはならない」

「でもわたしを信用してくれているから、こんな話をするんでしょう？」

「この仕事に就いて長いといっただろう」立ち上がってわたしに手を差し出す。「自分の目で見て、感じとることができる。きみは大丈夫だ、オリー。きみのやったことは正しかった」

「彼はきみに夢中らしい」その晩、トムがいった、場所はわたしのアパートだ。

「え？　たぶんギャヴは、わたしより十五歳くらい年上よ」

「ギャヴ？」

トムは食器をすすぎ、わたしは夕食の残りを冷蔵庫に入れながら、小さく首をすくめた。

「そうよ。ほかの人がいないときはそう呼んでくれっていわれたの」口にしたとたん、自分で自分の言葉にあわてた。「誤解しないでね、へんな意味じゃないから」

「彼は間違いなく、きみに夢中だ」

わたしは笑いながら冷蔵庫の扉を閉めた。

「考えすぎよ。だけどきょうの彼は、これまでとはちょっと違った気がするわ。それなりにわたしを認めてくれたみたい」

トムは布巾で手を拭いた。

「当然だよ。きみは彼を救ったんだから」

「どういうこと？」

「ギャヴィンは担当捜査官だろ？」

わたしはうなずいた。

「きみは爆発物を発見した。それがもし彼の監視下で爆発していたら、どうなったと思う？もしきみがいなかったら——」

「運がよかっただけよ」

「あれは運じゃない。ギャヴィンのいうとおり、きみの観察力は鋭いからね。というわけで、今夜のレッスンのテーマは決まりだ」

この一年半ほど、トムはわたしに護身術や銃の扱い、的の狙い方をはじめとして、じつにさまざまなことを教えてくれた。過去にはそれが、実際に役立ったこともある。わたしはトムに日ごろから、特殊なこと、ふつうではなかなか学べないことを教えてちょうだいとせがんでいた。

「当ててみましょうか」とわたしはいった。「きょうのテーマは……爆弾?」

「正解」

でもレッスンが始まるまえに確認しておく。

「ホワイトハウスの職員が爆発物に関する講習を受けたのは知っているでしょ?」

「講師はギャヴィンだろ?」

「ええ」

トムはぶすっとした。

「そのおかげで、エグゼクティブ・シェフはセキュリティが見過ごした爆発物を発見できたわけだ」

「いったでしょ、あれはただの偶然だって」

「そういうことじゃない。彼らが見つけるべきだったんだ。怠けずに職務を遂行したと信じたいね」

「周辺は捜査したって聞いたけど」

トムは不満げだった。「いまは全力を尽くしている。いまは職員への聞き取り調査をしている。偽の爆弾が発見されたときに、そうするべきだったんだよ。動きの遅さには、あきれるしかない」

「だけど、どうしたらわかるの？　ギャヴの話だと――」

トムはわたしをにらみつけ、わたしも自分がギャヴィンをかばおうとしていたことに気づいた。

「爆弾事件の真相がはっきりするまで、ぼくは大統領と――きみとも――ホワイトハウス内でのんびりいっしょにいることができないな」

「大統領はいまどこなの？」

トムは顔をしかめ、「家族といっしょだ」といった。「あすの朝、ぼくは大統領の警護につく。その後、大統領はベルリンへ出発だ。水曜日まで、ぼくには休みがないよ」

「わかったわ」

それから一時間、トムは〝爆発物処理〟の講義をしてくれた。ギャヴィンの講習より詳しかったけど、残念ながら実物のサンプルが手元にない。そこで彼はインターネットで検索して、公開されているファイルや図面を印刷した。レッスンが終わるころ、わたしの頭のなかは装置の使い道や構造でいっぱいになり、それもすべて大量破壊を目的としたものだった。

とってもとっても、おもしろい。

「そしてこれだけは、忘れないように」最後にトムはいった。「たいていの場合、二次的装置が用意されている」

「それは聞いたことがあるわ」

「何度聞いても聞きすぎることはない。破壊をもくろむやつらは、是が非でも、なんとしてでも成功させたいと考える。だからひとつめが失敗したときのために、かならずふたつめを用意するんだ。そうしてターゲットを確実に破壊する。わかったね？」

なぜか全身に、ざわざわと鳥肌が立った。

「ええ、わかったわ」

16

翌日の朝、厨房に着いてもまだ爆弾のことが頭から離れなかった。トムと話せるのは早くても水曜だから、ゆうべ教わったことをしっかり記憶に焼きつけなくてはと思う。そんな知識が必要になることがないのを祈りながらも。

きょうのわたしは神経過敏、というのはまだ控えめな表現だった。クリスマス・デコレーション・ツアーは予定どおり実施され、ファースト・レディはケネディ・センターの式典には出席せずにツアーに備えるとのこと。大統領は水曜まで国外だから、夫人がひとりでこなさなくてはいけない。

右手の副木はまだ取れないので、調理ではなくコンピュータ作業をするしかなかった。こんな状態に追いこんだ悪党たちへの怒りがこみあげる。でもいまさら愚痴ってもむなしいだけだ。コンピュータの前にすわるよりカウンターの前に立つほうが何倍も楽しいけど、目前の仕事にむりやり自分を集中させる。ファイルの更新も重要な仕事だし、実際かなり滞ってもいた。

モニターの前に腰をおろし、厨房を見まわしてみる。スタッフは午後のツアー用の前菜を手際よく準備していた。献立そのものは何カ月かまえにわたしが考え、ファースト・レディの試食もパスしたのだけど、わたしはきょう、無用の存在らしい。肉体は二晩まえの件でずきずき痛み、精神は爆発物の情報を口外できずにひりひり痛む。〝あの時限爆弾が狙っていたのはきょうの午後だから、気をつけるにこしたことはないわよ〟と警告できないのだ。

バッキーがキャビネットをあけて、「おっ！」と声をあげた。全員がそちらをふりむくと、彼はキャビネットをのぞきこんで目をまんまるにし、料理用シェリー酒をとりだした。

「セキュリティを呼んでくれ！」瓶を頭上高く掲げる。「爆弾かもしれない！」

みんなが笑っても、責めることはできない。何かいおうと思ったけど、首から顔まで火照っている。わたしはコンピュータ画面に目をもどした。すると、そこに開かれているファイルに、なぜかまったく見覚えがなかった。これは〝最近使用したドキュメント〟だったから、クリックしたのだけど……。

バッキーはいま、シェリー酒の瓶を機関銃にみたてている。わたしは彼を無視することにした。厨房ではみんなよく冷やかしあうから、明るい雰囲気をこわしたくはない。だけどはっきりいって、不愉快だった。それになんだかいやに暑くて、額を手の甲でぬぐう。バッキー以外のスタッフは、もう誰も笑っていなかった。

彼は作戦を変え、中央のカウンターまで行ってわめいた。

「逃げろ！　料理用のシェリー酒が爆発するぞ！」

わたしはふりかえった。「はい、そこで終了ね」

「この程度の冗談もだめなのか？」

この程度？「だめなのはね、仕事の予定が遅れていることよ」わたしは壁にかかっている時計を見あげ、ブランチャード議員から贈られた置時計を指さした。「この一週間はいろんな邪魔が入ったわ。ふざけるのはやめて、そろそろ仕事に集中しましょう」

厨房のなかが静まりかえった。シアンとレイフ、アグダは、固唾《かたず》をのんで見守っている。バッキーはキャビネットまで行くと、シェリー酒を棚にもどしてバタン、と扉を閉めた。わたしはぐっとこらえる。ここで何かいえば、もっと険悪なムードになる。さっきの言葉で目的は果たしたのだ。でも同時に、明るいなごやかな空気を冷たくさせてしまった……。唇を嚙む。手に負えない小学生ではなく、プロらしくふるまってほしいだけなのだ。だけど、そこがバッキーだった。気むずかしい才人たちは、みんなそうなのかもしれないとも思う。バッキーはひと味違う、意外で楽しい料理をつくるのが得意だった。でも社会生活となると、そんな才能も熱い生地にふりかけた粉砂糖のように消えてしまう。

背後から声がした。「パラスさん、ここで何をしているのかな？」

その声と口調はピーター・エヴェレット・サージェント三世だ。わたしはふりかえりながらいった。

「おはようございます。きょうはどのようなご用件でしょう？」

いつものように皺ひとつないぱりっとしたスーツだけど、きょうはそこに嫌味な目つきが加わって、彼らしさが存分に発揮されていた。

「きみは緊急時対応の講習会に出ていると思っていたが」と、彼はいった。「きのうの、あの混乱から判断すると、きみはセキュリティに関し、再教育されたほうがよいように思えたものでね」

きょうはみんな、わたしを目のかたきにしているらしい。ほんとうのことをいいたい！と思ったけど、いったところでどうなるものでもない。わたしの面子《メンツ》は保てても、新たなパニックを引き起こすだけだろう。それにきのうギャヴから、他言するなといわれた。大統領が不在中は、ホワイトハウスに爆発物が仕掛けられる可能性はきわめて低い、とシークレット・サービスは考えているようだ。もちろん大統領の帰国後はそうもいかないけど、留守中に十分な対策を練ることはできる。と、ギャヴはわたしに断言した。

「気にかけていただき恐縮です、ピーター」わたしは例の不思議なファイルを最小化して立ち上がった。「でもご心配にはおよびません。ギャヴィン主任捜査官とお話しし、わたしの対応は間違っていなかった、といわれたので」

サージェントは胸の前で両手を合わせ、首をかしげた。まるでかわいいリスのようだ。

「ほう、彼らしくないな」

サージェントはもっと何かいいたそうだったけど、わたしはその暇を与えなかった。

「ほかに何か？」

彼はぐるっと厨房を見まわし、「レセプションの準備に滞りはないな？」といった。

「ええ、もちろん」

彼は小さく鼻を鳴らした。「では、またあとで来よう」

シアンが彼の背中に向かって、声には出さず口だけで、「ずーっとあとで」といった。

厨房のなかの空気が、いまひとつよくなかった。例年、この時期はみんなストレスを抱えていらいらするのだけど、バッキーとサージェントがそれに拍車をかけたように思う。わたしだって、きのうのギャヴの励ましとトムの有意義なレッスンがなかったら、もっと気が滅入っていただろう。

気持ちをコンピュータにもどし、最小化したドキュメントを大きくして、最初の一行をもう一度読んでみる――「初心者向けエビの下ごしらえ」

いったいこのファイルはなんだろう？

その下には、エビの殻むきについて、とても奇妙な記述があった。わたしは訳がわからず、首を横に振る。こんなファイルは身に覚えがないし、ほかのスタッフがつくったようにも思えないのだけど……。

「どうしたの、オリー？」シアンが声をかけてきた。

「見たことのないファイルなのよ」画面を指さす。

「うん、これはへんだわ」彼女はざっと読みながらいった。

「でしょう？」と、そこでわたしは思い出し、指をパチンと鳴らした。

「わかったの？」

「そういえば、ショーンがここに来たとき、コンピュータを使ったわ」

「あっ、Eメールをチェックしたときね？」

わたしはおかしな文章を読み上げた。「大きなボウルにエビ。つまむのは、一度に一匹のみ。悪党のようにつるりとうまくすりぬけることがある。背わたを取るのは非常に困難。安全上の注意については以下参照」わたしはシアンを見上げた。「書いたのはきっとショーンよ。でも、どうしてかしら？」

「いつかまた手伝うつもりで、備忘録として残したのかも」シアンが本気でそう思っていないのは顔を見ればわかる。

「それはないでしょう……」下へスクロールしてみた。「ショーンはわたしたちにこれを見せたかったのかもしれないわ」

「わたしたちにじゃなく、たぶんオリーによ。彼はあなたのことを好きだったと思うわ」

冷たい生地の塊が胃にのしかかってきたように感じた。でもなぜ、彼はEメールの確認だなんていいながら、こんなものを書いたのだろう？

スクロールする手が止まった。そこにわたしの名前があったのだ。

それは手紙だった。

　オリーへ

やあ。きみはいつ、これを見つけてくれるだろうか。エビの殻むきは厄介だったよ——きみはぼくを厄介だと思って、あの仕事を割り当てたのかな？　バッキーはぼくがきみのコンピュータをいじるのが気に入らないみたいだね。いまごろきっと、ぼくに向かって歯をむきだしてるにちがいない（笑）。どうか、きみがぼくのことを厄介者だと思っていませんように。これからは、もっとちょくちょくここに来るつもりなんだから。

わたしは涙をこらえた。唇を噛み、先を読む。

それはさておき――。急がないと、鼻の利くバッキーにぼくが何をしているか感づかれてしまいそうだ。きみとふたりきりで話したくてここに来たんだけど、長居すればするほど、それは無理だと思えてきた。だからきょうはあきらめよう。そしてあしたは、タフな一日になりそうだ。エレインおばさんに、そしてきみにいわれたから、ぼくはあしたもホワイトハウスに来る。おばさんは、自分が思っているほど彼らのことをわかっていない。彼らは強引にぼくを排除しようとしている。だけどね、いくら脅しても無駄だ。ぼくはどんな脅しにもけっして屈しない。

でも、これできみはぼくにかなり興味を抱いただろ？（笑）

ごめん、少し調子にのりすぎたようだ。

これを読んだら教えてほしい。もしぼくが気恥ずかしさで死んでいなかったら、ぜひ語りあおう。

ショーン

わたしはうつむいた。

「どうしたの？」と、シアン。

いまはまだこの手紙をほかの人には見せたくなくて、わたしは画面をスクロールした。

「ん、どうもしないわ、大丈夫」指で目頭を押さえ、懸命に考える。この手紙の真意はわからないけど、ショーンの死が自殺ではないことの裏づけになるのではないか。誰かに——それを証明できる誰かに、読んでもらわなくては。

わたしは〝印刷〟をクリックして立ち上がった。プリンターから出てくる紙をつかんで折りたたみ、ポケットに入れ、すぐファイルを閉じる。全身に鳥肌がたった。みずから命を絶ったのでないとすれば、誰がショーンの命を奪ったのか……。

「オリー、大丈夫？」またシアンが訊いた。「顔が真っ青よ」

「うん……」ごくっとつばを飲みこむ。「平気。大丈夫」

その先をいいよどんでいると、ありがたいことにマルセルが現われた。ただし、あわてたようすで戸口に立ったまま、手を貸してほしいという。

「何かあったの？」

「ハウスがエレベータにのらないんだ」

バッキーがうんざりしたようにいった。「人手を奪われたら、こっちも間に合わなくなるよ」

時間は刻一刻と過ぎてゆく。わたしはレイフを呼んだ。「前菜の盛りつけはアグダに手伝ってもらってちょうだい」彼はうなずき、アグダは自分の名前を聞くとぴしっと背筋をのばした。彼女はいつでも準備万端だ。「それからバッキーは――」彼をふりむく。「そのままつづけてちょうだい。シアンもね」わたしは副木の手を掲げた。「いまは料理人になれないから、わたしがマルセルを手伝うわ」

ときにマルセルは、よく考えずに行動してしまう。今回もたぶんそうだと思いたかった。彼についてホールに出て、何が問題なのかがわかった。ジンジャーブレッド・ハウスは、じつに巨大なのだ。

「マルセル……」わたしはあっけにとられた。「すばらしいわね」

ホワイトハウスをみごとに再現したもので、去年の作品の二倍以上はあるだろう。去年だって、エレベータにのせるのにひと苦労したというのにだ。どうしてここまで大きくしたのだろう？　と思って彼をふりむいたけど、パニック寸前の顔を見て、何も訊かないほうがいいと判断した。

ジンジャーブレッド・ハウスは毎年、エグゼクティブ・ペイストリー・シェフの権限のもとでつくられる。もちろん、厨房のほかのスタッフも求められればいつでも手伝うけれど、マルセルはジンジャーブレッド・ハウスの創作を一年の最大の楽しみにしていた。

製作には二週間以上かかり、去年の作品は重さがじつに百五十キロ近くあった、ということは、目の前のこのハウスはもっと重いということだ。マルセルはホワイトハウスのお菓子の模型を、驚くべき正確さでつくりあげていた。さまざまな形の小さな素材をジンジャーブレッドでひとつずつつくっては、名建築家の精密さで組み立てていったのだろう。

　並大抵の努力ではなかった。マルセルは、万一壊れたときを想定し、各部分の複製までつくるからだ。もちろんどれも手づくりで、食べればとてもおいしいのはわかっているけど、あくまで鑑賞用で口には入れない。細部まで丁寧に形をつくり、焼きあげて、最後にチャイナ・ルームで組み立てられるのだ。ここ二週間で何回か、わたしはマルセルと彼のチームの組立作業を見学したことがある。みんな黙々と仕事に集中しながらも、まるで子どものように目を輝かせていた。側壁から窓のフレームまで、すべてがきっちり再現されて、いざ晴れの舞台へと運ばれる。

　マルセルはハウスの製作にアシスタントを五人つけていた。三人はSBAシェフで、ふたりはここの職員だ。ふつう、マルセルのアシスタントはひとりだけど、イー・イムは手先が器用だからと、マルセルが追加指名した。ホワイトハウスでも、複数の部署で職業訓練する例はなくはないものの、きわめて珍しい。給仕だったイー・イムがアシスタント・シェフの仕事をするという話は周囲を驚かせ、わけても給仕スタッフは目をまるくした。欠員を補充しなくてはいけなくなるから、不満でもあっただろう。

　わたしはハウスをゆっくりひと回りして、もう一度「すばらしいわね」とつぶやいた。

「ありがとう《メルシ》」マルセルはなかば上の空でそういった。ジンジャーブレッド・ハウスとエレベータを見比べながら、そわそわしている。ハウスは料理用ワゴンにベニヤ板を置いてカバーを掛け、その上にのせられていたけど、いったいこれをどうやれば会場に持って上がれるか?

イー・イムがハウスのうしろから現われた。

「あら、そこにいたのね。ぜんぜん気づかなかったわ」わたしがそういうと、彼はうっすら笑みをうかべた。でもいかにもうわべだけで、わたしの顔など見たくもなさそうだ。美しくも巨大なお菓子のホワイトハウスをレッド・ルームに運ぶという難問に、みんな頭を抱えている。

「これは何?」ハウスの端を指さして、わたしはマルセルに訊いた。小さな柱のようなものがあり、旗用のポールかとも思ったけど、旗らしきものは掛けられていない。建物の四つの角の内側と外側に付けられて、アイシングで白くなっているから、いままで目にとまらなかった。

マルセルはエレベータの前で大きなため息をついた。

「いまさら分解したくないよ」疲れた顔でいう。「組み立て終わったばかりだからね。ここで分解したら、二度ともとにはもどらない」

「わたしたちの手で運べないかしら?」

「ええ? これの重さがわかっている?」あきれた顔で首を振る。「これを持って階段を上がるには、男六人がかりでやっとだよ。わたしのアシスタントじゃ無理だと思う。それにひどく傾いて壁にひびでも入ったら、わたしの作品は作品でなくなってしまう」いまにも泣きだしそうだった。「わかってくれるだろう？　いっさいが水の泡だ」

わたしはため息をついた。エグゼクティブ・ペイストリー・シェフを長年務めてきて、なぜ運ぶときのことを考慮しないのだろう？　でも芸術の創作では、そんな理屈は頭から消えてしまうのかもしれない。その結果が、この巨大なジンジャーブレッド・ハウスだ。ここをこうして、あそこをこうすれば……とやっていくうちに、とんでもなく大きなハウスが出来上がったにちがいない。

わたしはもう一度、すばらしいお菓子の家をとくとながめた。どの窓も隅に冷たい霜がついて、トルーマン・バルコニーは完璧に再現され、純白の雪とともに緑の葉と赤いリボンのリースが飾られている。ハウスの内部は見えないけど、マルセルのことだから、確実に照明をつけているだろう。それが点灯されたら、さぞかし美しいにちがいない。

マルセルはうろうろ歩きまわり、イー・イムはハウスの細かい場所をいじっている。わたしはさっきの柱について尋ねてみたけど、イー・イムは首をすくめ、無表情かつ無言だった。

さて、ともかくこれをエレベータで運ぶのは無理だから、どうすればよいか——とわたしはうつむき、考えこんだ。

「望みはないかな？」マルセルがいった。

「世のなかに、望みがないことなんてないわ」ハウスのまわりをゆっくり歩く。男六人がかりでも、とマルセルはいったけど、四人でも何とかなるんじゃないかしら？「手伝ってくれそうな人はいる？」

マルセルは心配げに訊いた。「何を考えている?」

「力もちが四人いれば、ベニヤ板の隅をそれぞれ持って、あそこを――」階段を指さす。

「ゆっくり慎重にのぼっていけるんじゃない?」

マルセルは懐疑的だった。力もちは、がさつじゃないか? ゆっくり慎重にのぼれるか?

わたしたちは十分ほど意見を交換しあい、マルセルはしぶしぶ同意した。

「もし、らくらくと持ち上げられなかったら、即刻その場で中止するよ」彼は口を引き結んだ。「そしてわたしは、美しい建築物を解体する」

「そんなに悲観しないで。まだ試してもいないんだから」

マルセルはうなずき、イー・イムにいった。

「力もちを見つけてきてくれないか?」

イー・イムはすぐにどこかへ行った。

「ジンジャーブレッド・マンはどうしたの?」わたしは台車を見ながら訊いた。「まだ運ばないの?」

「後回しにしたよ」マルセルは暗い表情のままいった。「ハウスがきちんと展示されたら、イー・イムがやってくれる」

わたしが腕時計をちらっと見たのにマルセルは気づいた。

「いいたいことはわかる。よおく、わかるよ」またうろうろしはじめる。「あなたはいったい何を考えていたの? どうしてハウスを、きのうのうちに運んでおかなかったの?」わたしをふりかえる。「その問いに答えよう。わたしの気持ちがアシスタントたちにうまく伝わらないからだ。彼らは芸術作品を時間どおりに完成させることの重要性をわかっていない。どうしてなんだろう？　彼らに理性はないのか？」

わたしはイー・イムが向かった先を見て、マルセルに声をおとすよう手で合図した。

「イー・イムは働き者だって、いってなかった？」

マルセルは大きな目をくるっと回し、「彼をたとえるなら……」と考えこんだ。「不在よりいいってところだ」

「いないよりましってこと？」

「そうそう、それ。たしかに器用だしよく働いてはくれるが、経験がなく、手順をまったく知らないから、もっと勉強しなくてはいけない」

背後で人の話す声がして、わたしはふりむいた。イー・イムが連れてきたのは電気技師――カーリー、マニー、ヴィンスだった。小柄なイー・イムのうしろで、カーリーはいつにも増して不機嫌そうで、マニーとヴィンスは気楽な調子で冗談をいいあっている。

イー・イムはカーリーたちをジンジャーブレッド・ハウスのほうへ手招きした。だけど彼らは三人だから、もうひとり必要だ。この状態ならマルセルは、ハウスを運ばせないだろう。イー・イムはとても小柄だし……。まいったな、とわたしは思った。わたし自身はからだのわりに力もちだけど、あのハウスを持ちあげる自信はない。わたしが原因でハウスが倒壊でもしたら、なんて想像するだけで恐ろしかった。

うじうじ悩んでいると、イー・イムがつつっと進み出て、わたしにいちばん近いベニヤの角をつかんだ。彼が何かつぶやき、ほかの三人が残り三カ所の位置につく。マルセルは両手で顔を覆った――「見ていられない」

四人はそれぞれ緊張した面持ちでベニヤの角をつかみ、よっ、といっせいに持ち上げた。

マルセルは背を向け、うめき声をもらす。

「オリー、すまない、きみがついていって。きみがいいといったら、わたしも見るから」マルセルは両手を馬の遮眼革のようにして顔の横につけ、厨房のほうへ逃げていった。

「マルセル！」

わたしが呼ぶと、彼はぎりぎりわたしの顔が見える程度にふりかえった。

「台車をエレベータで上へ運んでちょうだい。ハウスが到着したら、すぐにのせなきゃ」

マルセルは上品な顔を思いきりゆがませたけど、それでも急ぎ足でハウスのほうへもどり、台車のハンドルをつかんで四人の足もとから外に引き出した。

それほど時間はかからずに、マニーとヴィンスは階段を四段上がった。カーリーとイー・イムはまだホールの床にいて、腕を上げ、ハウスを水平に保つ。マルセルは肩をすぼめてちらっとそちらを見やると、また低いうめき声をあげ、ほとんど走るようにして台車を押し、近くのエレベータに乗った。

はっきりいってわたしは、苦しそうに階段を上がっていく四人につきそうのはいやだった。そして四人のほうも見るからに、わたしについてこられるのがいやそうだ。だけど彼らはすばらしいチームワークで、最低限の言葉しかかわさずに、着実に一段一段のぼっていく。そのようすを見るかぎり、重量級の品物を過去にも運んだ経験があるようだった。わたしは下の段から彼らを見上げ、これなら安心できるかもと思いつつ、心臓がどきどきするのはおさまらない。もしハウスがぐらっと傾けば、そしてそのまま倒れてきたら、真下にいるのはわたしなのだ。

彼らの横をそろりそろりと通り過ぎ、わたしは階段の上方へ出て、ほっと胸をなでおろした。

カーリーとマニー、ヴィンスは、歯をくいしばって重さに耐えていた。ゆっくりと一段、また一段とのぼるたび、喉から低いうめきが漏れる。でも意外なことにイー・イムは、そこまで苦労しているようには見えなかった。四人は息を合わせて、ハウスを水平に保っている。いまごろ思いついたのだけど、工匠部から水準器を借りてくればよかったかもしれない。そうすれば傾き具合がチェックできるから。

でも四人の苦しげな顔を見ていると、わたしがもう少し上だの下だの指示したら、むしろ逆に彼らはハウスを投げ出してしまいかねないと思った。

マルセルが、階段を上がりきったところで台車といっしょに待っていた。

それから長い、汗にまみれた数分が過ぎ、まずマニーとヴィンスが最後の一段を上がりきった。そして高さを調整しながら、カーリーとイー・イムの到着を待つ。こうしてハウスをのせたベニヤ板がそっと、そっと台車に置かれ——全員がまるで生き返ったように、大きく深呼吸した。それからエントランス・ホールの中央まで台車を押していく。

「みなさん、ありがとう、ありがとう」マルセル《メルシ》は彼らに何度もお礼をいったけど、気持ちはすでにハウスのチェックに向かっていた。周囲をゆっくり歩きながら、目を凝らして隅々まで確認する。もしわたしが虫眼鏡を持っていたら、すぐに差し出していただろう。

カーリーが階段のほうへもどりかけると、彼を呼び止める声がした。総務部長のポール・ヴァスケスが、輝く黒い靴でホールの床を蹴りながら、急ぎ足でこちらにやってくる。

「たったいま、きみ宛に伝言を頼んできたんだよ。こんなところにいるとは思わないから」

カーリーは鋭い視線をわたしに向けた。本来の仕事でないことをさせられたのは、わたしのせいだと思っているのだろう。わたしは明るくほほえみ返した。

「またレッド・ルームの電気がおかしいんだ」と、ポール。「電源を切ったわけじゃないだろう？」

階段をおりかけていたマニーとヴィンスを、カーリーはきつい調子で呼び止めた。

「レッド・ルームの配線をいじったか？」

マニーがヴィンスを見て、ヴィンスは首をすくめた。

「いや、べつに何も」

マニーは両手を広げ、「見当もつかない」といった。「やらなきゃいけない仕事が山のようにあるから」

そういって階段をおりようとしたふたりに、カーリーは「そこにいろ！」と命令し、小声で悪態をついた。頭の傷跡が赤らみ、こめかみの血管が浮き出る。

「いいですか」彼はポールにいった。「ふりまわされっぱなしなんですよね。レッド・ルームはおれがこの手で点検しましたが、問題なく電気は通っていた。あなたは何かがおかしいといい、こっちはまた点検して、また問題がないことが判明する——。おたくのスタッフは、電源のオンとオフの区別がちゃんとわかっているのかな？」

ポールはいつもどおり冷静に、首を横に振った。

「わたしは自分で確かめたんだよ、カーリー。いままでレッド・ルームにいたが、電気はまったくつかなかった」

カーリーはマニーたちに向かって手を上げてから、指を一本下に向けた。「どうなっているか見てこい。そのあときちんと報告しろ」

「ちょっと待ってくれ」と、ポール。「伝えることはもうひとつある。予定が変わって、ファースト・レディはきょうの午後、おおやけの仕事はいっさいしない。デコレーション・ツアーも中止だ」

わたしはほっとした。厨房の仕事だけでなく、ファースト・レディに関してもだ。キャンベル夫人には休息が必要で、ようやくひと休みすることになったのだろう。

「だったら料理も必要ないわね？」わたしはポールに訊いた。

「ああ、きょうの午後は完全休業だ」

マルセルはジンジャーブレッド・ハウスから目を離し、少し険しい顔で訊いた。

「このハウスも、きょうは飾らなくていいということ?」白衣の裾を引っぱり、詰問口調になる。「なぜもっと早く教えてくれなかった?」

ポールはなだめるように手を上げた。「わたしもさっき知らされたばかりなんだよ。何か進展があったらしくてね、その……ショーン・バクスター氏の葬儀の件で」

わたしは思わずポケットに手を突っこんだ。そこにはショーンの手紙が入っている。

「進展って?」

ポールは必要外の情報は口にしたくないようだ。

「キャンベル夫人は大統領のご家族と過ごすことにした。どうしても行かなくてはいけなくてね」

「殺人事件として調査するとか、そういう話は伝わってきませんか?」

ポールは目をそらした。「時期がくれば、きみのところにも情報は入ってくるだろう」

カーリーはポールとわたしの会話を上目づかいで聞きながら、げんなりしたようにいった。

「それと電気とどう関係があるんだ?」

マルセルもぶつぶついっていたけど、ジンジャーブレッド・ハウスのチェックを再開すると無口になった。そこから少し離れた場所では、イー・イムがからだの前で両手を握って立っている。

ポールはいささか疲れぎみにカーリーにいった。

「これが最新情報だ。じきに連絡票が届くだろう。水曜までには、いっさいの不備がないよう調整してほしい」

「水曜にツアーをやるんですか？」わたしはポールに訊いた。

マルセルがまた何かつぶやき、ポールがうなずく。

「オープニング・セレモニーとデコレーション・ツアーをいっしょにやる予定でいる。このふたつは規模が違うだけだからね。同時開催すれば、水曜はマスコミも含め、人でごったがえすだろうから、心の準備をしておくように」そして口もとをほころばせる。「カーリー、レッド・ルームの点検をくれぐれもよろしく頼むよ」

「いますぐこのふたりにやらせるから。そのあとでおれが再点検する」

ようやく解放されるとわかって、マニーは明るくいった。

「じゃあ、おれたちはもう行っていいかな？」

カーリーは親指を突き出した。「ああ、いいぞ」

ヴィンスがレッド・ルームのほうへ歩きかけると、マニーが彼の腕をつかんだ。

「まず下の階から点検しようや」

「了解」

ポールは両手をぱちんと合わせ、その場のみんなに挨拶して立ち去った。

そして背を向けかけたカーリーを、わたしは引きとめた。

「マルセルを手伝ってくれない？　ひとりじゃハウスをレッド・ルームに運べないと思うの。でしょ、マルセル？」

われらがペイストリー・シェフは、そこではじめて人がほとんどいないのに気づいたらしい。

「うん、ひとりじゃ無理だよ。力もちのふたりはどこへ行った？」

憎い相手を鋭い眼光で殺せるなら、わたしはここで死んでいただろう。カーリーの顎がひくついた。

「いいかげんにしてほしいね」彼はハウスの角に立ち、逆側を持つようイー・イムに指示した。そしてマルセルに早く台車を押せという。

「三人だけでやるのは……」マルセルはためらった。「万が一のことが……」

「あんたは台車を押せばいいんだよ」と、カーリー。

マルセルは唇を引き結び、電気技師をまじまじと見た。

「あなたには芸術を理解する心がない」

カーリーは彼を無視した。

だけどマルセルの上半身は、巨大なハウスがのった台車を押せるほど力があるようには見えない。また、その気概にも欠けているのは一目瞭然だった。どこからか協力者をさがしてくるしかないかも、と考えていると、イー・イムがマルセルの役をかってでた。そしてわたしがイー・イムの代わりに、ベニヤ板の角をささえることにする。イー・イムは今回もらくらくと台車を押していき、無事にレッド・ルームに入れることができた。でもケンドラから、すべてが揃うまでは展示台にのせるなと厳しくいわれたので、台車ごと部屋の中央に置いておく。

マルセルはもう少しばかり自作をいじり、イー・イムはいつものように黙々と彼の指示に従った。そしてわたしは照明のスイッチを入れてみる。申し分のない明るく穏やかな光が部屋を照らした。

「若い技師さんたちは、早速やってくれたみたいね」わたしはカーリーにいった。

「どっちも役立たずだよ」と、彼。

わたしたちは部屋からクロス・ホールに出た。

「そういえば――」歩きながらカーリーにいう。「レッド・ルームは、マップ・ルームのちょうど真上ね」

彼は無言ですたすた歩いていく。

「ねえ、カーリー！」

彼はうるさそうにふりむいた。

それは〝話の続きを聞いてやる〟という意味だと解釈する。

「ジーンは感電したとき、マップ・ルームの電気系統を調べていたわ」

「そうなのか？」

「ほら、あの日、マップ・ルームが停電になったでしょ？」

「覚えてないな」

「あ、そうね……」当日の記憶がよみがえる。カーリーは奥さんが運ばれた病院に行ったのだ。「たしか早退したのよね。じつはあの日、マップ・ルームの電気がつかなかったの。ジーンは修理ずみだと思っていたらしいけど、じつは違って、結局、彼が再点検することになったのよ」

カーリーは、たこのできた指で頭の傷跡をなぞった。「だから何？」

「だから、ジーンが感電した理由が何であれ、また起こるかもしれないでしょ？　中性線のことを覚えている？」

カーリーはものすごい形相で、ハエでも追い払うように勢いよく両手を振った。

「いいかげんにしてくれ。言葉をひとつ覚えたくらいで、専門家気どりか？　もう一度いわせてもらおう。電気技師の証明書を見せてくれたら、あんたの話をちゃんと聞くよ」

「だけど――」

「もういい」彼は首を左右に振りながら両手を上げ、また何かを払いのけるような仕草をした。そして無言のまま横を向き、去ってゆく。わたしはもう呼びとめなかった。

17

予定変更を伝えるため、厨房にもどる。

「みんな、ひと息ついてちょうだい！　きょうのレセプションは中止になったから」

全員がほっとした顔になり、仕事の手を休めた。でもアグダはじっとこちらを見つめている。

「わたしの仕事はストップ？」

「ええ、いまはみんな、ストップしていいわ」

「準備できた分はどうするんだ？」と、バッキー。「かなりの量がある」

たしかに――。最後の仕上げを待つ前菜が、大きな天板の上にずらりと並んでいた。

「冷凍しても問題ないものは冷凍しましょう」レセプションは水曜に延期になっただけだと告げる。「それ以外はカフェテリアへの差し入れにすればいいわ」

「水曜日？」バッキーがいった。「大騒ぎになるな」

水曜日は、見学予約のある一般市民や議員とその家族が、ホリデイ・シーズンの開幕セレモニーの撮影会でホワイトハウスを訪れる。そしてきょう予定されていた通称デコレーション・ツアーは、おもに地元紙や主要雑誌向けだった。メディアを通じ、ホワイトハウスのクリスマスの華麗な飾りつけを一般の人びとに見てもらうのだ。

「いまから心配してもしようがないわ」と、わたしはいった。「ともかく延期だから、メニューの調整をするとしましょう。なんとかなるわよ」

明るい口調でいったものの、内心はとても心配だった。本業の料理のほかに、セキュリティが気になって仕方なかったからだ。ゆうべ、トムと話しておなじ感想をもった——あの時限爆弾が狙ったのは月曜だったから、もしまだ危険が残っていると判断されたら、イベントは中止されるのではないか。

そして急遽、イベントは中止された。

だけどもし目の前に脅威があるなら、避難指示が出るはずだ。大統領は不在で、ホワイトハウスが一般公開されていなければ、爆弾の危険性は低いだろう。水曜日も状況はおなじで、ファースト・レディがホワイトハウスを公開したところで、大統領はベルリンにいる。大統領不在のホワイトハウスが狙われたりするだろうか。

と、そこまで考えて、わたしは安心することにした。予定の変更をありがたく受けとめるとしよう。このところ、心休まる日がなかったのだ。水曜日のホワイトハウスはたぶん人でごったがえすだろうけど、大統領がいなければ、大きな危険はないと考えていい。

でも、まだ未解決の問題はある。ポケットに手を入れてあの手紙に触れ、そう思った。シヨーンの死をもっとしっかり調べてもらわなくてはいけない。といっても、これを誰に見せたらいいのだろう？　トムはもうホワイトハウスを出て、水曜の夜までもどってこない。

シアンがわたしの心を読んだかのように近づいてきて、小声で訊いた。

「例のショーンの書き置きは、どうするつもり？」

「読んだの？」

シアンは頬を赤らめ、答えはイエスだとわかった。

「自殺する人の手紙には見えなかったけど」

「ええ、わたしもそう思う」

シアンは顔を寄せてささやいた。

「オリーのまわりには、いつも何かあるわね」わたしが答える間もなく、彼女はつづけた。

「まるで事件のほうから寄ってくるみたい」

シアンの顔がギャヴの顔に見えてきた。

「わたしにはどうしようもないわ」

「こんなことをいうのもなんだけど」シアンは声をおとしたままだ。「オリーのことだから、ショーンに何があったかを自分の手ではっきりさせたいんじゃない？」

わたしは黙って首を横に振った。

「ねえ、オリー、用心しなきゃだめよ」

「わたしはいつだって用心深いわ」

彼女は顔をしかめた。「ショーンの自殺を疑ってるんでしょ？　でも自殺じゃないとすれば……誰かに殺されたことになるわ。もし犯人さがしをする気で、そんな手紙まで――」わたしのポケットに顎を振る。「持っていたら、自分から火の中に飛びこむようなものよ」

「犯人さがしなんてしないもの」

彼女が信じていないのは、顔を見ればわかる。

「オリーは首をつっこみすぎなの。自分でもそれはわかってるはずよ」厨房のスタッフを見まわす。「ほかのみんなもね」

バッキー、レイフ、アグダが、好奇心いっぱいの目でこちらを見ていた。巨大ミキサーの前でひそひそ話をするなんて、めったにないことだからだ。わたしはシアンの肘をつかんでいった。

「約束するわ、何もしないって」小さく首をすくめる。「ショーンがどこに住んでいたのかさえ知らないのよ。それに調べたいと思っても、これを誰のところに――」ポケットの手紙を手でくるみ、外に出してシアンに見せる。「持っていけばいいのかもわからないの」

彼女はあきらめたようにうなずいた。

「ともかく、くれぐれも用心してね」

シークレット・サービスのテスカかバーランドに話してみようかと思った。キャンベル夫人にショーンの死を知らせたふたりだ。だけどおそらく、いまも夫人のそばにいるだろう。ほかの警護官でもいいけど、その場合は最初から説明しなくてはいけなくなる。できれば事情を知っていて、かつ調査に口を出せる人がいい。

下のカフェテリアで彼を見つけた。ひとりで書類を読んでいる。小さなテーブルに肘をつき、片手には湯気のたつマグカップ。金縁の半月眼鏡をかけていた。この時期なので、カフェテリアに人は少ない。のんびりコーヒーを飲む時間などないのだ——ほとんどの人は。

「ちょっといいですか、ギャヴ？」

彼は上目づかいで、眼鏡の上からのぞくようにしてわたしを見た。いつもどおりスーツとネクタイ姿だけど、ずいぶんくつろいでいる感じだ。

「どうした？」手のひらを隣の椅子に向ける。

わたしはそこにすわると、大きくひとつ息を吐いた。

「きのうの件がまだ気になるか？」

「ええ、まあね」わたしは腕をさすった。「でも、もっと気になることがあるの」

彼は椅子の背にもたれ、眼鏡をはずしてマグカップの横に置いた。

「話してごらん」

わたしは手紙を取り出し、彼の前のテーブルに広げた。彼ならショーンの件についてあらかじめ説明する必要はない。

「これを厨房のコンピュータで見つけたの。わたしに宛てたショーン・バクスターの手紙よ」

ギャヴは印刷した手紙を両手で持つと、すぐに腕を前方にのばし、目を細めた。それからまた眼鏡をかけて、手もとで読みはじめる。

「ショーンはこれを、亡くなる前日に書いたのよ」

ギャヴは顔を上げた。瞳の色は薄い灰色――。わたしはこのとき初めて気づいた。

「きみがこれをわたしに見せる理由は？」

「察してほしいわ」

彼が読みおわるのをわたしは待った。

「これが自殺を否定する証拠だと思っているんだな？」

わたしはうなずいた。

「たしかに、みずから死を選ぶほど絶望した人間の文章には見えない」

「これを誰かに、調査に関係ある人に、あなたから見せてもらえないかしら？」

ギャヴは下唇を嚙み、もう一度読みなおしてからいった。

「この手紙は厨房のきみのコンピュータにあったのか？」

わたしはまたうなずいた。「きょう気づいたの。彼はファイルに、手紙とはわからない曖昧な名前をつけていたから」

「手紙だとはわからない名前？」ギャヴはくりかえした。「それでもきみは見つけた」

「だって、なんだかおかしいと思ったから」

ギャヴは苦笑した。「きみらしいな」

たぶん誉めてくれているのだろうけど、それよりもこの手紙を役に立ててほしかった。

「これを誰かに見せてくれる?」もう一度頼む。

彼は手紙を四つ折りにしてシャツのポケットにしまった。

「このファイルにアクセスできる者はほかにもいるか？」

「ええ。でも、誰も見ないわよ」と答えて、シアンのことを思い出す。「たぶんね。厨房のスタッフはレシピとか、仕事に直接必要なファイルしか見ないもの。それに文書の管理はわたしがしているから」

「パスワードは？」

「そんなものはないけど」

「人を信用することに関しては、すでに話しただろ？」

「だけど厨房の仲間は――」

彼は片手を上げた。「きみのいうとおり、厨房の職員は無害だとしても、ほかの部署の人間が厨房のコンピュータにアクセスしないと断言できるか？」

返す言葉がなかった。レシピや資料ファイルなら操作も処理もできるけど、ファイアウォールとかセキュリティについてはまったくの素人だ。わたしの知らないところで、誰かがわたしのファイルを直接、あるいは間接的に見ることは可能だろう。

黙りこくっていると、ギャヴがいった。

「すでにこれを見た者はいるか？」

「ええ、シアンが見たわ」

「赤毛の女性？」

「そう」

「ほかには？」

「いないと思う」

「これは極秘にしておきなさい。シアンは信用できるんだな？」

「もちろんよ」

「だったら彼女にも、絶対に口外するなと伝えてくれ」

「この手紙はこれからどうするの？」

「調査担当官とファースト・レディに見せる」

ギャヴに頼んでよかったとほっとして、いくらか気分が明るくなった。

「よろしくお願いします」

「極秘の意味は、わかっているな？」

「はい」

彼は鋭い目で右を、それから左を見た。遠くのカウンターを拭く職員がふたりいるだけだ。

「いいかい、オリー」彼はわたしに顔を近づけた。「もし自殺ではなく他殺だったら……もちろん、まだ断定はできないが」

「わかってるわ」

「犯人はこの情報を知られたくないはずだ」

ギャヴのいいたいことはシアンとおなじだろう。

「ええ、わかってます」

彼は胸ポケットを叩いた。「これを手がかりに、真相を明らかにすることができるかもしれない」

18

　わたしは飾りつけの進行具合を見にいった。一年のうち大半はツアー客がたくさんいるけど、デコレーション・ツアーが中止になったから、きょうとあしたは静かだろう。厨房はあしたになるとまた大忙しなので、きょうのうちに短い息抜きをしておきたかった。エントランス・ホールを歩きながら、ここはほんとうに華麗だと思う。ホワイトハウスはいつだって気高く壮麗だけれど、わけてもこの時期は、クリスマスをまえにして光り輝いている。

　エントランス・ホールの床には、ホワイトハウスの建設年と改築年――1792、1817、1902、1952――を記した記念板がはめこまれている。四つのうち三つが、一の位が〝2〟の年で、なんだかおもしろいような気がした。最後のトルーマン政権下のときは徹底的な大規模改築だったから、わたしが生きているうちにつぎの改修はないかもしれない。

　正面のブルー・ルームに、キャンベル夫人がいた。こちらに背を向け、装花のチームがクリスマス・ツリーの仕上げをするのをながめている。枝には大勢のジンジャーブレッド・マンがいて、濃緑の葉をひきたたせる白いポインセチアの陰から顔をのぞかせていた。

　ファースト・レディはいま何を考えているだろうか。周囲は華やかで陽気で、一年のうちでもとりわけ楽しいこの時期に、ショーンはいない。夫人の邪魔をしたくなくて、わたしはそっと隣のレッド・ルームに入っていった。

ホワイトハウスの応接間ともいうべき部屋のひとつ、レッド・ルームは壁面が赤色で統一されている。そしてきょうはさらに、赤いライトを灯した花飾りが暖炉を囲み、あちこちに手作りのジンジャーブレッド・マンがすわっていた。大きな窓に吊るされたリースは、息をのむほど美しい。従来、ジンジャーブレッド・ハウスはここではなく、ステート・ダイニング・ルームに置かれる。でも今年はファースト・レディの要望で、このレッド・ルームになった。デコレーション・ツアーの後のレセプションは大規模で盛大だから、当初はステート・ダイニング・ルームで行なう予定だったけど、こちらもおなじく変更された。

わたしは額をぽりぽり掻きながら考えた。予定変更によって、水曜に行事がふたつ重なるうえ、レセプションの参加者はかなりの数になるはずだ。ジンジャーブレッド・ハウスの展示場所がこのレッド・ルームに変わったのはよかったとしても、電気系統は大丈夫なのだろうか？　このところ、何度も停電トラブルがあったから。

ジンジャーブレッド・ハウスはいま、窓と窓のあいだに置かれていた。窓には赤い垂れ布と、その下に美しい金色のカーテンがかかり、マルセルの芸術作品の背景としてはすばらしい。わたしはふっとため息をもらした。これまでいろんな騒ぎがあったけど、ここにこうしているとほっとして、温かい気持ちになれる。

暖炉とは反対側の壁に、シャンパン用の噴水が用意されていた。いまはもちろん本体だけだけど、レセプションが始まれば給仕がふたり脇に立つ。そしてゲスト自身が手を濡らさずにすむよう、滝のように流れ落ちるシャンパンを彼らが直接グラスにつぐのだ。

何もかもが温もりをもって輝いていた。わたしは暖炉のそばに立ち、子どもたちが送ってきたジンジャーブレッド・マンをそっと撫でながら、ここには素朴な手作りの飾りがよく似合うと思った。

隣のステート・ダイニング・ルームに行ってみた。四隅に置かれたツリーにはまばゆい白と銀の飾りがたっぷりつけられ、美しいリボンが壁の燭台から暖炉まで優雅に垂れている。部屋の中央の細長いテーブルにもクリスマスらしい花飾りがあった。そしてツリーにも壁にも燭台にも、いたるところにジンジャーブレッド・マンがいる。ケンドラが部屋の向こうで膝をつき、ツリーのいちばん下に小さなジンジャーブレッド・マンをふたり、丁寧に飾りつけていた。

「みごとだわね」わたしは彼女に声をかけた。

ケンドラがふりむき、紅潮した顔に大きな笑みが広がる。

「なかなかでしょ？」

「それじゃ控えめすぎるわ」わたしは彼女のそばまで行くと、部屋全体をゆっくり見まわして、美しさを堪能した。

「時間的な余裕ができて助かったわ」額の汗を手の甲でぬぐいながらケンドラがいった。

「十二時までに完了しなくちゃいけなかったんだけど――」眉間に皺を寄せて腕時計を見る。

「多少は楽になったわ。でもそのぶん、もっと手を加えていいものにしたいから」

「テーマはこれね」わたしは東の壁に飾られたジンジャーブレッド・マンに触れた。「ホワイトハウスがなごやかでくつろいだ雰囲気になるわ」

「初めてやってみたの。せっかく全国から集まったのに、選別するのはつらいわ」声をいくらかおとす。「でもこれはこれで悪夢だったわね。予想以上に進行が遅れたのよ。一般の人からホワイトハウスに送られてきたものは、いろんなチェックを通過しないと受けとれないでしょ。徹底的に調べられてようやく、使えるようになるから」周囲をぐるっと見ていく。

「でもその価値はあったと思うわ」

「全部使えたの？」

彼女は鼻に皺を寄せた。「だめなものもいくつかあったわ。壊れて届いたとか、基準どおりの大きさや形でないとか。パーツがきちんとしていないと、全体のバランスがおかしくなるでしょ」そこでにっこりする。「もちろん、あなたのお子さんの作品は飾られずにカフェテリアで使われます、なんていわないわよ。正式の礼状を送って労をねぎらうわ。事実は隠蔽されるってこと」

「そういえば、ブランチャード家の作品をマルセルに渡したんだけど、レッド・ルームの要望どおりの場所にはなかったわね」

ケンドラの眉がぴくっと上がった。「優遇措置ってこと？」

「まあね」指を一本ずつ立てていく。「まずひとつ、ブランチャードは上院議員である。ふたつめ、彼はファースト・レディの親しい友人である。そして三つめ……そのジンジャーブレッド・マンはじつにすばらしい出来だった」

ケンドラは疑うようなまなざしでわたしを見た。

「ブランチャードの子どもがつくったものが？」

わたしはレッド・ルームにもどりながらウィンクした。

「噂によると、ブランチャード家のシェフが貢献したらしいわ」

彼女は首を振った。「それが事実でも驚かないわ」

レッド・ルームにもどると、イー・イムがいた。小さな筆を使って、カップに入った粉砂糖をハウスにつけている。

「とくに問題なく展示された？」わたしは彼に訊いた。

イー・イムは首をかしげ、うなずき、作業にもどる。

わたしはもう一度部屋全体を確認してから、彼のそばに行った。

「ブランチャード議員のジンジャーブレッド・マンはどこにあるの？」

イー・イムは顎を小さく動かしながらしばらく考えたすえ、首を横に振ってから、すくめた。この人は声を出したくないのかしら？

わたしがもう一度尋ねようとしたとき、マルセルが入ってきた。興奮ぎみに頬は赤らみ、気分はよさそうだ。

「どう？　きれいだろう？」

イー・イムは直立し、わたしは飾りつけとハウスのすばらしさを賞賛した。

「さて、そろそろ――」マルセルは目を輝かせた。「傑作が完璧であることを確認しよう」ジンジャーブレッド・ハウスの裏手に行き、プラグを壁のコンセントに差しこむ。そしてイー・イムをふりむいて、指で天井を示した。「照明を消してくれ」

イー・イムはいわれたとおりにし、部屋が暗くなる。といっても、窓から射しこむ日光で、真っ暗ではない。マルセルはハウスの背面のスイッチに手を当てた。

「みなさん、いいですか？」

わたしはうなずいた。

マルセルがスイッチを押すと、ジンジャーブレッドでつくられたホワイトハウスの内部に明かりが点灯した。霜のついた窓が、温かい黄金色の光に輝く。

「きれいねえ……」わたしはそれしかいえなかった。

「本番はもっとすごいよ」と、マルセル。「ニュースでもいってるけどね、今年は特別なんだ」彼は背面の何かをまたいじった。「これをファースト・レディが簡単にできるよう、イー・イムが調整してくれたんだよ。な、イー・イム？」

小柄な男はうなずいた。

マルセルがふたつめのスイッチを入れると、角の柱――わたしが以前、尋ねた柱だ――が、突然ぱちぱちと火花を放って輝いた。

「まさか線香花火？」

「いいや。でも線香花火を真似てつくったんだ」マルセルはわたしをもっと近くに引き寄せた。「材料さえ与えていれば、何時間でもぱちぱちやってる」柱の底を指さす。「ここがね、材料を……なんていうのかな、そう、燃料を、供給するんだ。それで火花が散って見える」

「火災の原因にならない？」

マルセルはわたしをにらんだ。「シークレット・サービスの了解を得ないでやるわけないだろう？」わたしに向かって指を振る。「火というほどではなくて、熱くもない。さわってみたらわかる」

わたしはぱちぱち輝くものの上に指を当て、びっくりした。

「ほんと。ぜんぜん熱くないわ」

「だろう？」

「すごいわね、マルセル」

しかめっ面が笑顔に変わった。それからスイッチを押してハウスの明かりを消し、イー・イムに部屋の照明をつけるようにいう。

「交換用の燃料も厨房に用意してあるんだよ」

「さすが、行き届いてるわね」

「もちろん、もちろん」笑みが満面に広がる。

イー・イムが粉砂糖の作業にもどり、マルセルはハウスの細かいチェックを始めた。

「ところで」わたしは彼に訊いた。「ブランチャードの子どもたちがつくったジンジャーブレッド・マンはどこにあるの？」

「子どもたちがつくった？」マルセルは鼻を鳴らした。「そんなものは知らないよ。ブランチャード家から届いたものなら知ってるけどね」

わたしは苦笑した。「ええ、それのことよ」

「あとで飾るから」ハウスの上方の壁を指さす。「あのあたりにね。まずハウスのチェックをすませて、それから周辺の仕上げをする」

「ああ、マルセル……」背後で小さな声がした。

ふりかえると、ブルー・ルームから入ってきたファースト・レディが、胸の前で両手を握りしめて立っている。

「とってもすばらしいわ」

マルセルの黒い顔が紅潮したように見えた。耳のうしろを汗がひと筋、流れていく。口では強気のマルセルだけど、どんな失敗も許されない完璧を目指して緊張しつづけなのだろう。

「ありがとうございます」

キャンベル夫人はゆっくりとハウスのまわりを歩き、イー・イムはあわててうしろにとびのいた。

「見事としかいいようがないわね」と、キャンベル夫人。

わたしは夫人とマルセルの会話を邪魔しないよう、部屋の出口へ向かった。

「ちょっと待って、オリー」夫人が指を一本立てていった。「少し時間をちょうだい」

何かしら？　と思いつつ、わたしはわかりましたと答えて、ドアの近くで待った。

キャンベル夫人はもうしばらくハウスを見てから、ほほえんだ。でもどこか悲しげなほほえみでもあった。

「こういうときでも、美しいものは美しいと思えるのね。あなたの才能のおかげよ、マルセル」

マルセルは小さくお辞儀をした。「光栄です」

「ほんとうにありがとう」夫人は消え入りそうな声でいった。そしてイー・イムに会釈し、わたしのほうへ歩いてきながら、外へ出るよう合図した。でも夫人はクロス・ホールで立ち止まらず、そのままエントランス・ホールまで行く。

「あしたはあなたも忙しいと思うけど――」夫人はホールの中央で歩みを止めた。「小さな夕食会を開くことになったの。食事の用意をするのは無理かしら？」

「とんでもありません」わたしはすぐにいった。「何人分、ご用意すればよいですか？」

「四人なの。ニック・ヴォルコフ、ブランチャード議員、ヘレン・ヘンドリクソン、そしてわたし」

何かひと言いおうと思ったけど、やはりよすことにする。

キャンベル夫人は潤んだ目でまばたきした。

「あなたには、よけいなことをたくさん聞かせてしまったわね。ほんとうに申し訳なく思っているわ。気遣ってくれるのをひしひしと感じるもの」

「わたしの立場では……」

「いいのよ、オリー、もうじきおちつくはずだから」

「売却なさるんですか？」いったとたん、口を手で押さえた。

「申し訳ありません」夫人は不愉快な顔をするどころか、うっすらと笑みさえうかべた。そして深く大きなため息をつき、横を向く。

「彼らが何といおうと……」夫人はわたしにではなく、独り言のように、自分自身を納得させるかのようにいった。「ショーンが自ら命を絶ったなんて信じられないし、わたしに間違った助言をしたとも思えないの。わたしはあの子を心から信頼していたわ」顔をもどし、わたしの目を見る。「あやふやな説明だけで、大きな決断をするわけにはいかないのよ」

わたしはためらった。でもここで伝えておかないと、後悔するような気がした。

「ショーンから、わたし宛の手紙がありました」

「え？　どういうこと？」夫人は眉をひそめた。「ショーンが手紙を送ったの？　それはいつ？」

「わたしのコンピュータに手紙が残されていたんです」どうやってそれを見つけたか、どんなことが書いてあったかを説明する。そして最後に、自殺を考えている人の手紙ではないと思うといった。

「それはどこにあるの？」

「コンピュータに、ファイルで保存されています」厨房のほうを指さす。「そして印刷したものをギャヴィン主任捜査官に渡しました」

夫人はうつむいて考えこんだ。「印刷したものをわたしにもいただけないかしら？」

「もちろんです」わたしは階段へ向かった。「すぐにお持ちしますので」

「いいえ、いっしょに行くわ」

ファースト・レディが厨房に入ると、全員が仕事の手を止めて迎えた。前例がなくはないものの、夫人はめったにここには来ない。

「みなさんには感謝しています」夫人はいつものように優雅に、丁寧にいった。「仕事の邪魔をしてごめんなさいね。オリーから大切なものをいただいたら、すぐに失礼しますから」

夫人が背を向けると、バッキーが卒倒する真似をし、わたしはにらみつけて制した。

わたしがコンピュータのほうへ行くと、キャンベル夫人はシアンやレイフ、アグダに話しかけた。バッキーはわたしのそばに来てささやく。

「ファースト・ファミリーと仲良くすると得だよな？　いろんな特典がついてくる」

「向こうに行って」わたしはきっぱりいった。

彼はいわれたとおりにすると、離れた場所からじっとわたしを見つめつづけた。何を考えているかはわからないけど、わたしの強い口調に驚いたのは間違いないだろう。そしてそれをおもしろがるか、憤慨するか。でもいま、彼にかまってはいられない。

わたしはマウスを動かしながら、不安でたまらなかった。ファイルが削除されていたらどうしよう。誰かが手紙を見て、内容を変更していたら？　バッキーをふりむくと、彼はまだわたしを見ていた。彼なら遊び半分にファイルに手を加えるかもしれない。そういえばショーンの手紙にも、バッキーはコンピュータを使われるのがいやみたいだとあった。

わたしはびくびくしながら、最近使ったファイルの一覧を呼び出した。たとえ改竄されていても、オリジナルは印刷してギャヴに渡したから心配いらないと、自分にいいきかせる。ただ、もしファイルが消えていたら、また笑いものになるだろう。あの爆弾だって、実際は本物でも、わたしが早とちりしたことになっている。それが二度つづけば、〝オリーは狼少年だ〟と揶揄《やゆ》されてもうなずくしかない。

「早くしてよ」コンピュータがのろく思えて仕方ない。ファイルをダブルクリックすると、小さな砂時計が現われて、わたしをじらした。

コンピュータが、ファイルが見つからないときの不快な音をたてた。

「そんな……」

シアンがこちらにやってきた。

「たぶんあれをさがしてるのよね？」

きょうの彼女の瞳の色はアンバーブラウンだ。わたしはその瞳をのぞきこんでささやいた。

「見つからないのよ」

「ちょっと待ってね」彼女はデスクに身をのりだしてマウスを取ると、〝YEO〟というファイルをダブルクリックし、求められたパスワードの欄に何やら入力した。そしてわたしにウィンクして小声でいう。「パスワードは〝バックミンスター〟よ」あの〝バッキー〟は愛称で、もとはこの名前なのだ。なかなかいい選択だとわたしは思った。

そしてすぐ、ショーンの文書が画面に現われた。

「さ、どうぞ」と、シアン。

ずいぶん気の利いたことをしてくれて、わたしはシアンに感謝した。そしてもうひとつ尋ねる。

「YEOって何？」

「〝ユア《Y》・アイズ《E》・オンリー《O》〟よ。料理学校に通っていたころ、他人のアイデアを盗みたがる生徒がいて、パスワードの大切さを学んだの」首をすくめてカウンターのほうにもどりかけ、また顔を寄せてささやく。「このファイルはとくに大事なものだと思ったから」

「ほんと、ありがたいわ」コンピュータに印刷の指示をしながらわたしはいった。

「用心しなきゃだめよ」

プリンターから出てきた紙を取る。スタッフたちとおしゃべりしていたキャンベル夫人は、手紙を持つわたしを見て「いっしょに来てくれる？」といった。

セントラル・ホールをはさんで斜め向かいにあるマップ・ルームへ入ると、夫人は手紙を読んだ。そして顔を上げたとき、夫人の目はきらきらと輝いていた。

「ありがとう、オリー。これはとても役に立つわ」

「ギャヴも印刷したものを持っていますので」

夫人はにっこりした。「彼なら最善を尽くしてくれるでしょう。でもわたしもね、こういう立場であれば、役人に少しばかり強いことをいえるのよ。あなたのおかげだわ、オリー。大統領もきっと喜ぶでしょう」

わたしは頬が熱くなるのを感じた。

「あまり引き止めては仕事にさしさわるわね。でも、あなたには心から感謝するわ」手紙を見下ろし、目を上げてまたわたしを見る。「きょうも、そして……これからも」

帰宅する地下鉄のなかでも、わたしは尾行されていないか細心の注意を払った。また襲われでもしたらたまらない。レセプションが延期になったことで、あの日よりは帰宅時間が早く、人通りもある。地下鉄もそれなりに混んでいて、座席にすわれたのは途中からだった。でもそれでもかまわない。周囲に人が大勢いるほうが、気持ちがおちつく。

ハンドバッグに触れて、思わず頬がゆるんだ。自衛のためにトウガラシ・スプレーを持ち歩く料理人——。あの恐ろしい一件で、現実的な防衛手段をとる必要があると実感したのだ。といっても、ふたたび襲われるとは、さほど思っていなかった。でもそれよりもっと思っていなかったのは、アパートの前で記者に待ち伏せされることだった。最初はただ、ホンダ・シビックがアイドリングしているな、くらいにしか思わなかったのだけど、そこからいきなり女性が飛び出してきたのだ。

「オリヴィア・パラスさんですね？」

背筋がぞくっとした。いったい何の用？　いろんなことがありすぎて——ジーンの死、シヨーンの死、偽の爆弾、ほんものの爆弾、ホワイトハウスのツアーの延期――この女性がわたしに何を訊きたがっているのか予測がつかなかった。

無視して通り過ぎようとすると、彼女はわたしの前に立ちはだかった。手に持つマイクは、毛皮のコートの腰のあたりにあるレコーダーとつながっているのだろう。

「あなたはホワイトハウスのエグゼクティブ・シェフ、オリヴィア・パラスさんですよね」

わたしの知らないことを何かいってみてちょうだい。

「あしたの夕食会について教えてください」

顔の真ん前にマイクが突き出され、わたしはとぼけた。

「夕食会？」

「ファースト・レディと、ニック・ヴォルコフ氏の夕食会です」

彼女はヴォルコフの名を、ゆっくりと強調するようにいった。

またマイクが突き出され、わたしは「ごめんなさいね。家に帰るところなの」と、アパートの上のほうを指さした。「それにすごく寒いわ」

「しかし、殺人の容疑がある人物とファースト・レディが食事をすることについて、市民は知る権利がありますよ」

わたしは唖然とした。「なんですって？」といいかけて、あわてて口をつぐむ。逆にこちらのほうがいろいろ訊きたくなったけど、ともかくここはやりすごさなくては。

「何もお話しすることはありません」

女性記者はがっくりと肩をおとし、「お願いしますよ、パラスさん」と懇願口調になった。「わたしはチャンネル・セヴンのカーステン・ザジッキです。あなたのことをリヴィと呼んでもいいですか？」

リヴィですって？　その思いが顔に出たのだろう。彼女はあやまった。

わたしはシビックに目をやり、「チャンネル・セヴン？」といった。「あなたを——」

「見たことがないでしょう？　まだ新入りなんです。でもこの件をずっと調べてきて、手がかりをつかんだんですよ」そこで背筋をのばす。「大物の関係者の取材は許可されないんで、夕食を準備するあなたなら、少しお話を聞かせてもらえるかもしれないと思ったんです」

わたしは額をこすり、女性記者を見た。わたしより五歳かそれ以上は若いだろう。身長は十センチ以上、わたしより高い。ブロンドで、熱意があって、足がむくんでいるのか、ハイヒールのパンプスからはみ出ているように見え、こちらを凝視する瞳には哀訴の思いがにじみでていた。

「これは大スクープなんです」と、彼女はいった。「けっしてあなたに悪いようにはしません」

彼女を夜の寒さから守るために、何匹の無垢な狐たちが命をおとしたのだろう？

「何も話すことはないわ。たとえ……」ヴォルコフに殺人容疑？　ひょっとしてそれは……。

「やっぱりね」彼女の声が一オクターブ上がった。「顔に書いてありますよ。あなたは何か知っている。わたしにはわかります。ただあなたは、自分がどれくらい知っているかの自覚がないだけです。どうか、お願いしますよ」ぱちぱちと何度もまばたきする。「あなたは望んだ地位についているでしょう？　少しくらい、わたしに手を貸してくれませんか？」

まるでビンディのようだった。女性記者はまたくりかえしまばたきしたけど、その戦術は男性向きではない？

「ごめんなさい」わたしはアパートの入口へ向かった。彼女は毛皮のコートだけど、わたしはウールのコートでぶるぶる震えている。

「ゼンディ社は？」彼女はかなりあせっていた。「キャンベル夫人は売却を拒んでいますよね？　だけどヴォルコフと共同経営しているほうが危険だってことを、夫人はわかっているんでしょうか？」

「ファースト・レディのビジネスは、わたしには何の関係もないわ。そして、あなたにもね」

わたしの背後で、彼女は大きな声をあげた。

「つぎに狙われるのはキャンベル夫人だと思いませんか？」

その言葉に、思わずふりかえった。女性記者の目に期待が光る。

「どういう意味？」

「ゼンディの調査をつづけてきて、ひとつの流れが見えてきたんです。でも誰も気にもとめない」

寒くてたまらないから、要点だけ話してほしいと思った。

「ファースト・レディが狙われるって、どういう意味なの？」

「ゼンディにからんだ話です」彼女は唇をなめ、どこまで話そうか考えているようだ。「ヴォルコフにはお金が必要で、だからなんとしてでも会社を売却したいんですよね？」

わたしは首をすくめた。

「すでに報道されていますよ。秘密でも何でもありません。訴訟問題もそうです。あまり知られていないことといえば、四人の相続人全員が同意しなければ、会社は売却できないという点です」

それならわたしも知っている。もっと大きなネタを見つけないかぎり、彼女のいう大スクープにはならないだろう。

「ニック・ヴォルコフは誰を殺した容疑をかけられているの？」

「知らないんですか？」

情報源としてのわたしの価値は、これで急落するだろう。わたしは首を横に振った。

「キャンベル夫人のお父さんですよ」

えっ？　わたしがびっくりすると、彼女は顔をしかめた。

「ほんとうに何も知らないみたいですね」

「キャンベル夫人が狙われていると考える理由は……」

「お父さんが亡くなったいま、ゼンディ社売却の障害となっている唯一の人間だからです」

彼女はいらいらしたようすでいった。「ヴォルコフはキャンベル夫人の父親を殺害した。父親がいなくなれば夫人も売却する気になると考えたんでしょう」

アメリカでは、有罪が証明されないかぎり無罪だということを、ここで話しても意味はないだろう。彼女は自分のやり方で情報をつなぎあわせ、意気込んで、猪突猛進で、真実がどうあろうと突き進むにちがいない。

「あなたのいうとおりだとして――」わたしはいった。「ヴォルコフが逮捕されたら、狙われる危険はなくなるんじゃないの？」

「たぶんね。わたしは彼が有罪であることを、べつの人間にも認めさせたいと思っています」

「べつの人間って？」

彼女の口がゆがんだ。「わたしじゃなく、あなたのほうが情報を聞き出そうとしていますね」

「それはたぶん、何の情報もないからよ」わたしはアパートの入口に向かって歩きだした。背後でわめかれる質問にはいっさい反応しない。わたしはふりかえらずに手だけ振って叫んだ――「おやすみなさい！」

19

「外で何があったんだ、オリー？」アパートに入ると、ジェイムズが訊いてきた。今夜はスタンリーもいて、ふたりとも心配そうな顔をしていた。

わたしはひらひら手を振った。「いつもとおなじよ。わたしから秘密を聞き出したいらしいわ。そんなものは、ひとつも知らないのにね」

スタンリーはもたれていたデスクから腰を離し、「中性線のことは誰かに訊いたかい？」といった。

「何の話だ？」と、ジェイムズ。

わたしは彼に、「例の件よ。あの……感電に関すること」というと、スタンリーの顔を見て答えた。「三人に訊いてみたの。代理の電気技師長と彼の部下ふたりだけど、三人とも、けんもほろろだったわ」

スタンリーが拳でデスクをがつんと叩き、ジェイムズが飛び上がった。

「くそっ、そいつら何やってんだ？　おれはあれからまた考えて、ほかに原因はないとほぼ確信したよ。しかもそうなると、また問題が起きる可能性がある。もうひとり感電死しないうちに、真剣に聞いてくれる人間に話したほうがいい」

背筋が寒くなった。もしまた問題が起きて、カーリーかヴィンス、マニーが感電死したら？　わたしはそれを防げたかもしれないのに？　もしそんなことになったら……。

自分が許せないだろう。彼らはまったく耳を貸してくれなかったけど、やっぱりもっとしつこく強引にやらなくちゃ。それはわたしの得意技でもあるし。

「じつはね」わたしはスタンリーにいった。「電気に知識がないくせに、よけいな口出しをするって思われてるらしいの。だからもう一度責任者に話すとき、スタンリーから説明してもらったって、いってもいいかしら？　わたしのうしろに熟練の電気技師がいるとわかれば、ちゃんと話を聞いてくれるかもしれない」

スタンリーはまたデスクにもたれかかった。

「おれは名のある電気技師じゃないけどね、それでもかまわないなら、いいよ」


部屋に入ってほっと息を吐き、テレビをつけた。さっきの女性記者カーステン・ザジツキの話から、ヴォルコフのことがニュースで流れているかもしれないと思ったのだ。彼女が所属するＷＪＬＡにチャンネルをあわせたけど、とくに何もなし。ＣＮＮでも、べつの局でも、ヴォルコフはもとより、キャンベル夫人に関するニュースすらまったくなかった。記者のいうとおりだったら、その手のニュースはあちこちで派手に流れているはずだ。

チャンネルを替えつづけて三十分、あの新人記者はスクープを追うあまり大きな誤解をしたのかもしれないと思いはじめた。インターネットを検索しても、結果はおなじだ。

では気持ちをきりかえ、あしたの仕事のことだけ考えよう。手の副木をはずし、指を曲げてみる。自由に動かせるのはなんとも心地よかった。これならあしたは調理もできる。料理人でありながら、包丁やお鍋を使えないのはなんともつらかった。

あしたのホワイトハウスは、水曜のビッグ・イベントを控えて非公開だ。ラジオのタイマーを少し早めの時刻に設定し、ベッドの毛布にもぐりこむ。トムに会いたい――。


朝はたいてい、音楽で目覚める。でもきのう、タイマーを十五分早めにしたから、今朝は音楽ではなくニュース番組だった。まだぼんやりした頭で、ダークチョコレートのような暗い声を聞く。最初の部分は聞きのがしたけど、声がするほうへ首をひねった。男性アナウンサーが厳かにニュースを伝える――「ザジツキさんの殺害犯が顔見知りであったかどうかは不明です。警察は地域を徹底捜査し、衝撃的な殺人事件の手がかりを求めていますが、いまのところ容疑者は浮上していません。目撃情報を求めていますので、お心あたりのある方は――」アナウンサーは専用の電話番号を伝えた。

わたしは首を振った。寝起きでぼうっとして、名前を聞き間違えたのだろう。

目覚ましラジオをじっと見ながら、もう一度ニュースが流れないかと思ったけど、その後は天気と交通情報だけだった。

まだ夢のなかよ、と思いつつリビングルームに向かう。ここ最近の出来事に心が翻弄され、

しているのだろう。でも寝室の床は素足に冷たく、部屋の空気はひんやりしていた。バルコニーの窓から、新しい一日の始まりを告げる朝焼けが見える。もしこれが夢だったら、ここまでの現実的な感覚はないような……。テレビをつけて、部屋全体を見まわしてみる。何か非現実的なもの、夢でしかありえないものはないか。

その願いはむなしく、テレビのWJLAの生番組では、ふたりが悲痛な面持ちで語っていた。ひとりは男性、もうひとりは女性だ。どちらもわたしの知らないアナウンサーで、上品な黒人の女性はこういった――「今夜、ザジツキ家に祈りの言葉を捧げにまいります。彼女はWJLAの仲間であると同時に、わたしたちの家族でもありました。とても残念でなりません」唇を固く結び、隣の男性を見る。

「どんな情報でもかまいません」その男性アナウンサーがいった。「お気づきのことがあれば、この画面の番号に、電話をお願いします」

わたしはソファにすわりこんだ。膝を上げて抱えこむ。ニュースが終わってコマーシャルになっても、画面を見つづけた。いったい何があったの？

時計をうつろにながめる。時間が何倍もの速さで進むことはないだろうか。そうすればトムと話ができるのに。水曜日まで、まだあと二日もある。

わたしはチャンネルを次つぎ替えて、ニュースを見ていった。そのたびに殺人事件の情報はいくらか増えたけど、そのうちそれもなくなった。いまのところわかっているのは、この程度なのだろう。

膝を下ろし、両手で頭を抱える。なんとか理解したい、と思う。

あの女性記者が死んだ。カーステン・ザジツキは自宅のアパートで襲われ、銃で頭を撃たれたという。これは無差別殺人事件かもしれない、と自分にいいきかせてみても、なかなかそう信じることはできなかった。ニック・ヴォルコフはキャンベル夫人のお父さんの死にかかわった、と彼女はいった。そして、彼女は殺された。女性記者がもっていた情報は何であれ、ニュースではまったく報じられていない。

殺人は、隠れた犯罪があることを示す究極の証拠ともいえる。もしやカーステン・ザジツキは、何か重大なことに気づいていたのではないか？

その日の午後、レイフがわたしの肩を叩いた。

「何かあったのか？　生地をこねるのは得意のはずだろ？」

わたしが答えるより先にシアンが、「現場の仕事の仕方を忘れちゃったのよね？」といってウィンクした。

「ばれたわね。図星よ」わたしはむりやり笑顔をつくった。みんなといっしょに明るくしていたいけど、女性記者殺害のニュースが頭から離れない。

このところ、アグダはレイフと組んで作業をすることが多く、それなりに冗談をいうようになっていた。いま彼女はパセリをちぎりながら、わたしの前にある生地に目をやり、こんなことをいった。

「わたしなら、目隠しされてもできる」激しくまばたきしたけど、たぶんウィンクのつもりだろう。「それに、時間も半分しかかからない」

「ええ、きっとそうだわ」

わたしはまじめに答えてから、また笑顔をつくった。アグダはこの厨房にとって貴重な人材であることがはっきりした。ここ数日、いろんな遅れがあったうえ、わたしも副木のせいで仕事ができなかったけど、アグダはそれを埋め合わせる以上の働きをしてくれたのだ。そして陽気なおしゃべりにも加わるようになった。バッキーでさえ、彼女に感心しているくらいだ。アグダがチームの一員として受け入れられつつあるのは間違いなかった。みんなが力を合わせて働くようすを見るのはいいものだ、としみじみ思う。

そして目の前の、生地のボウルを見おろす。このアイスボックス・ロールは、十五分まえにはやり終えているはずだった。頭のなかにいろんなことがありすぎて、その重みに何もかもが引きずられているようだ。あれから二度ほど、女性記者殺害事件の専用ダイヤルに電話をしてみた。ゆうべ彼女に会ったことを伝えたかったのだけど、二度とも話し中で通じなかった。わたしにできることは、それくらいしかないのだ。生地を台に叩きつけ、力をこめてしっかりこねる。シークレット・サービスの誰かに、そうギャヴにでも話してみよう。何か意見をいってくれるはずだ。

「ゲストの到着まで、あとどれくらい?」わたしは誰にともなく訊いた。

バッキーが奇妙な目でわたしを見た。

「どうしたの？」と、わたし。

「これで三度めだよ、おなじことを訊くのが」

え？　まずいわね。しっかりしなきゃ。

「でも、ほら、ちょくちょく変更があるから」なんとも言い訳がましかった。「今夜の夕食は四人分よね？」

「最後に聞いたときは、変更なしだった」

アグダが顔を上げた。「変更。あります」

「ゲストに変更があるの？」心臓がどきどきしはじめた。今朝からずっと考えていたのだ——今夜もしヴォルコフが予定どおりに来れば、キャンベル夫人の父親の死とも、女性記者殺害とも無関係だと考えられる。わたしの気持ちもずいぶんおちつくだろう。だけど、もし彼が来なければ、それが意味することは……。

「どんな変更？」わたしは訊いた。「いったい何が変わったの？」

シアンがわたしの腕に手をのせた。

「オリー、なんだかへんよ。変更があってもちゃんと対応するのがわたしたちの仕事だって、いつもいってるのはあなたでしょ？　何か心配事でもあるの？　顔色が悪いわ」

粉だらけの手を振り、わたしは明るくいった。

「平気、平気。何でもないから」そしてアグダに軽い調子で尋ねる。「どんな変更があったのかしら？」

アグダは大切な情報を伝えるのがうれしいようだ。

「ディナーの場所はプライベートから、ファミリー・ダイニング・ルームになりました」

たしかに変更だった。ファースト・レディが個人的に友人たちと食事をするときは、たいてい家族用のダイニング・ルームなのだ。

「それは誰から聞いたの？」

アグダはにっこりうなずいてから、わたしの質問の意味を理解して、またうなずいた。

「総務部長。ポールから」

わたしは手首で額をぬぐった。

「なぜかしらねえ……。あしたのクリスマス行事まで、あの階で外部の人と食事をするなんて考えにくいけど」

シアンは首をすくめた。

「たしかにへんよね。でも最近いろいろあったから、家族用の部屋は家族だけで過ごすためにとっておきたいんじゃないの？」

「そうかもしれないわね」わたしはアグダに、ほかに変更はないか尋ねた。

彼女は首を横に振った。

「オリー、何を心配しているの？」と、シアン。

「ゲストに変更はないかと思っただけ」

「どうしてそう思うの？」

わたしは首をすくめた。「ただ、なんとなくよ」

以前、レイフからいわれたことを思い出し、実践した——厨房で忙しく働くことが、心をおちつかせる万能薬となる。今夜は衣をつけて揚げた《チキンフライド》テンダーロイン・ステーキを出す予定だった。これに事前につくっておいた白タマネギのグレイビー・ソースをかけて、例の遅れがちのアイスボックス・ロールを添える。ほかにはサラダと旬の野菜、そしてデザートはペパーミント・アイスクリームだ。夕食開始の一時間まえには準備が整い、厨房を抜け出す時間が少しできたので、わたしはギャヴに会いにいった。

その日早く、チャイナ・ルームで彼を見かけていた。ジンジャーブレッド・ハウスの組み立てが完了した後、マルセルは占有権を放棄して、ギャヴがここを講習に使っていたのだ。わたしが通りかかったときは講義の最中だったから、邪魔をしてはいけないと思った。でもともかく、数分でいいから彼と話したい。

ギャヴはまだチャイナ・ルームにいた。

「ちょっといいかしら？」わたしは声をかけた。

彼はひとりきりだった。折りたたみ式のテーブルに両肘をつき、頭をかかえている。

彼は目を上げ、わたしだとわかると、あまりうれしそうな顔をしなかった。

「何だい？」

女性記者、カーステン・ザジツキの件で意見を聞きたかったのだけど、すぐ用件に入るのはためらわれた。

「何かあったの？」

目じりに皺が寄るときはたいてい笑顔のはずだけど、ギャヴの場合は苦痛の表情に見えた。彼はすぐには答えず、ずいぶん間をおいてからこういった。

「なぜショーンの手紙を直接ファースト・レディに渡した？」

答えようとするわたしを、彼はさえぎった。

「夫人はずいぶん……何人も、巻きこんだよ」首を左右に振る。苦痛がさらに大きくなったかのようだ。

「ファースト・レディと話はしたわ。でもふたりきりで……」ごめんなさいといいかけて、その言葉をのみこむ。「どうして話しちゃいけなかったの？　ショーンは夫人の甥なのよ」

ギャヴは懸命に感情を抑えようとしていた。でもそれも、限界に近いように見える。苦痛の表情で彼はいった。「きみから最初にその情報を聞いたとき、目立たないように、慎重な調査をしなくてはと思った。ところが――」苦々しげに。「結局わたしは、捜査機関による調査から締め出されたよ」

何といっていいかわからなかった。でもほかの機関が調査にのりだしたのなら、それはそれで結果的によかったとは思う。

「どこが調査することになったの？」

彼は唇を引き結んだ。「きみの用件は何だ？」

この状況でカーステン・ザジツキのことを話すのは控えたほうがいいような気がした。

「ううん、もういいわ」

彼はこめかみをもんだ。「何か話したくてここまで来たんだろうから、いってしまいなさい」

どうしようか、と逡巡した。でもひとりで悩むのは耐えられないとも思った。

「きのうの夜遅くに、テレビ局の記者が殺されたことは知っている？」

「頭を撃たれた女記者か？」

「ええ……。彼女はゆうべ、わたしに会いに来たの」

「ホワイトハウスに？」

わたしはかぶりを振ると、手短に話した。

話し終えると、それまでのギャヴの怒りは消えていた。

「彼女は何をもとに、ヴォルコフがキャンベル夫人の父親の死に関係していると思った？」

「それはいわなかったわ」

彼はしばらく天井を見つめてから、視線をわたしにもどしていった。

「夫人の父親は自動車事故で亡くなった」

「ええ」

ギャヴは立ち上がった。「この件について、ほかに誰かと話をしたか？」

わたしは首を横に振る。「あなた以外には話してないわ」

「今回は、それを守ってくれ」

彼はそれだけいうと書類をまとめ、チャイナ・ルームから出て行った。

20

ほどなくして、夕食会のお客さまを迎える時間となり、わたしたちはファミリー・ダイニング・ルームに隣接する配膳室に料理を運んだ。それは悲しいデジャヴのような光景でもあった。あの感謝祭の日、おなじ人びとが正餐に招かれ、そこにショーンの訃報が入ったのだ。キャンベル夫人はどのような気持ちでこの部屋を選んだのだろう？　あの悲しみがよみがえるのはもとより、あまり内輪の会に向いている場所とはいえなかった。あしたの大イベントに向けて、周囲の部屋では夜通し、スタッフが作業するのだ。

お客さまは三人なので（もしヴォルコフが現れなかったら、わずかふたりだ）、配膳室に何人も待機する必要はなく、シアンとわたしだけで対応することにした。

そしてグレイビー・ソースを温めながらシアンに話しかけようとしたとき、ダイニング・ルームからブランチャード議員の声が聞こえた。

「やあ、エレイン、お招き感謝するよ。ヴォルコフの件は残念だが……」

ソースの火を弱め、わたしは隣室との壁ぎわに寄った。残念？　夫人のお父さんの死に関係がある表現とは思えない。

「問題ないといいんだけど」と、キャンベル夫人。「じきに詳しいことがわかるでしょう」

「ニックから直接連絡があるといいんだけどね」

わたしは額に手を当てた。いったい何があったのだろう？

給仕長のジャクソンが入ってきて、夕食開始は予定より三十分遅れる、といった。理由を訊くと首を横に振り、ただファースト・レディにそういわれたとのこと。わたしは彼にわかりました、ありがとうといい、隣室の会話に耳をそばだてた。

キャンベル夫人とブランチャード議員は、家族の近況などを語りあっている。議員はショーンについて何度も哀悼の言葉を述べ、夫人はそれに何か答えるものの、わたしには聞きとれなかった。

「ねえ、素人探偵さん」シアンがわたしの横でささやいた。「何がそんなに気になるの？」

わたしは壁ぎわから離れた。「ニック・ヴォルコフのことを話していたんだけど……」

「それで？」

「彼はキャンセルしていないわよね？」

シアンは怪訝な顔をした「きょうのオリーはちょっとへんね。予定どおりみんな来ると思うわよ」腕時計をちらっと見る。「まだ時間的には早いし。だけどヘレン・ヘンドリクソンも来ていないわね」

「ヘレン！」キャンベル夫人の声がした。「また会えてうれしいわ」

わたしは眉をぴくりと上げた。「いま来たみたいね」

シアンとふたりでスタッフド・チェリートマトの盛りつけや、ベーコンとコーンブレッドのマフィンを用意しながら、わたしは隣室の会話に耳をすました。ヴォルコフが話題にのぼらないか、彼は来るのか来ないのか？

われながら、少し決めつけすぎかも、と思いはじめた。冷静に考えれば、ヴォルコフが姿を見せないからといって、近くの警察に駆けこみ、彼は犯罪者です、つかまえてくださいといえるわけでもないのだ。ただ、時間は刻々と過ぎ、ヴォルコフの遅刻があきらかになると、カーステン・ザジツキの主張はスクープを狙う記者の妄言ではないような気がしはじめた。しかも、彼女は殺されたのだ。ヴォルコフのことを、わたし以外の誰に語ったのだろう？

はっ、と思いつくことがあり、愕然とした。

「オリー？　どうしたの？」シアンが心配そうに訊いてきた。

わたしはカウンターの隅をつかんで、気持ちをおちつけようとした。あまりに恐ろしい考えに、めまいがする。

彼女がヴォルコフの犯罪を証明する情報をつかんでいたら——殺されたのがその口封じのためだとしたら——まず誰に、それを語ったのかが問題になる。そして口封じをした人間は、彼女がわたしに語ったことを知っているかもしれないのだ。

カウンターをつかむ手に力がこもる。

「オリー？」

「うん、大丈夫」わたしは嘘をついた。恐ろしい想像にからだが震えそうになる。ザジツキがわたしのことを話していたら？　彼女を殺した犯人は、口封じを徹底しようとするのではないか？

わたしは暗殺者に狙われたことがある。すんでのところで救われたけど、ほんとうに間一髪だった。夜道で襲われたことが、新しい意味をもちはじめた。もしあの犯人が、ザジツキを殺したのだとしたら……。何らかの理由で、わたしを先に狙ったのだとしたら。いま、わたしは彼女と話したことで、もっと大きなターゲットになってしまったのではないか。

「ちょっと椅子にすわったら？」シアンがいった。

「平気よ」わたしは目をこすった。「少しくらっとしただけ」

「具合が悪いんじゃない？」

「ううん、大丈夫」

シアンは信じていないようで、それはわたしもおなじだった。

ファミリー・ダイニング・ルームとの出入り口に近いほうのスツールで仕事をしよう。「あそこでやるわ」サラダ用の葉野菜と、お皿を四枚持ってそちらへ行く。「サラダなら、すわってもつくれるから」

シアンは部屋の遠くで仕事をしながら、時おりわたしのほうへ目を向ける。わたしはサラダを用意し、隣室の会話に耳をかたむけた。でもヴォルコフやキャンベル夫人のお父さんの話題は出ず、旧友三人は明るい会話をつづけている。

「ようやくご到着だ」ブランチャードの大きな声がした。

わたしは誰が来たかを立ち上がって確認しようとしたけど、その必要はなかった。すぐにヴォルコフの名前を呼ぶ挨拶がかわされ、その場がもりあがる。

「ヴォルコフが来たみたいね」わたしはシアンにいった。

「当然来るでしょう?」と、シアン。「彼のぶんも用意してあるんだし」

彼が現われなかったら有罪、という仮説は無用だったとわかり、肩の力が抜けていくのを感じた。昨夜、ザジツキは彼がすぐにでも逮捕されるような言い方をした。でも今夜ここに来たということは、彼女の主張は、たんにひとつの見方でしかなかったということだ。さっきの恐怖がゆっくりと引いていく。ザジツキは追いかけていたスクープとは無関係に、早過ぎる死を迎えてしまったのだろう。

なんとなくひっかかるものはあったけど、ヴォルコフが来たのだから、もうよけいなことは考えず、食事の準備に集中しよう。

ジャクソンが笑顔で入ってきた。「いつでも給仕できるよ」

「遅れた理由はわかった?」

「ヴォルコフ氏がこちらに向かう途中で衝突事故にあったらしい。運転手はまだ現場にいて、ヴォルコフ氏も警察が到着するまでは現場から離れることができなかったみたいだ」

「怪我は?」

ジャクソンはベルモットとテネシー・ウイスキー、ビターズでカクテルをつくりはじめた。

「ヴォルコフ氏も運転手も怪我はないようだね」

「相手の車は？」

彼は首をすくめた。「当て逃げらしい」

「まあ……。それで彼のようすは？」

ジャクソンはカクテルをグラス（ロックグラスだ）に注ぎ、マラスキーノ・チェリーを飾った。

「ヴォルコフ氏の最初の注文が、このマンハッタンでね」グラスを掲げる。「このあとも、これがきれないようにしてくれ、といわれたよ」

「あら。ビジネスの話をするものだと思っていたけど」

ジャクソンはドアへ向かいながら肩を上げ、声には出さず口だけで「見ていよう」といった。

料理の盛りつけと仕上げに集中し、作業の合間に聞こえてくる会話も他愛ないものだった。暗黙の了解で、食事が終わるまで議論を控えているかのようでもある。

食べおわったお皿がもどってくるまえに、わたしたちはデザートの準備を始めた。コーヒーポット片手に、こちらに背を向けていたシアンがふりかえって何かいおうとした。

と、そのとき、ヴォルコフの大声が聞こえた。

「これくらいのことが、どうしてわからないんだ？」

わたしもシアンもその場に凍りついた。

「ニック――」キャンベル夫人の声がつづく。

「ばかばかしい取り決めだ！　なんでまた親父たちは、こんなくだらないことを思いついたんだ！」ドン、という音がした。たぶん拳でテーブルを叩いたのだろう。

「どれくらい飲んだの？」わたしは小声でジャクソンに訊いた。

彼は指を四本立てた。

〝アルコール禁止〟リストに一名追加だ。

ヘレン・ヘンドリクソンが何かいい、ブランチャード議員がそれをさえぎるようにいった。

「ニック、よしなさい。それにエレイン、あなたもわかっているはずだ。いま動かなければ――即断即決しなければ――あと十年は売却できないんだよ」

「十二月十五日まで、まだ日があるわ」キャンベル夫人がいった。

「だからなんだっていうんだ！」ヴォルコフが声を荒らげる。

「それだけあれば、おちついて議論できるでしょう」

「ほらな、いかにくだらない取り決めかがよくわかる。あなたはたしかに株を相続した。だがビジネス・センスはこれっぽっちも受け継がなかった」

椅子が床をこする音。たぶんキャンベル夫人が立ち上がったのだろう。

「どういうことかしら？」

「興味をもってくれる買い手がいる。つまり売り時ってことだ。あなたは年じゅういろんな問題について考えているんだろうが、おれにとってはこれが最重要課題なんだよ。もし売却に同意してくれなかったら、おれは何をするかわからないからね」また、ドンという音。さつきよりも強い。

わたしは戸口の角からのぞいてみた。部屋にいるシークレット・サービスが何人か、つっと前に進み出たけど、キャンベル夫人は手を上げて彼らを止めた。

「話し合いは今夜がいいと思ったのだけど——」夫人がいった。「わたしの間違いだったようね」

夫人はほかの三人と、ひとりずつしっかり目を合わせていった。そして穏やかに話しつづける。「年齢はずいぶん違っても、いっしょに育ったようなものでしょう。それをもう忘れてしまった？　父親たちは心の通じ合う親友だった。わたしたちもそうだと信じていたのだけど」両手を握りしめる。「歳月と距離と環境で、昔ほどの結びつきはなくなってしまったかもしれない。だけど顔を見て話し合えば、納得しあえると思ったの」夫人はため息をついた。

ヘレン・ヘンドリクソンはじっとすわったままで、ヴォルコフは疲れたようにどすんと椅子に腰をおろした。ブランチャード議員はキャンベル夫人の左側に立ち、身をかがめて両手の拳をテーブルに置くと、静かにいった。

「まだ話し合いの余地はあるよ、エレイン」

夫人は首を横に振る。「もう無理でしょう」

「あなたがもう少し現実を見てくれれば」

彼女は片手を上げてブランチャード議員を制した。

「わたしたちの父親は裕福だったわ」もう一度、ほかの三人の顔をゆっくりと見ていく。「そして自分たちよりもっと大きなものを、自分たちがいなくなったあとも生きつづけるようなものを残そうとしたの。知識と富と博愛の心をつぎの世代につなぐことを望んだのよ。そんな父たちの思いはみごとに花開いたでしょう？」

ここでヘレン・ヘンドリクソンがいった。

「いいたいのはそこなのよ、エレイン。ゼンディ社は父たちの想像を超えて成長し、はるかに大きな成功をおさめたわ。世界のマーケットで揺るぎない地位を得たのよ。売却したときの、いい面だけを考えてちょうだい」

キャンベル夫人はかぶりを振った。

「ゼンディ社が創設の基本理念を守ってはじめて、いい面が生まれるのよ。父たちはわが子を信じ、未来を託したの。ここで売却してしまったら、つぎの世代のために、わたしたちに何ができるというの？」

ヴォルコフは顔をゆがめた。

「おれの子どもも、その〝つぎの世代〟だよ。親父は孫の暮らしも守りたいと思ったはずだ」

「わたしの父はね、ゼンディ社は自分にとって最高の投資だった、といったわ」夫人の口調は冷静だ。「父はゼンディ社が果たすべき使命を信じ、わたしに誓わせたのよ——『決して売却はしない』って」

三人は息をのんだ。

「今夜ここに来てもらったのは——」キャンベル夫人は唇をなめた。「みんなにはっきりいいたかったからなの。わたしはけっして株を売りません。十二月十五日までは。そして、十五日より先も、ずっと」

ヴォルコフが椅子を倒して立ち上がった。シークレット・サービスが彼を制止するかも、と思ったけど、ヴォルコフは夫人には近づかず、むしろ遠ざけるように離れていった。両手を高く掲げ、「ばかばかしい！」といいながら、怒り心頭で部屋のなかを歩きまわる。

「ほんとうはね」夫人はつづけた。「もう少しおちついてから、じっくり話し合いたかったの。ショーンのことが……」唇を噛む。

シアンがわたしをそっとつついた。「情報あり？」

わたしはうなずいた。

ブランチャード議員は顎を引きつらせ、懸命に平静を保とうとしている。

「エレインはこの件を子どもたちとも話したのかな？」

「子どもは関係ないわ。いまのところはね。でもいつかそのときがきたら賢明な判断をして、ゼンディ社を手放さないことを願っているわ」

部屋のはるか遠くで、ヴォルコフがわめいた。「だったらおれたちの株を買ってくれよ！ひとりで全部もてばいいんだ」

キャンベル夫人は椅子に腰をおろした。

「それはわたしには無理よ。あなただってわかっているでしょう、ニック」

わたしはジャクソンに目を向け、隣室のほうに首をかしげた。デザートを給仕してもよいような気がしたからだ。ちょっとした甘いデザートが、場をおちつかせるかもしれない。

ジャクソンがペパーミントのアイスクリームをゲストの前に置いていくあいだに、ヴォルコフはぶつぶついいながら席にもどった。そしてジャクソンを引きとめると、ロックグラスを掲げて揺らし、残りを飲みほしてからいった。「これをもう一杯くれるかな?」

ジャクソンは無言でひとつうなずいたけど、配膳室にもどってきた彼がつくりはじめたのは、マンハッタンではなかった。

「気がつくんじゃない?」わたしはジャクソンがトニックウォーターをたっぷり加えるのを見ていった。

「いまのあの人は、たぶん足と手の区別もつかないよ」

キャンベル夫人は電話が入って席をはずした。残り三人の会話のなかで、わたしは何か情報が得られないか、女性記者殺害事件が話題にのぼらないかと期待したけど、みんな声をひそめていたし、聞こえてくるのはキャンベル夫人に対する失望だけだった。

ヘレン・ヘンドリクソンが大きなため息をついた。「もうお手上げだわね」

ブランチャード議員が彼女の手を叩く。「ぼくがもう一度彼女と話してみるよ」

「時間の無駄だね」ヴォルコフは嫌悪感まるだしでデザートの皿を払いのけると、ふらふらと立ち上がった。「ほかにやり方があるはずだ。おれがそれを見つけてやる」

キャンベル夫人がもどってきたとき、ヴォルコフはすでに部屋を出ていた。つきそったシークレット・サービスは、泥酔した彼がホワイトハウスを出ることとこに、さぞかしほっとしただろう。

ヘレンがキャンベル夫人にいった。

「あなたの選択が残念でならないわ、エレイン。まだ二週間あるから、もう一度考えてみてちょうだい。ね？」

「ヘレン……」

「ショーンの死がどれほどつらかったかはわかるわ。彼が亡くなってすぐ決断を迫ったわたしたちがいけなかったのよね。急がなくてもいいから。もう少しゆっくり考えたら、どうすればいいかが見えてくると思う」

「ショーンのことだけじゃ――」

「お願い。再考してちょうだい」

キャンベル夫人は苦しんでいる、とわたしは思った。信念を貫くか、古い友人の気持ちを汲むか。

「決心を変えるつもりはないわ」キャンベル夫人はきっぱりといった。

ヘレンは思いがけないプレゼントでももらったかのように、妙に明るい声をあげた。

「ええ、ええ、いまはそうなんでしょうね。でもあなたさえ考えなおしてくれたら、みんなしあわせになれるのよ」

ヘレンはさようならというと、シークレット・サービスにつきそわれて出ていった。残ったのは、ブランチャード議員ひとりだ。

「もう少し話せるかな、エレイン」

ジャクソンはふたりのコーヒーをつぎたすと、ドアのすぐ外側に立った。わたしは調理具を拭き、シアンが食器を洗う音ごしに、隣室の会話に耳をすます。

「ヴォルコフは何をしでかすかわからないよ」と、ブランチャード。「気をつけなくては」

キャンベル夫人は疲れたようにいった。

「これが父たちの遺志だと信じているから、踏ん張るしかないのよ」

「あなたが最初の子どもだからね、ぼくらにとっては姉のような存在だ。ゼンディ社に強い思いを抱くのも当然だろう。設立されたときを知っているのだから」

夫人は小さく笑った。「ゼンディ社の構想は、わたしが五歳のときよ。それからヘレンが生まれて、ニックが生まれて……そしてあなたね」長い沈黙。「わかってほしいわ。ゼンディ社は家族同然なのよ。高く売れる、それだけで手放すことはできないわ」

「ぼくらのなかには、将来の計画を立てている者もいる」

「たとえば、大統領選への立候補とか？」

ブランチャードの返事は、わたしのところまでは聞こえてこなかった。でも、キャンベル夫人のつぎの言葉は辛辣だった。

「それでは気を揉むことがいろいろあるでしょう」

シアンが水を止め、手を拭いた。これでもっと聞きやすくなる。

ブランチャードの口調から、これまでのような身内の親しみは消え去っていた。

「これだけは、はっきりさせてほしい」と、彼はいった。「ゼンディ社は家族同然だから切り捨てられないと思っているらしいが、売却を拒否することで、あなたはぼくたちみんなを切り捨てるんだ。ニックは爆発寸前だよ。ヘレンはあんな調子だが、内心は怒っている。そしてぼくは、あなたの決断を許せない。あなたがゼンディ社を手放さなければ、ぼくとあなたの友情も幕を下ろす」

キャンベル夫人が息をのむ音。

「いったいどうしたの、トレイトン?」

わたしは自分を抑えきれず、こっそりとのぞきこんだ。

ブランチャードは立ち上がり、両手を上げた。「ほかに選択肢はない。あなたが考えなおさないかぎりね。血も肉もある生身の友人を捨て、父親たちの絵空事を選ぶのなら、ぼくは今後もうあなたの力にはなれない」言葉を切って、唇をなめる。「そしてあなたの夫も、支援しないよ」

「まるで脅迫ね」

「違うよ、エレイン。それだけぼくにとってゼンディ社の売却は重要ということだ」

彼がこちらに目をやり、わたしはあわてて引っこんだ。もう十分に話は聞いた。ただでさえ夫人にとってはつらい時期に、ここまで強く迫るなんて――。彼らには敬意も思いやりもないのかしら?

ブランチャードはキャンベル夫人に、今後はこれまでのようにホワイトハウスに顔を出すことはないだろうといいながら、出口に向かった。

夫人は引きとめようとしたけど、彼は別れの言葉を告げた。

「ぼくが目指すものとあなたの主義はまったく相いれない。それがはっきりした以上、あなたとも、あなたの夫とも、交流をつづける義務はないと考える」

そしてこうもいった。「あしたの式典には、ぼくも家族も出席しない」

「トレイトン……」

「おやすみ、エレイン。ぼくらなんかより自分のほうがはるかに高貴なものを目指していると信じて、ぐっすり眠ってくれ」

わたしの横でシアンが顔をしかめ、ささやいた。

「これでつぎの予備選挙が見えてきたわね」

同感だった。トレイトン・ブランチャードは大統領選に名乗りをあげるだろう。そしてすぐにでも、その準備にとりかかるにちがいない。

残念ながら、ブランチャード上院議員、あなたは今夜一票を失いました。わたしの一票を、永遠に。

厨房にもどるまえ、わたしはレッド・ルームにシアンを引っぱっていった。そしてジンジャーブレッド・ハウスのすばらしさを堪能する。

そこにはケンドラたちもいて、シャンパン用の噴水に何やら液体を入れていた。

アシスタントふたりが背の高い噴水装置をわずかに壁寄りにずらすと、なかの液体が揺れた。

「それはシャンパン？」

シアンが訊くと、ケンドラは笑った。

「いいえ、ただの水よ。テスト用に七、八リットル入れてみたの。レセプションは正午きっかりに始まるから、失敗は許されないわ」

わたしたちが部屋を出ようとすると、ケンドラが呼びとめた。

「これを使うのは初めてなのよ。動いているところを見たくない？」

わたしたちの今夜の仕事はもう終わっていたから、見学することにした。

ケンドラは誕生日の蠟燭《ろうそく》を吹き消す子どものようにわくわくしている。

アシスタントたちが噴水を所定の場所にしっかり収め、ひとりが脇に立って電源の準備をした。

「照明はおとさないの？」

わたしが訊いてもアシスタントは答えずに、噴水のプラグを差しこんだ。ケンドラがスイッチに指をのせる。

「わくわくするわ。まえに使ったものよりずっと大きいのよ」

彼女はスイッチを入れた。

低いうなり音が聞こえてくる。

と、火山が噴火したように、大量の水がいっせいに天井まで噴きあがった。

「うわ！」全員が声をあげ、両手で頭をかばったけど、時すでに遅し。まるで夕立にあったようだ。

アシスタントたちはしゃがみこんであっけにとられ、ケンドラは濡れそぼち、呆然としている。

「電源を切らなきゃ」わたしはスイッチに手をのばした。

すぐさまケンドラがスイッチを叩く。一秒後、雨はぴたりとやんだ。

「いったいどうしちゃったのよ……」ケンドラがつぶやいた。

「カーテンが濡れちゃったわね」と、わたし。「誰か呼んできましょうか？」

「わたしが清掃係を呼んでくるわ」シアンの濡れた赤毛はヘルメットのように見えた。彼女は走って部屋を出ていく。

ケンドラは口に手を当て、悲惨な光景を見渡した。

マルセルのジンジャーブレッド・ハウスが心配だったけど、ここから離れた場所にあったおかげで、夕立はまぬがれたようだ。

「水が何十リットルも入っていなくて助かったわね」わたしはいった。

「何がいけなかったのかしら？」ケンドラは首をかしげている。

「でも、今夜のうちにテストしてよかったじゃない？」わたしにはそれくらいしかいえなかった。

ケンドラは絶望的な目で周囲を見まわしながらうなずいた。

「あしただったら、悲惨どころじゃないわ」両目を閉じる。「シャンパンは、べたつくもの」

「だけど、ほら、調度品はぜんぜん濡れてないわよ」

「慰めようとしてくれてるのはわかるけど……。噴水はどうしたらいいのかしら。いまから新しいのは手に入れられないわ」

そこへマニーが現われた。

「どうしたんです？」

ケンドラが説明し、マニーは冷静に聞いている。わたしは部屋を出ながら、彼がこういうのを聞いた──「すぐに修理しますよ」

21

「ついにこの日がやってきたな」あくる日の朝、バッキーは六時に厨房に来るとそういった。

「オリーは何時に来たんだい？」

「四時よ」

彼はひゅうと口笛を吹いた。

「そこまでしなくても、十分間に合うと思っていたけどな」

わたしは小さく何度もうなずいた。

「ええ、準備に滞りはないわ。ただ……」と、いいかけて、よけいなことはいわないでおこうと思った。バッキーのことだから、〝爆弾をさがすために早く来たのか〟くらいはいいかねない。きょうは彼独特のユーモアにつきあう気分ではなかった。「ただ、早朝の厨房が好きなだけよ」

「うん、ぼくもだ」バッキーはぼんやりと、遠くを見るような目でいい、わたしは内心驚いた。「ここには言葉では表現できない何かがあると思わないか？」エプロンをつけながら、いつもとはひと味違う笑顔を向ける。「限りない可能性があるっていうのかな。この手で何かを変えられるかもしれないって思わせてくれるよね」

バッキーは不思議な人だとつくづく思う。何でもないことに不満をいうかと思えば、ホワイトハウスの厨房への愛着をしみじみと語ったり——。

「ほんとにね」わたしはうなずいた。

彼はコンピュータの前へ行くとマウスに手をのせ、起動させた。

「きょうの最終人数は？」

わたしが伝えると、彼はまた口笛を吹いた。

「とんでもない数だな」

「だってダブルだもの、月曜の延期分ときょうの」

「それでも」いつもの不機嫌な口調がもどりはじめた。「腹をすかせた人間がそれだけいると、こっちは息つく暇もない」

「ありがたいことに、きょうは軽食だけだわ」

「だけどオリーは、撮影会でレッド・ルームに行くんだろ？」

そうだ、あやうく忘れるところだった。

「ええ、マルセルもいっしょにね」

「ほ、ほう……。つまり、ホワイトハウスが満杯のときに、厨房は人手不足ってことか」

まったく、バッキーったら。でもこれが、いつもの会話ね。

それから数分とたたないうちにほかのスタッフも到着して、見た目も味も一級の前菜づくりに力を合わせた。私語はまったくなく、聞こえるのは厨房らしい作業の音と、時を刻む時計の音だけだ。

キャンベル夫人の朝食を仕上げた後、わたしはマルセルといっしょに記者会見場に行ってみることにした。

「ジンジャーブレッド・ハウスの場所を変えるなんてとんでもない！」階段を上りながらマルセルがいった。「移すときに壊れたらどうする！」

「え？　移動したの？」

「そう。部屋が人で混雑するからといわれた」鼻を鳴らす。

「やっぱりステート・ダイニング・ルームのほうがいいわよね。カメラマンも広いほうが動けるから、いい写真が撮れるわ」

「残念ながら、わたしにはその決定権がない」

「どこに展示されても、マルセルのハウスが注目の的になるのは確実よ」

「それはそうだけどね」いつものことながら、謙遜することなく受けとめる。「だけどしょっちゅう動かしてはだめだ。わたしたちが整えて置いたのだから、そこがいちばんいい場所だよ」

レッド・ルームに入ってみると、ジンジャーブレッド・ハウスは東の壁ぎわに置かれていた。

「シャンパンの噴水はどこに行ったのかしら？」わたしは部屋を見まわした。

マルセルはわたしの言葉を無視し、「あれを見てくれ！」といって、ハウスの背後を指さした。「なんと、ずさんな！」

わたしはつま先立って、彼が指をつきつけている場所をのぞき、首をかしげた。

「何がいけないの？」

「わたしは電気のコードにも、特別な装飾を施したんだ」むっとして白衣の裾を引っぱり、背筋をのばす。そしてすぐ、もとどおりにする手配をしなくては、といって部屋を出ていった。

わたしはもう一度ハウスのうしろを見てみた。白い雪をかぶったような床から、細い緑色のコードが出て、ハウスまでつながっている。よほど注意深く見ないかぎり、目にとまらないだろう。マルセルはともかく完璧主義だった。

それからブルー・ルームとステート・ダイニング・ルームをのぞいてみる。とくに問題はなさそうだった。といっても、これはよけいなお世話で、わたしが神経を注ぐべきはゲストを待たせることなくすみやかに料理を——温かいものは温かく、冷たいものは冷たく——出すことだ。わたしはきょうとホリデイ・シーズンの献立について、マルセルはジンジャーブレッド・ハウスについて、報道陣に解説することになっていた。

これはわたしにとって初の、クリスマスに向けたマスコミ取材だった。ヘンリーは何度も経験しているから〝ケーキを食べるような〟簡単なことだといっていたけど、わたしはやはり緊張し、ケーキを食べる気分にはなれない。

そういえば、ハウスの移動と電気コードの件に気をとられ、ジンジャーブレッド・マンの飾りつけを確認するのを忘れていた。

レッド・ルームにもどってみると、ハウスの修復をするためだろう、イー・イムがいた。入ってきたわたしに気づいて軽く会釈すると、「これでいい？」といって指さした。ブランチャード家のジンジャーブレッド・マン三つが、ハウスの真上の壁に飾られ、何か棒のようなもの——ハウスの角にある例の小さな柱に似たもの——で、うまく下のハウスとつながっている。さすがだわ、と感心した。

「ありがとう。とてもいいわ」

ただ、せっかく目立つ場所に飾ってくれたものの、ブランチャードはもうホワイトハウスに来ないと宣言したから、これをじかに見ることはないだろう。

わたしがハウスのそばにもっと寄ろうすると、イー・イムがこばんだ。

「マルセルから、いわれました。近寄っていいのは、わたしだけ」

あら、と思いつつ、マルセルの気持ちは理解できた。近づく者が少なければ、ハウスが無駄にさわられる可能性も少なくなる。わたしは両手を上げてあとずさった。

「わかったわ、いまはあなたが責任者だものね」

イー・イムは歯を見せてにやりとした。「はい、わたしが責任者」

ケンドラがスタッフたちに指示をしながら、ヒールの音を響かせて隣のブルー・ルームから姿を見せた。

「オリー！　撮影会の準備はできた？」腕時計を見る。「開始まであと二時間よ」

「ええ、大丈夫よ」

ケンドラはしゅっと息を吐くと、大げさに身震いしてみせた。

「大きなイベントのまえは、きまって緊張するわ。これが初めてじゃないのにね。さんざんやってきても、毎回この調子よ」

「シャンパンの噴水はどうしたの？」

「電気係があの場所では修理できないからって、電気室に持っていったの。でも結局、時間には間に合わないらしくて、仕方ないから代わりの噴水を注文したんだけど……それもまだ到着しないのよ」力なくほほえむ。「噴水はあきらめるしかないみたい」

「それはくやしいわね」

ケンドラは顔を寄せてささやいた。

「本音をいうとね、また噴き出したらどうしようって、胃が縮みっぱなしだったのよ。結果的にこうなってよかったのかもしれない」

それから一時間後、わたしはカフェテリアに行った。職員用の早めのランチの確認だ。するとそこに、カーリーがいた。そばには噂のシャンパン用の噴水がある。

彼は床に両手と両膝をつき、テーブルにのせた噴水の底面を、いつものしかめ面で見つめている。

「何をしてるの？」わたしはカーリーに訊いた。

彼はこちらに目も向けない。

わたしは身をかがめた。「マニーが修理してるとばかり思ってたけど」

「ほんとにうるさい人だな」彼はぶすっとしてからだを起こし、噴水の底から内部をいじった。

わたしもしゃがんで、噴水の下をのぞきこむ。

「この装置は一体型なのね。知らなかったわ」

彼は上げていた手を下ろした。

「何の用だ？」

「話してもいい？」

「ジーンが死んでから、おれのまわりをうろついちゃあ、なんだかんだといって——ジーンが死んだのは、おれのせいだとでもいいたいのか？」

「まさか、そんなことは——」

「おれは、おかしなことは何もしちゃいないよ」

「そんなふうに思ったことは一度もないわ」

「あんたは電気の素人だ。そのくせ、おれに電気の細かいことを尋ねたがる。ジーンが死んで、おれが喜んでるとでも思ってるのか？　おれは電気技師長になりたがってた、だから細工をしたとでも？」口の端に唾をため、窮屈な体勢なのに、激しく拳を振る。

「違うわよ、ぜんぜん違うわ」

彼はぶつぶついいながら顔をそむけ、また噴水をいじりはじめた。すると、意を決したように、底をぱしっと叩いていった。

「あんたはこれがおかしくなったとき、その場にいたんだろ？」

「ええ……」

「水は天井まで噴きあがったのか？」

「天井に届く少し手前までね」

「はっきり見たんだな？」

「ええ、この目で見たわ」

「けどな、こいつ自体におかしなところはない」彼は断定した。「で、あんたの望みは何だ？おれに何をいわせたい？」

「わたしはあなたに――」臆せず、堂々という。「わたしの質問に答えてほしいだけよ。あらかじめいっておくけど、わたしの親しい友人は、五十年も電気技師をしているの。その彼から、中性線の事故で亡くなった人がいると聞いたのよ。ジーンが亡くなった日は、ひどい雨だったでしょ？　友人はわたしに、ホワイトハウスの電気系統が安全だったかどうか、いまも問題ないかどうかを電気技師に確認したほうがいいといってくれたの。だからあなたに何度も質問しただけ。これでわかってくれた？」

話しているうちにだんだん腹がたってきて、わたしは立ち上がるとそのまま歩き去った。ふりかえったりするもんか、と思いながらもつい勢いでふりむくと――カーリーはわたしのほうは見ていなかったけど、その横顔は激しい怒りに満ち満ちていた。

22

厨房にもどると、ビンディがわたしを待っていた。

「間違いなく、あるかしら？」いきなり彼女に訊かれたけど、わたしには訳がわからない。

「ん？　何のこと？」

ビンディの向こうで、バッキーがうんざりしたようにいった。

「厨房はきょう、大忙しなんだよな」

ビンディは顔を赤らめた。

「仕事の邪魔をしてごめんなさい。でもどうしても確認したかったの。外部の人間は、お昼まで上の階には入れてもらえないから」腕時計に目をやる。「トレイトンに約束したのよ、ジンジャーブレッド・マンがちゃんとした場所に飾られているかどうか確認するって」

ブランチャード議員はホワイトハウスに別れを告げたのだ（少なくとも、彼自身がホワイトハウスの主になるまでは）。昨夜の別れぎわの台詞を聞けば、その点は間違いなかった。ビンディはどうやらそれを知らないらしい。

「あなたに伝えたいことがあるけど」わたしはいった。「いますぐは無理だから、なんならここで待っててくれる？」

わたしはコンピュータまで行くとスケジュールを見て、遅れがないことを確かめた。

それからほかのシェフたちと打ち合わせをした。ビンディは所在なげに立っているけど、ホワイトハウスの名に恥じない料理を出すことがわたしの務めだから、仲間たちに進捗状況と料理の出来上がりを細かく尋ね、指示を出していく。そしてシアンがわたしを大きなステンレスの冷蔵庫のほうへ連れていくと、ビンディが声をかけてきた。

「わたしは外のホールで待ってるわ」

「ごめんなさいね」

アグダが笑顔で、わたしたちに場所をあけてほしいといった。彼女はプチフールのトレイを冷蔵庫に入れたいようだ。

わたしはシアンにささやいた。「ビンディはずいぶんジンジャーブレッド・マンにこだわるわ」

「尋常じゃないわよ。そんなに気にしなくても大丈夫だって、彼女にいったら？」シアンは疲れたように首を振り、「それよりも……」と、本業の話にもどった。「前菜のロブスターケーキは、最初に決めたものに少し手を加えたの」

アグダが冷蔵庫の扉を閉め、首をかしげて訊いた。

「かわいい人たちの話？」

シアンもわたしもきょとんとして彼女を見た。

ブロンドで長身の魅力的な女性は、どう伝えればよいか悩むように唇を嚙んだ。そして指を三本立てる。

「箱に入っていたジンジャーブレッド・マンの話？」

そういえば、あれを渡されたとき、アグダもその場にいたのだ。

「ええ、その話よ」わたしはうなずいた。

「とてもかわいかった」アグダは気に入っているようだ。

ビンディが外のホールで待ち、かつ大量の前菜がわたしの承認を待っているから、あまり無駄話をしている余裕はなかった。わたしはアグダに「ほんとによくできていたわね」とだけいい、ロブスターケーキの変更を確認しようとした。

するとアグダがわたしの腕に手をのせた。

「でも壊れてしまったみたい？」

「いいえ」と、わたし。「さっき、上の部屋で見たわよ」

彼女はかぶりを振った。「だけどイー・ムーが」たぶん〝イー・イム〟のことだろう。「修理をしていました」

わたしはとまどった。

「それはへんね。レッド・ルームに飾ってあったもの」だけど念のため、シアンに訊いてみる。「最後に見たのはいつ？」

「ええと……今朝見たわよ。三つとも、問題なさそうだったけど」

「わたしは一時間まえに見たから」その後、何かあったのだろうか。わたしはアグダに尋ねた。「壁からひとつ落ちたとか?」

アグダは両手を広げた。これは言語を選ばない世界共通の〝わかりません〟だ。そしてまた唇を嚙んで考えてからいった。

「イー・ムーはわたしに『しーっ』といいました」口の前で人差し指を立てる。「これを壊したから、修理すると」

「それはいつのこと?」

彼女は大きな目を天井に向けて思い出そうとした。

「八時です、夜の」

「きのうの夜の?」

彼女はうなずいた。

「時刻は間違いないのかしら」

「きのうの夜、帰るまえに時間があって、上の階を見たいと思いました。そうしたら、イー・イムが『しーっ』と」

「あなたは理由を訊いたの?」

「はい。訊きましたら修理だと――」首をかしげる。「三つともです」

アグダもイー・イムも英語の会話がいまひとつだから、誤解があった可能性もある。わたしは目をこすった。さっき見たのは、修理後のもの? でもそれにしても、ちょっとおかししいような。

「念のため、確認してみるわ。すぐに帰ってくるから」

「もしほんとうに壊れていたら」と、シアン。「ビンディになんていうの？」

わたしはひとりで行くつもりだった。「彼女にはいわなくていいでしょう」

ホールに出ると、ビンディはうろうろ歩きまわっていた。

「ずいぶん待たせるわね」

その言い方にむっとしたけど、そこはこらえて逆に訊く。

「どうしてそんなにジンジャーブレッド・マンにこだわるの？」

「いったはずよ、ブランチャード議員が子どもたちの――」

「議員も、議員の家族もきょうここには来ないのに、いったい何の意味があるの？」

ビンディはきょとんとした。やっぱり彼女は知らなかったのだ。

「わたしからこんなことをいうのはなんだけど、ブランチャード議員はホワイトハウスとの縁を切るつもりなんじゃないかしら。ともかくきょうの行事には不参加よ、それははっきりしているわ。彼からそう聞かなかった？」

ビンディの目がきらりと光り、彼女は胸を張った。

「さっきトレイトンと話したばかりよ。そのとき彼から、撮影会に向けて準備は万全かどうかを確認してくれといわれたの。だからここに来たのよ。子どもたちのジンジャーブレッドが目立つ場所にあることを確認するためにね」

ブランチャードは気が変わったのかしら？　きのうはファースト・レディに、あんなに激しい口調で断言したのに……。いったい何があったの？　怒りがまた突然、友情に逆もどりした？

　わたしはため息をついた。

「政治家の発言は、スフレよりも簡単にくずれてしまうらしいわね。でもね、いまはあなたを上には連れていけないから」

「だったらあなたが確認して、わたしに教えてくれる？」

　彼女のボスの気まぐれにつきあわされるようでうんざりした。だけどキャンベル夫人と彼の関係が微妙であることに変わりはないだろう。いずれにしても確認するつもりだったのだから、そのあとビンディに伝えればいいだけだ。

「じゃあ、ここで待っててね」

　わたしは二段跳びで階段をあがり、上に着くと左に曲がった。エントランス・ホールを横切って、レッド・ルームに向かう。やわらかい靴底が磨きぬかれた床できゅっきゅっと音をたてた。一部の部屋には、機材の準備で入場を許可されたカメラマンたちがいる。ホールのあちこちに、撮影用の白い大きな反射傘が置かれ、露出計のテストなのか、まぶしいスポットライトがついたり消えたりしていた。

　ブルー・ルームをちらっとのぞくと、華麗なクリスマスツリーが立っていたけど、ライトアップはされていなくて暗いままだ。もちろん準備の段階で、すべてチェックされているだろう。そして十二時きっかりに、ファースト・レディがスイッチを押して、ホリデイ・シーズンの幕開けとなる。

レッド・ルームに入ると、マルセルがいた。右手にアイシングの袋、左手に小さなパレットナイフを持ち、一見してうろたえている。

「また傷ついてるんだよ」

「また？　今度はどこ？」

「ここ《イシ》だ」マルセルは指さした。「こういうのをゲストに見られては困る。どうしてほったらかしになっていたのか」

今回もハウスの裏側にある電気コードだったけど、まえと違って色は灰色だ。

「イー・イムがジンジャーブレッド・マンを修理しているとき――」と、わたしはいった。「そのコードに触れてアイシングが落ちたのかもね」

「ジンジャーブレッド・マンの修理？」

マルセルのぎょっとした顔を見て、わたしはまずい、よけいなことをいってしまったとすぐに後悔した。

「う、うん、その……」しどろもどろになる。「アグダがね……」

わたしはブランチャードのジンジャーブレッド・マンの近くに寄ってみた。三つともとくにおかしなところはなく、ハウスの上に飾られている。たぶんアグダの聞き間違いで、イー・イムが修理していたのはべつのものだろう。

「ジンジャーブレッド・マンが壊れたようなことをいっていたけど、たぶん、ハウスの近くにあるものじゃないと思うわ」

「それならむしろありがたい」マルセルに元気がもどった。「なかには……ひどくお粗末《エグゼクラブル》なものがあった。あれを人の目にさらすのは恥ずかしいよ。子どもがつくったものだといっても、つねに最高のものを飾らなくてはいけない」

本来の趣旨から少しずれているような気がしたけど、わざわざ口にするほどのことでもないと思った。それよりも、修復跡がほんとうにないのか、そちらのほうが気になる。

マルセルはコードのアイシングに夢中になり、わたしには目もくれなくなった。

三つのジンジャーブレッド・マンは、それぞれ小さな柱の上に据えられて、柱にもひび割れなどの跡はない。三つともお砂糖でつくられた小さな旗を持ち、こういうアイデアはとても気が利いていると、最初に見たときも思ったし、いままたあらためて感心した。

「これもライトアップされるの？」わたしは三つのジンジャーブレッド・マンを指さした。

マルセルはちらりと目を上げ、「しないよ」といった。「照明がつくのはハウスの内部と、柱だけだ」ハウスの角にある柱のほうを指さす。「あのとき見ただろう？　線香花火のような光り方をする。効果を上げるために追加したよ」

たしかに数は増えていた。ブランチャード家のジンジャーブレッド・マン三つ分と、ハウスの側面と背面にも付けられている。点灯されたら、さぞかし美しいだろう。もっと早くに、試験点灯のときに追加してほしかった。

でも、まあ、本番で見られるし――。エグゼクティブ・シェフになってうれしい点のひとつが、こういった行事に正式に列席できることだった。

「わかったわ、ありがとう」わたしはマルセルにいった。「修復、がんばってね」

マルセルは低いうめき声をあげた。

ビンディは、ブランチャード家の作品が目立つ場所に飾られているとわかり、ほっとして帰っていった。そして前菜もすべて完成し、あとは待つだけとなる。二十分もすれば、記者会見に向けて、アシスタントがわたしを呼びにくるだろう。

一秒おきくらいに、わたしは腕時計に目をやった。

「緊張してるみたいね？」と、シアン。

わたしは聞こえないふりをした。胃けいれん寸前で、仲間のからかいに耐えられる自信はない。

「ねえ、アグダ」わたしはみんなの気持ちをほかへ向けたくて声をかけた。「ジンジャーブレッド・マンを確認したけど、壊れたようには見えなかったわよ」

彼女は眉間に皺を寄せた。

「でも……三つとも、壊れていました」

「ブランチャードのジンジャーブレッドじゃなかったのよ、きっと」

眉間の皺が深くなる。「でも……箱に入っていたのとおなじでした」

そのときちょうど、マルセルがもどってきた。

「彼に訊いてみて」わたしはアグダにいった。「さっきふたりで確認したのよ。それでとくに問題はなさそうだったわ」

アグダは困惑しきりで悲しい顔をし、わたしは慰めるつもりで明るく、「どれもよく似てるものね」といった。

「違います」彼女はまっすぐわたしの目を見た。ここで働きはじめてから、これほどしっかり見返してきたのは初めてだ。「わたしは見ました。彼は三つ――」指を三本、突き立てる。「修理していました」

「どうした？」マルセルはわたしたちを交互に見ながらいった。「何か問題でも？」

わたしが説明しはじめるとすぐ、マルセルはかぶりを振った。

「いったんハウスの上に飾ったら、誰にも手出しはさせない。イー・イムはそれを知っているから、よけいなことはしないよ」

アグダは深刻な顔つきで、全身がこわばっているようだった。わたしは彼女の腕にそっと手をのせた。

「あなたのいうとおり、イー・イムは修繕していたのでしょう。でもきっと、ブランチャードの――あの箱に入っていたものとは違う、べつのジンジャーブレッド・マンだったのよ」あまりしつこくいうのはよそう。きょうは大忙しなのだし、この話は早くきりあげたほうがいい。「あと十分もすればセレモニーが始まるわ。準備は万端よ。ね？」

わたしがいいおわらないうちに、アシスタントのフェイバーが厨房の入口から、「五分後に出発です」といった。

マルセルもわたしも、これ以上時間を無駄にはできない。わたしは「バッキー！」と呼んだ。「あなたもいっしょに来て」

バッキーは顔を輝かせ、手早く着替えた——洗いたてでアイロンがかかった白い調理服とコック帽だ。厨房にいるときは、みんなめったにコック帽をかぶらないけど、報道関係者の前に出るときはかならずかぶる。個人的には、コック帽で身長が高く見えるのがうれしかった。

マルセルはなにやら小声でぶつぶついっている。

「どうしたの？」

彼は恥ずかしそうにささやいた。「ファースト・レディに質問されたときの答えを練習してるんだよ」

わたしたちは事前に台本を与えられていた。とくにむずかしくもなく、ありきたりの内容だけど、練習したくなる気持ちはわかる。台詞を暗記するだけでなく、自然な調子で口にしなくてはいけないのだ。でもたくさんのカメラの前に立つと、覚えた台詞も練習の成果も吹き飛んでしまうことがあった。

バッキーはわたしに声をかけられるとは想像もしていなかったようだ。わたしがそうしたのは、人手不足の厨房で云々という不満を封じるためではなく、一体感を養いたかったからだ。偉大なる師ヘンリーから教えられたことを、弟子として少しでも実践したかった。エグゼクティブ・シェフのわたしがいるから、バッキーがカメラの前で質問に答えることはないだろうけど、これぱかりは何が起きるか予測がつかない。

バッキーは調理服のあっちを引っぱりこっちを引っぱり、「これでいいかな？」といった。

「ええ、風格のあるシェフに見えるわ」それはほんとうだった。わたしたちは厨房でぶつかることも多いけど、お互いに認め合っていたし、彼がチームの一員であるのは揺るぎない事実なのだ。そう、ホワイトハウスの厨房にとって、バッキーは財産だった。ただ、わたしにとっては同時に、悩みの種でもあるけれど……。

「イー・イムはどこ？」わたしはマルセルに訊いた。「彼も参加したいんじゃない？　ずいぶんがんばってくれたから」

マルセルはさびしそうな顔をした。「具合が悪いらしいんだよ」

あら。今朝会ったときは元気そうに見えたけど。わたしはマルセルにそういった。

彼は下唇をつきだし、手のひらを見せて、いかにもフランスふうの首のすくめ方をした。

「わたしにはわからない。彼はわたしに病気だといって、わたしはそれを信じるしかないからね。貴重な作品に病原菌をふりかけたくはないし」

「それはそうね」

わたしたち三人はフェイバーについていき、総務部に上がる階段を使った。わたし自身、緊張感が高まってきて、台詞の練習をする。献立に関し、ファースト・レディから質問されたときの答えだ。

階段を上がっていくと、上からカーリーが下りてきた。怒ったブルドッグのような顔で、わたしたちには気づいていないようだ。でもすれちがうとき、彼がいきなりわたしの腕をつかんだ。そして真剣な目で、「マニーを見なかったか?」と訊いた。

「いいえ、見なかったわ」つかまれた腕が痛くてふりほどこうとしたけど、彼は放してくれない。

フェイバーが咳払いをした。

「わたしたちはこれからオープニングに――」

「どこへ行くのかはわかっている」口調までブルドッグの唸りのようで、頭の傷跡が赤く染まった。「あんたはマニーとヴィンスを追いかけまわしていたから、居場所を知っているかと思ったんだ。電源の確認がすんだと思ったら、ふたりとも姿が見えなくなった」

カーリーは腕を放してくれたけど、まだわたしの正面に立って行く手をふさいでいた。

「もう一度訊く。ふたりはどこだ?」

フェイバーがわたしより二段上まで行った。

「パラスさん、時間に遅れるので」

「何があったのか知らないけど――」わたしはカーリーにいった。「こちらには大事な仕事が控えているの。悪いけど、そちらの問題はそちらで片づけてちょうだい」

彼の顔は真っ白になり、傷跡はもっと真っ赤になった。わたしは自分の言葉に自分でちょっと震えながら、彼の脇を通って階段をのぼった。これまではジーンがいたから、カーリーと直接やりとりすることはあまりなかったけど、総務部長が彼をジーンの後任の技師長に正式任命したら、先が思いやられるような気がした。

階段を上がりきると、人の数に圧倒された。事前に参加者名簿と人数は通知されていたけど、書類で見るのと現実を目の当たりにするのはまったくべつだ。たんなる数字が具体的なかたちとなって迫ってくる。熱気とひしめきあいと汗が噴き出す現実——。あふれかえる人びとの大半は、議会やマスコミ関係者、そしてその家族だ。ホリデイ・オープニングは、ホワイトハウスの年中行事のなかでも家族色が強く、小さな子がたくさんいるのを見ると、つい顔がほころんでしまう。

カメラマンたちは、秘書官マーガレット・シューマッハの厳しい指示を守って節度ある振る舞いを保ち、彼女もその場で目を光らせている。このイベントは彼女とケンドラの腕の見せどころでもあった。ふたりはホワイトハウスのホリデイ・シーズンの始まりを告げる行事が温もりのある、華やかなお祭りになるよう、きょうまでファースト・レディとともに力を合わせてきたのだ。

ホールはロープで仕切られ、フェイバーはわたしたちを一般立入禁止のほうへ連れていくと、ここで少し待つようにといった。彼もロープのこちら側でわたしたちといっしょにいる。すると職員のひとりがうなずき、わたしたちはロープの反対側の記者たちにほほえみながら、先へ進んだ。彼らは次つぎ質問を投げかけてくる。

マルセルもわたしもバッキーも、充実感いっぱいの満ち足りた笑顔でうなずき返すものの、口はつぐんだままだ。記者と話してよいのはレッド・ルームのなかだけで、それもファースト・レディに声をかけられて初めて口を開く。

レッド・ルームに入ると、マルセルはジンジャーブレッド・ハウスの右側に、わたしは左側に立ち、バッキーはわたしの隣だ。もしイー・イムがいたらこちら側で、わたしとバッキーは彼と少し離れて立っただろう。ただ撮影会という意味では、ふたりのシェフがジンジャーブレッド・ハウスをはさんで左右対称、というのがいちばん絵になる。

いま、隣のブルー・ルームでは、クリスマスツリーをライトアップするショーが進行している。わたしたちはそれが終わるのを行儀よく、じっと立ったまま待つのだ。でもわたしはちょっとだけからだをひねり、ツリーが点灯されたときの大人や子どもたちのうっとりした顔を見ようとしたけど……。

ため息をこらえる。点灯はまだらしい。マルセルは右足を休め、左足を休め、調理服の襟を整えている。

わたしたちはひたすら待った。

ファースト・レディが隣の部屋で質問に答えている。大きく響く声なので、言葉がはっきり聞きとれた。ツリーはまだ点灯されていない。ファースト・レディはどのような経緯で今年のテーマが決まったか、そしてマーガレットとケンドラと三人で半年間かけ、この日の計画を練ってきたことを語った。秘書官マーガレットとフローリストのケンドラに、心から感謝の言葉を述べる。

わたしはファースト・レディの姿を見ようとした。

すると、ここと隣室をつなぐ戸口の端に、見たことのある顔を発見した。ブランチャード家の長男だ。壁際できょろきょろし、わたしに気づくとにこっとして手を振った。わたしは小さく手を振りかえす。こちらに背を向けていた母親は、まったく気づかない。

結局、ビンディのいうとおりだった。ブランチャード夫人は、子どもたちの作品が華々しい場所で全国に披露されるのを、やはり間近で見たかったのだろう。

男の子は母親のもとから離れ、にこにこしながらやってきた。そしてジンジャーブレッド・マンを見つけると、「あれはぼくたちのだ」と、自慢げにいった。

「うん、そうね」わたしはかがんだ。「がんばってつくって、よかったね」

すると少年は子どもらしくない、苦笑いのようなものを浮かべた。

「ほんとうはね、ぼくたちがつくったんじゃないんだ」秘密をうちあけるように。「ちょっと手伝っただけ。でもいちばん手伝ったのは、ぼくだよ」

「そうか、そうだったんだ」

ブランチャード夫人があたりを見まわし、息子がわたしと話しているのを見つけると、こちらにやって来た。末の子を抱き、まんなかの子がうしろについてくる。

「お邪魔でしょう」夫人は声をおとしていった。「ごめんなさいね」

彼女はジンジャーブレッド・ハウスをながめ、真上にある子どもたちの作品に目をとめた。

「そんなことはありません、お気遣いなく」と、わたしはいった。

隣の部屋が沸き立った。ファースト・レディは話しつづけている。ブランチャード夫人は少し硬い表情でそちらに目をやった。

「主人からは、行かないようにいわれたのだけど」弱々しい笑み。「わたしはどうしても来たくて――」腕のなかの子を抱きなおし、三つのジンジャーブレッド・マンを指さして子どもたちに話しかける。「ほら、見てごらんなさい。みんなでつくったジンジャーブレッドが、大統領のクリスマスのお家を飾ってるのよ」頬が赤らむ。「すごいわねえ」

まんなかの男の子がもっとよく見ようとあとずさった。

「ぼくたちのお家には持って帰れないの?」

母親はかぶりを振った。「あれはプレゼントしたの。ぼくたちからアメリカ合衆国へのクリスマス・プレゼントね」

男の子は母親の言葉がぴんとこないようで、抱かれた女の子は親指をくわえ、母親の肩に頭をあずけた。そして長男はこういった。

「もっと一生懸命つくればよかった」

母親は長男の頭をやさしく叩いた。「おまえはがんばったじゃないの」

ブルー・ルームのようすから、そろそろツリーが点灯されるようだ。

「さあ――」ブランチャード夫人は子どもたちにいった。「きれいなツリーを見にいきましょう」

わたしは笑顔で見送った。子どもたちは母親と違い、ホワイトハウスに対する感動などまったくなさそうだ。でもいつか自分たちが親になったら、きょうのことをわが子に語るだろう。それにもし、父親が大統領になれれば、彼らはここで暮らすことになる。

ツリーの点灯式を見たいけど、この場を動くことはできなかった。いまの仕事は、わたしたちの順番がくるまで静かにここに立っていることだ。

ブルー・ルームは静まりかえり、照明がおとされて暗くなった。この部屋で待機している記者たちでさえ、隣のようすを見ようと首をのばす。

わたしもゲストの頭ごしに見えないかしら、とふりむいたけど、残念ながら身長が足りなかった。

長い静寂がつづいた後、隣室がいきなり明るくなった。そして大きな拍手と喝采。

もうじきわたしたちの順番であることと、誇らしさの両方で、胸が高鳴った。厨房のスタッフだけでなく、ホワイトハウス全職員の力でこの日を迎えたのだ。国はテロの脅威と経済低迷に苦しみ悩み、議会は紛糾し、評論家はいいたい放題だけど、この数週間、ホワイトハウスは明るい空気に包まれた。このすばらしい国の市民として心をひとつにし、クリスマス、ハヌカー、クワンザ——呼び名は何であれ、ともに祝うのだ。

レッド・ルームの入口にビンディが現われた。髪は乱れ、顔は真っ赤だ。全速力でここまで走って来たかのようで、ドアのフレームに手をついてからだを支えると、室内を見まわした。そしてわたしに気づくなり、あせったようすで尋ねた。

「オリー！　彼らはどこ？」

〝彼ら〟が誰かはすぐにわかったから、わたしは隣室を指さした。

「ブルー・ル――」

ビンディはわたしがいい終わらないうちに駆け出すと、ブランチャードの小さいほうの男の子を見つけて腕をつかんだ。少年は声をあげて抵抗する。

ブランチャード夫人は息子を静かにさせようとふりかえり、ビンディを見て驚いた。

「あら、どうしたの？」

「ここを出ましょう」ビンディがいった。

ただごとでないようすに、わたしは心配になってそちらへ行き、「ビンディ？」と声をかけた。

彼女はわたしを無視した。

ブランチャード夫人は首を横に振る。

「ツアーはまだ終わっていないのよ」息子を手元に引きよせる。

「ご主人が帰宅するようにとおっしゃっています」と、ビンディ。「いますぐに」

ブランチャード夫人の表情が一変した。その目に炎が燃えあがる。

「あら、そう。だったら彼に伝えてちょうだい。ホワイトハウスとどんな喧嘩をしたか知らないけど、わたしは子どもたちを撮影会に参加させます」

ビンディはかぶりを振りながら、夫人の腕をつかんで引っ張った。

「おわかりにならないとは思いますが……」緊張したときのくすくす笑いをもらす。でも笑いというより、ひきつりに近かった。「緊急事態なんです」

ブランチャード夫人は眉をひそめた。「何かあったの？」

「わたしといっしょに来てください。どうかお願いします」

「ぼく、行きたくないよ」長男がいった。「まだ写真を撮ってもらってないもん」

ビンディはあのジンジャーブレッド・マンに目をやってから、また視線を夫人にもどしていった。

「さあ行きましょう、いますぐ」腕をつかまれた男の子が泣きだした。「気まぐれでもなんでもなく、本気でお願いしているんです」

周囲の人びとが小さな騒動に気づきはじめ、ブランチャード夫人も彼らの視線を感じた。しぶしぶ子どもたちを引きよせ、だだをこねる子たちをたしなめながらビンディについていく。彼女たちがいなくなると、まわりの人びとは顔をもどし、進行中の質疑応答に聞きいった。

わたしも所定の位置にもどり、頭のなかを整理しようとした。

「いったい何の騒ぎだ？」バッキーが訊いた。

マルセルは鼻を鳴らす。「あの女性は理解不能だ。ここで働いていたときも、感受性が強すぎた」

マルセルのいうとおり、ビンディの行動は予測がつきにくく、情緒不安定なところがあった。あこがれの上院議員の下で働いて、それがおちつくといいと願っていたけど……。ブランチャード議員のキャンベル夫人に対する怒りは、おさまっていないらしい。だから家族がここに来たのが不満だったのだろう。ビンディは緊急事態だといったけど、わたしには到底信じられなかった。ブランチャード夫人を説得したくて、そういったにすぎないように思う。

ビンディがとりみだしていたのは、誰の目にもあきらかだった。鬼気迫るものすら感じたくらいだ。

顔を上げると、ギャヴが部屋に入ってくるのが見えた。ブルー・ルームのようすを見ながらこちらに来ると、わたしの耳もとでささやく。

「ここだけの話だ」

わたしはからだをそらせ、彼を見上げた——「わかったわ」

バッキーはすぐそばにいたけど、ギャヴににらまれてあとずさる。

ギャヴはまたささやいた。「ジョーン・バクスターは自殺ではなかった」

わたしは彼から一歩離れ、まじまじと顔を見た。心のなかで自殺ではないと信じることと、ギャヴのような立場の人から断定されるのとでは、まったく話が違う。

「誰に殺されたの？」

「まだわかっていない」

「でも自殺は完全に否定されたのね？」

彼はうなずいた。「そしてきみから聞いたほかの噂についても確認した」

「ニック・ヴォルコフの件ね？」

「彼はシンクレア氏を殺していない。だが、そう見えるように画策した人間がいる」

「どういうこと？」

ギャヴは小さく首を振った。「続きはあとで話す。いまは、気をつけるように」

ギャヴは幽霊みたいに音もなく、すーっと部屋から出ていった。

気をつけるって……。いったい何に？

隣の部屋にいた人たちがこちらに入ってきはじめて、バッキーはわたしの横に立った。いよいよ、わたしたちの出番がきたのだ。でもどういうわけか、気持ちがもりあがらない。頭の隅がちくちくした。何かが、どこかがおかしいような――。

カメラマンが並び、ファースト・レディがジンジャーブレッド・ハウスの前へ案内されていく。そういえば、わたしはスイッチのすぐそばに立っているから、キャンベル夫人がハウスの照明をつけるときは、わたしの近くまで来ることになる。そうなったら、移動して場所をあけなくては。それですばらしい写真ができあがる――ジンジャーブレッド・ハウスを真ん中にして、片側にペイストリー・シェフ、反対側にはファースト・レディという構図だ。かわいそうなイー・イム。具合が悪くなければここで、記念写真におさまることができたのに。

腕の内側がざわっとした。鳥肌に似た感覚が、ゆっくりと背中のほうまで広がっていく。

ハウスの上の、三つのジンジャーブレッド・マンに目をやる。ブランチャードから、目立つ場所に置いてくれと頼まれたものだ。でも、イー・イムはあれをゆうべ〝修理〟したと、アグダはいいはっていた。

たぶん、彼女の勘違いだろう。だけど……どうしてわたしはそう思うのか？　アグダは厨房で、どんな仕事でも手際よく、正確にこなした。なのにわたしはイー・イムの件に関し、彼女の勘違いだと決めつけた。

給仕長ジャクソンのイー・イム評は、たしか〝怠け者〟だった。そのイー・イムが、給仕からペイストリー・シェフの勤勉なアシスタントに変身した。

わたしは首を振り、式典に気持ちをもどした。

ファースト・レディは黒いスーツに身を包み、華やかなアクセサリーはまったくない。いま、マルセルの横でほほえんでいるけど、その目は早く式典を終わらせたがっているようにも見えた。でもみんな懸命に準備をしてこの日を迎えたから、失望させるわけにはいかないと思っているのだろう。

故障した噴水装置のことを考える。あれがなくても、式典にとくに支障はないけど……。

そこでふと、思い出した。カーリーは装置の底をのぞき、いじり、おかしなところは何もない、といった。

でも実際に、あの噴水は天井まで水を噴きあげたのだ。

それもまさしくこの部屋の、この場所で。

わたしはごくっと唾を飲みこんだ。

ジンジャーブレッド・ハウスは、あのとき噴水が置かれていた場所とまったくおなじ場所にある。

マルセルはキャンベル夫人の言葉にうなずいた。何を話していたのかしら？　わたしは気持ちを現実にもどさなくては、と思った。

「たった二週間であなたはこれをつくったの？」キャンベル夫人はマルセルにいった。「わたしだったら一年かけても、こんなに美しいものはつくれないわ」

聴衆は小さく笑い、マルセルはまたうなずいた。「ありがとうございます」

わたしは背中をそらせ——どうか、誰にも気づかれませんように——テーブルクロスが垂れている背面をのぞいた。ジンジャーブレッド・ハウスをライトアップするプラグは、すでにコンセントに差し込まれている。ハウスの内側と外側の照明用に、ふたつあった。

このコンセントは噴水装置でも使われていた。差し込み口はふたつ。わたしのアパートで、スタンリーが実験用に見せてくれたものとほとんどおなじだ。

全身を熱い血が駆けめぐった。バッキーがそばに来てささやく——「がんばれ」

ギャヴの姿が見えた。遠くの角で、部屋全体を監視している。わたしの見つけた爆弾が本物だったことは、わたしと彼しか知らない。いまギャヴは奇妙な表情でわたしを見た。そこで突然、トムとのレッスンがよみがえった。爆発物の形は千変万化だといって、彼は写真を見せてくれた。ギャヴは講習で、大統領の演台のうしろに偽の爆弾をしのばせた。あのときわたしはギャヴに、ひどくお説教された。ワイヤーの危険性にまったく気づかなかったからだ。

電気コード。

首をひねって見る。ブランチャード家のジンジャーブレッド・マン。

ああ、神さま――。すべてがつながった。

キャンベル夫人がわたしのほうへ、照明のスイッチのほうへやってきた。

わたしは恐怖で動くことができない。バッキーがわたしの腕をつかみ、場所をあけさせようとした。

「だめよ」わたしはつぶやいた。「これは……」

ううん、ありえない。でも、もしほんとうにそうだったら？　わたしはジンジャーブレッド・マンを見つめた。

バッキーが歯の隙間からしぼりだすようにいった。「さあ、オリー」

キャンベル夫人はわたしにとまどった笑みを向け、ハウスとわたしのあいだの狭い空間を通りぬけようとした。

「マルセルの傑作なくして、今年のテーマは完成しなかったでしょう。ホワイトハウスの華麗な再現です」夫人は怪訝な目でわたしを見てから、にっこりした。わたしはそれでも動かない。「今年のテーマは〝お帰りなさい！　みんなでいっしょにお祝いしよう！〟です。みなさんもどうか楽しんでくださいね」夫人はスイッチを押そうとした。

「いけません！」わたしは声をあげ、夫人のからだを押してテーブルから離れさせた。そしてテーブルクロスの下にしゃがみこみ、両手で一本ずつコードをつかんで引き抜く。プラグは思ったより簡単にはずれたものの、逆にその勢いでわたしはひっくり返り、垂れたテーブルクロスがわたしの体重でずるりと下に引っぱられた。

あっと叫ぶ間もなく、クロスの上のジンジャーブレッド・ハウスが傾き、引きずられ、床に落ちて崩壊した。

「なんてことを《サクレ・ブル》！」マルセルは悲鳴をあげた。「オリヴィア！」

わたしがテーブルクロスを払って見ると、マルセルは両手で頭を抱えていた。顔には絶望と、激しい怒り――。

わたしは床にすわりこみ、キャンベル夫人を見上げた。夫人は両手を口に当て、呆然とわたしを見下ろしている。

絶え間ないシャッター音、まぶしいフラッシュ。わたしのみじめな姿は後世まで残るだろう。

駆けつけたシークレット・サービスのなかにギャヴもいた。

「さあ、もういいでしょう。みなさん、ここから出てください」

記者はもとより、さまざまな人たちが質問を浴びせた。でもシークレット・サービスは、おなじ答えをくりかえすだけだ――「いずれ正式に発表します。いまはお答えできません」

わたしはテーブルの下でがっくりとうなだれ、背後ではマルセルが泣きじゃくっている。

バッキーが床に散ったハウスの破片を避けながらそばに来た。

「オリー……やっちゃったな。すごいよ」

わたしは彼を見上げた。「ありがとう」

キャンベル夫人は護衛に連れられて部屋を出ていき、わたしは憮然とした表情のシークレット・サービスに囲まれた。

ギャヴが彼らのあいだを抜けてわたしの前に来る。

「何があった？」

きちんと説明しなくてはいけない。でも気持ちは揺らいだ。もし、わたしが間違っていたら？

ジンジャーブレッド・マンを、わたしは指さした。三つともハウスといっしょに床に落ちたけど、割れてはいない。

「あの中に爆発物があると思ったの」

ギャヴのうしろにいたシークレット・サービスがあきれた顔をし、ギャヴはそのひとつを拾いあげた。わたしは下唇を嚙む。

「あのコンセントは、中性線を切られてると思ったから」

「中性……？」

自分でも、ばかげた想像のような気がしてきた。でも、いわないわけにはいかないし――。

「中性線が断線すると、ジンジャーブレッド・ハウスに大きな電圧がかかるでしょう？　マルセルは、電源を入れたら花火のようにぱちぱち光る細工をしたの。それで、ジンジャーブレッド・マンが三つ、ハウスにつながっていて……」つい唇をなめてしまう。気持ちもからだも張りつめて、声がかすれた。「それでもし、異常な電圧がかかったら……ごめんなさい。うまく説明できないけど、たいへんなことになると思ったの」

わたしが話しているあいだに、ギャヴはブランチャードのジンジャーブレッド・マンをもうひとつ拾った。眉間に皺を寄せ、裏面をじっくり見る。

「おかしなところはなさそうだが」

魂が抜けたようになった。今度こそ、確実に解雇されるだろう。

「いや……」ジンジャーブレッド・マンをひっくり返し、ギャヴは仲間のひとりに指示した。「モートンを呼んできてくれ」

「どうかしたの？」わたしは力なく彼に訊いた。

取り囲んでいるシークレット・サービスが、若干緊張をゆるめた。彼らはむせび泣くマルセルを立ち上がらせて部屋から連れ出し、バッキーはここに残るといったけど、やはりシークレット・サービスに連れていかれた。

それからすぐ、防弾チョッキを着たたくましい男性が到着した。たぶんこの人がモートンだろう。ギャヴはジンジャーブレッド・マンを三つとも彼に渡した。

「まだ立ち上がれないか？」ギャヴがわたしに訊いた。

「ええ」この脚ではまともに立っていられないだろう。

彼はわたしの横の床に腰をおろすと、シークレット・サービスを下がらせた。いま気づいたのだけど、記者やカメラマンの数どころではない、はるかに大勢のシークレット・サービスが部屋をうめつくしていた。

「ズボンがジンジャーブレッドの屑で汚れるわ」わたしはぼんやりと彼にいった。

「それも仕事のうちだ」

「あの……わたしは何をしたのかしら？」

「ふたつあるうちの、どちらかだ。まずひとつは、きみは自分を破滅させる材料をマスコミに与えた」

わたしはうめき、うなだれた。

「もうひとつは、きみは大勢の命を救った。ファースト・レディも含めてね」

「主任捜査官――」モートンがギャヴに声をかけた。

「ん、なんだ？」

「全員避難させてください」

23

「ファースト・レディはどこ？」わたしはギャヴに連れられ、駆け足で部屋を出ながら訊いた。

シークレット・サービスがふたり——パトリシア・バーランドとケヴィン・マーティンがわたしたちに同行した。マーティンはわたしの質問を拒否し、首を横に振る。

日曜のときのように建物の外に出ると思っていたら、向かった先はイースト・ウィングだった。そして、あの階段——。

「シェルターに行くの？」

ギャヴは無言で、すたすた階段をおりていくだけだ。立ち止まったのは、右手の最初の扉の前で、わたしはデジャヴに似た感覚に襲われた。ここからすべてが始まったのだ。ほんの何日かまえ、偽物の爆弾が発見されて……ショーンはまだ生きていた。

なかに入ると、その感覚がいや増した。あのとき三人で昼食をとったテーブルに、ファースト・レディがいたのだ。

夫人は立ち上がった。

「オリー、たったいま、あなたが何をしてくれたのかを聞いたわ」

足は重く、頭も重く、礼儀をわきまえる力もなくて、わたしはテーブルの椅子にどさっと腰をおろした。吐き出す息が震えている。

それからシークレット・サービスも椅子にすわり、これまでの経緯の確認が始まった。わたしはなぜあれを爆発物だと疑い、爆発の引き金は電気系統の不備だと考えたのかを語り、そのような不備は意図的につくることができる、としめくくった。

「しかしそうすると」マーティンがいった。「内部の協力者が必要だ」

「たとえば、電気技師とか？」わたしの頭に真っ先に浮かんだのはカーリーだった。「カーリーは、わたしが中性線のことを尋ねても冷たかったし、いつも喧嘩ごしだったから」険しい顔つきのシークレット・サービスに見つめられていると、つい早口で一気にしゃべってしまう。「彼なら知識があるから。それにもしかすると……」気づいたときは口にしていた。

「わたしを襲わせたのも彼かもしれない」

ずっと黙っていたキャンベル夫人が、静かに口を開いた。

「わたしが狙われるなんて、考えにくいわ。あのジンジャーブレッド・マンがブランチャード家のものだからといって、トレイトンが背後にいるとは断定できないし、ほかの人間の可能性だってあるでしょう？」

これにはギャヴが答えた。「現在、範囲を限定せずに聴取を進めています。大統領を狙ったものだという前提で調査していますが、これまでの情報から推察するかぎり、夫人が狙われた可能性は非常に大きいといわざるをえません」

キャンベル夫人は顔をそむけた。

マーティンが片手を上げ、反対側の手でイヤホンをしっかり押さえて聞きいった。

「われわれはレッド・ルームにもどらなくてはいけなくなりました」彼はそういうとドアに向かい、バーランドもつづいた。

ギャヴも立ち上がる。

「しばらく夫人とふたりでここにいてくれ。いいね？」

肩にちくちくした痛みを感じた。何かを忘れているような気がする。

ギャヴがドアから出かけたとき、わたしは「待って」と呼び止めた。

彼はほかのふたりに、先に行けと手を振る。

「どうした？」

アパートでトムから爆発物処理の入門編を教わったとき、彼はとりわけ一点を強調した。

『ひとつめが失敗したときのために、かならず二次的装置が用意されている』

「たぶん――」わたしは考えをまとめながら立ち上がった。「真っ先に厨房を調べたほうがいいわ」

ギャヴは爆発物処理班に連絡すると、わたしにはキャンベル夫人といっしょにシェルターに残るようにいった。

「でも、わたしの想像は間違っているかもしれないし」

彼はまっすぐわたしの目を見た。「これまでのところ、きみの想像はすべて当たっているよ」

わたしが口を開こうとすると、彼は手を上げた。

「いいかい、ふたつめの爆弾があるかもしれないときに、うろうろ歩かせるわけにはいかないんだ」

「わたしがいないと間に合わないかも」

「オリー……」

爆発物さがしは、わたしだって気が進まない。だけど想像が正しければ、彼らでは見つけるのに時間がかかるだろう。そして発見しても、時すでに遅しということになりかねない。わたしがいたほうがはるかに効率がいいことを言葉ではうまく説明できなかったけど、集まったシークレット・サービスの目を見れば、その点はわかってくれているように思えた。

そしてわたしが安全な場所から、カメラごしに捜査官に方向指示するやり方があわただしく検討された。でも、いまは緊急を要する事態だ。

「きみの命を危険にさらすことは選択肢にない」と、ギャヴはいった。「きみなしで最善を尽くす」

「厨房のことをいちばんよく知っているのは、わたしよ。時計はいまもチクタク、時を刻んでいるわ」

彼らもそれは承知している。もちろん、わたしも。

わたしはギャヴの腕をつかんだ——「文字どおりの意味でね」

爆発物処理班が来て、わたしに防爆スーツを手際よく着せた。そしていざ、部屋から出ようとしたとき、キャンベル夫人が訊いた。

「オリー、自分のしていることがわかってるの?」

「はい、わかっています」と答えたのだけど、ヘルメットと透明のフェイスガードごしに、はたして夫人に聞こえたかどうか。でも、それでもかまわなかった。正直なところ、自信をもって答えたわけではないから。

防爆スーツは、予想以上に歩きづらかった。頭から足の先まで覆われて、体重が三百キロにもなったようだ。シェルターを出るころにはもう、ウエストや首に汗をかき、耳には汗のしずくが垂れていた。

ギャヴも防爆スーツを着て、わたしたちは無言でホールから厨房へ向かった。彼らに説明したように、わたしは厨房を自分のからだと変わらないくらい、誰よりも熟知している。足を踏み入れたことがない人たちに、探し物の在処《ありか》を指示するのは時間の無駄としかいいようがなかった。わたしならすぐに、はいこれですと手に取れるものを、爆発物専門の部隊がさがしまわって厨房を荒らされてはたまらない。

わたしは緊張していた。でも、覚悟を決めてここまで来たのだ。

などと思いつつ、厨房に入ったとたん、怖気づいた。心臓がどきどきし、鼓動が防爆スーツで反響して聞こえてきそうだ。わたしの想像が当たっていたら、厨房は――わたしの〝住処〟はアパートではなくこの厨房だ――一瞬にして消えてなくなるかもしれないのだ。そして、わたしも。

唇を噛もうとしたけど、汗ですべってうまく噛めない。

「さあ、行きますよ」声はかすれ、周囲にはたぶん聞こえなかっただろう。わたしは厨房の奥へと進み、爆発物処理班がついてくる。そしてシンクを左に見て、ステンレスのカウンターの前で立ち止まると、下の側板に手をかけて引き上げた。

「この中にあるから、見つけにくいと思ったの」側板を最後まできっちり上げて、わたしはしゃがみこんだ。隠しキャビネットの扉が見える。この収納スペースはとても扱いづらいから、二度と使わないものだけをしまうことにしていた。

重いスーツで足が滑ってころびかけたけど、なんとかもちなおす。そして扉をあけると、不用品の山が現われた。たしか、あれは季節ごとの大掃除のときに処分すればいいと思い、かなり奥深くにしまったはずだ。

ギャヴがわたしの肩に手を置いた。

「ここからはわたしがやる」彼の声はくぐもって、はるか遠くから聞こえるようだった。

「でも――」

彼はわたしをにらみつけた。「記者会見室のことを忘れたか?」

そうだった。あのときわたしは、爆発させる危険など考えもせず、偽のＩＥＤをつかんでしまった。爆発物を見つけることと、それを扱うことはまったくべつなのだ。

ギャヴはドアを指さした。「出て行きなさい」

わたしはそちらに向かいながら、突然パニックに襲われた。外に出るには、厨房を完全に横切らなくてはならない。それは入ってくるときの覚悟以上の恐怖だった。また足を滑らせでもしたら、もしおかしな動きをしたら、ギャヴの集中力を奪い、それが悲惨な結果を生むのではないか。わたしはその場に凍りつき、しゃがみこむのがやっとだった。

ギャヴはキャビネットのなかを凝視し、大きく息を吸いこんだ。そして身をよじらせて、腕をゆっくり、キャビネットの奥のほうへ入れていく。わたしはフェイスガードの内側で、「気をつけて」とささやいた。

「よし、これだ」彼がつぶやいた。

ギャヴはからだをそろりそろりとうしろに引いた。そして現われた彼の手には、あの置時計があった。

「それよ！」わたしは声をあげた。

爆発物処理班が進み出て、ギャヴから時計を受けとり、何やら頑丈そうな箱に入れた。そしてギャヴにうなずき、部屋を出ていく。

彼らがいなくなってから、わたしはヘルメットを脱ぎ、ギャヴに尋ねた。

「このあとはどうするの？」

ギャヴはヘルメットを脱ぐと、怪訝な顔をした。

「きみはまだ何かしたいのか？」

ジンジャーブレッド・ハウスが壊れ、式典は中止され、ファースト・レディはシェルターからレジデンスにもどり、記者が怒濤《どとう》のごとく押し寄せた。ホワイトハウスの基準から見てもなお、とてつもなく荒れた一日となった。

真剣なまなざしの男性陣に見つめられるのは、これが初めてではない。だけど今回、事情聴取の場所はレッド・ルームだった。わたしはキャンベル夫人がジンジャーブレッド・ハウスのスイッチを入れようとするまで、自分が何をどう考えたかを、五人のシークレット・サービスに語っていった。

ギャヴもその場にいたけど聴取には参加せず、離れた場所で聞いているだけだ。わたしは中性線に関する質問を受けて答えた。

「確認の仕方も知らないし、たとえ細工をした人がいたとしても……」

「いたんだよ」部屋の向こうから声がした。見ればカーリーが、シークレット・サービスふたりに連れられて入ってくる。いつものように不機嫌な顔をしているけど、手錠をはじめ、拘束道具はひとつもつけられていなかった。

わたしはびっくりして、思わず身を引いた。

「心配いらない」と、シークレット・サービスのひとりがいった。「電圧の問題は、彼が処理してくれたんだよ」

どういう意味？

「まったく、マニーのやつ……」カーリーはそういうと、目を細めてわたしを見た。「おれが噴水装置を調べているとき、あんたが来たから、またあれこれうるさくいうんだろうと思ったよ。だが、あんたの話にも一理あった」人差し指で頭の傷跡を撫でる。そのようすを見て、わたしは彼を疑ったことにうしろめたさを覚えた。「それでおれなりに調べてみたんだ」

「中性線を？」

「ああ。マニーかヴィンスか、あるいはふたりが中性線をいじって、二百四十ボルトが一気に流れるように仕掛けたらしい」

中性線についてはもっとまえから訊いていたのに、カーリーはそれを認めたくないようだ。でも、彼の全身から後悔の念があふれでていて、わたしにはそれで十分だった。

「ふたりは姿をくらましているが」部屋の向こうからギャヴがいった。「見つけて取り調べる手配はしてある」

「イー・イムもね」と、わたしはいった。

「すでに手配済みだ」

24

あくる日も、マルセルは嘆き悲しんでいた。

「自分で撮った写真しかないんだよ。カメラマンはライトアップされるのを待っていたからね」深く大きなため息。「あれほど力を入れたのに。すべて水の泡だ」

わたしたちは大統領夫妻の朝食を準備し終えたところだった。上の階が事件現場の扱いになっていることを除けば、いつもの生活にもどったといえる。きのうの事件の後、大統領は帰国して夫人とともに過ごし、トムも帰ってきた。そしてわたしはホワイトハウスからトムの車で帰ることができ、周辺に大勢いる記者を追い払わずにすんだ。彼に心から感謝。気持ちを素直に話せるのは、そして黙って聞いてくれるのはトムしかいない。

「きょうの新聞はオリーの写真だらけね」シアンがカウンターに新聞を広げていった。

一面には、わたしがテーブルの下でジンジャーブレッドの破片にまみれている写真があり、見出しは〝この世に割れないクッキーはない〟。

わたしはうめいて顔をそむけた。

「きのうのことは早く忘れたいわ」

「腕のいいエグゼクティブ・シェフ、またもや活躍」バッキーがじつに嫌味な言い方をした。

「オリヴィア・パラスはいつも大忙しだ」

「いいかげんにしてよ」シアンがいった。「オリーはあなたの命を救ったのよ。たぶん、わたしたちみんなの命をね」

彼は口をゆがめ、シアンを見てからわたしにしっかり顔を向けた。

「どうやらぼくは、そのことで一度もお礼をいわなかったらしい」顎をつんと上げる。「ありがとうございました」

「気にしないで」わたしは場を明るくしたかった。「あれくらい、朝飯前だから」

「まるでジェームズ・ボンドの台詞ね」と、シアン。「でも女だから〝ジェーン・ボンド〟かな」

アグダの目が光った。「女スパイです」

レイフがうなずく。「ロシアのスパイだ」

「なんだか古い映画を見直したくなったわ」わたしは笑いながらいった。

バッキーもなごんだ表情をしていたけど、彼の場合はどうしても言葉が辛辣になりがちだった。

「それにしても、理解しかねるよ。なんでいつも騒動の真っ只中にいるんだ？」

「運が悪いのよ、たぶん」

「もしくは、すばらしく幸運か」みんながふりむくと、ギャヴが戸口にもたれかかっていた。

「どっちをとるかは、きみの心ひとつだ」彼はスタッフ一人ひとりに挨拶し、いろいろなことがつづいて中断していたが、セキュリティの講習はあす再開されると告げた。そしてわたしに、「ちょっといいかな?」といった。

チャイナ・ルームに連れていかれ、わたしは胸が痛くなった。マルセルはここで何週間もジンジャーブレッドの構想を練り、丹精込めてつくりあげたのだ。それがあんなふうに粉々になってしまった。

ギャヴはドアを閉めると布張りの椅子のほうに腕を振り、わたしはそこに腰をおろした。

「きょうの午前中、記者会見をやる」

「わたしは何も話す必要がないでしょう?」

彼は向かい合わせですわると、膝に腕をのせて前かがみになり、床をじっと見つめた。ずいぶん疲れているらしく、この何日かで急に老けたようだ。

「ああ、話さなくていい。というより、きみには話してほしくない」

「真相は明らかになったの?」

彼はからだを起こした。「きみはもう、全部知ってるだろう」

「いいえ、ただの推測よ。起きたことの隙間を埋めようとしただけだわ」

ギャヴは目をすがめた。「きみの直感を信じている、とわたしはいった。そしてきみが、自分の直感を信じて行動したことをとてもうれしく思っている」また前かがみになったけど、視線はおとさずわたしを見たままだ。「話せることだけ話す。それでいいな?」

わたしはうなずいた。

「ブランチャード家のジンジャーブレッドは――」彼はゆっくりと話しだした。「きわめて精巧な爆発物だった。わたしたちもあまりお目にかかったことがないほど、最先端のものだ。粘土のように塑性があり――」親指と人差し指をこすり合わせる。「いくらでも変形可能で、その点ではC-4とおなじだが、こちらのほうがもっと進化している。だからクッキーのデコレーションとして、見た目には何の違和感もなく使えたんだ。しかも、輸送にも耐えられる。強力な爆薬だよ。もしこれに百二十ボルトの電気が流れたら――」わたしの目をくいいるように見る。「悲惨な事態になっただろう。三メートル以内にいる人間は、助かる見込みがない」

背筋が寒くなるどころではなかった。わたしは懸命に震えを抑え、もしキャンベル夫人があのスイッチを入れていたら、と想像しないように努めた。

「そしてもし中性線が断裂していれば――」ギャヴはつづけた。「加電圧がかかり、あの小さな三つのジンジャーブレッド・マンだけで、ホワイトハウスの半分を吹っ飛ばすことができる」

「そんな……」

「それが現実だ」

「仕組んだのはブランチャード議員なの？　でも、どうして？　ショーンの件はどうなったの？」

ギャヴは片手を上げた。「おちつきなさい。ブランチャードは拘束したよ。電気技師のマニー・フォルトゥナートもだ。内部の協力者はフォルトゥナートだった」

「そして黒幕がブランチャード？」

「いや、ブランチャードは否認している。彼によれば、たくらんだのは情熱過多のアシスタントらしい」

「ビンディのこと？」

ギャヴはうなずいた。「すべて彼女がひとりで考えたという主張だ」

「ありえないわ」

彼は首をすくめた。「ブランチャードは、自分は何も知らないといっている。アシスタントとの関係を否定するのに躍起だよ。ただ、全責任を彼女に押しつけるのに、いささかむきになりすぎているように見えなくもない」

「彼女のほうは？」

きょう初めて、ギャヴはほほえんだ。「いま供述しているところだ。ブランチャードは知らないが、彼女は正反対のことをいっている。昔からよくある話だ。若くて影響を受けやすい女と力のある男がともに道を誤る。女は愛のため、男は権力のためだ。彼女は刑が軽くなるように、細かいことまで話しているらしい」

「刑は軽くなるかしら？」

「きみはどう思う？　彼女はホワイトハウスの爆破計画にかかわったんだよ」

わたしは顔をしかめた。「ショーンのことは？」

ギャヴの表情が険しくなる。「それもブランチャードだ」

言葉を失った。

「きみの友人の女性記者は――」

「会ったのは一度きりよ」

ギャヴはわたしの訂正を無視してつづけた。「彼女の推測は誤ってはいたが、真実に近いところまではたどりついていた。ショーンはヴォルコフの銃で殺されたんだよ」

「え？　ヴォルコフの？」

「じつは鑑識結果から、引き金を引いたのがショーンでないことははっきりしていた。また、例の手紙もあるから、殺人事件として調査されたが……」唇を嚙む。「銃の製造番号が、完全にではないが消されていた。それで追跡に時間がかかったんだ。結果として、銃はヴォルコフのものであると判明し、彼は警察で取り調べを受けた」

「あの記者はたぶん、その情報を仕入れたんだわ」

「おそらくね。ヴォルコフは銃が自分のものであることを認めたが、どんな使われ方をしたかを知って、わたしたちとおなじくらい驚いていた。自宅からどうやって持ち出されたのかも見当がつかなかったようだ、きのうまではね。彼自身がきのう、首都警察に連絡してきたんだよ。銃を最後に見たときのことを思い出した、ブランチャードに見せたのが最後だったと」人差し指を唇にあてる。「ヴォルコフには、そのことは他言するなといってはあるが」

「つまりブランチャードがショーンを殺して、ヴォルコフに濡れ衣を着せようとしたということ？」

「警察もわたしたちもその前提で動いている。しかし、ブランチャードがみずから手を汚すことはないだろう。ビンディの供述では、共犯者はほかにふたりいるようだ」

わたしはあの晩のふたりの暴漢を思い出した。「それは誰？」

彼はかぶりを振った。「ビンディは名前までは知らないらしい。ただ、ブランチャードが何か企んでいることは知っていた。彼、もしくは共犯者が、女記者に情報を流したのかもしれない。そして最終的に殺害したのではないか、というのが目下の見立てだ」

かわいそうなカーステン・ザジツキ——。懸命にスクープを追い、大統領の座を狙う上院議員に利用され、捨てられた。

「でも、ブランチャードはどうやってマニーやイー・イムとつながったのかしら？」

「マニーとはビンディを通じてだ。彼女はここで働いていたからね。マニーは金に目がくらんだらしい。イー・イムとは、ブランチャードのソウル時代からのつきあいだ。ブランチャードは軍の情報官としてソウルに駐在し、イー・イムはＫＣＩＡに所属していた。当時はイー・イムなんて名前じゃなかったけどね」

「よくホワイトハウスの経歴調査をくぐりぬけたわね？」

「ブランチャードがイー・イムの身元保証人だったからだろう。まだ断定はできないが、イー・イムと彼の兄は、韓国の大統領の暗殺計画にかかわっていたかもしれない」

わたしは頭のなかを整理するのに手間どった。「つまりとても危険な男ということね？」

「きみはそう思うのかな？」

「逮捕はまだ？」

「行方をくらますのがうまいやつでね」

わたしは頭のなかの整理をあきらめた。

「ブランチャードはそこまでしてゼンディ社を売りたかったのかしら？」

「それは動機の一部にすぎないだろう。あの男はとんでもない野心家なんだよ。大統領選に立候補するのに、まず金と――ゼンディ社の売却利益だ――ホワイトハウス内にスパイが必要だと考えた。そしてほしいものを手に入れるためなら、殺人だっていとわない。キャンベル夫人の父親のシンクレア氏殺害にも関与した可能性がある。現在それも調査中だ」

わたしは呆然とした。

「この世界には悪党がいるんだよ、オリー」

「それはそうだろうけど、まさか……」

「話はこれだけじゃない」

ギャヴの顔つきから、よくない話であるのは想像がついた。

「つづけてちょうだい」

「感電死した電気技師長だが――」

「ジーンね」

「そう、ジーンだ。あの感電は、きみのいう中性線が原因だったが、故意ではなくあくまで不幸な事故だ」

胃が締めつけられた。この話の先が見えた気がして、彼にいわれるより先に自分からいおう、そのほうがまだ少しは冷静でいられるだろうと思った。

「わたしが中性線で騒いで、彼らにアイデアを提供したのね？」

「そのとおり」と、ギャヴ。「彼らはファースト・レディを標的にした爆弾をホワイトハウスに仕掛けたが、お粗末すぎて失敗した。ビンディは日ごろからマニーと接触していたんだよ。そしてマニーはきみからしつこく中性線のことを訊かれ、その手もあるな、それなら自然に起きた事故のように見せかけられるかもしれないと考えた。というのが本人の供述だ」

頭がくらくらした。「わたしが一役買って、ホワイトハウスは危うく破壊されるところだったのね」

「いや、危うくどころじゃないよ。ホワイトハウスはもうないんだから」ギャヴはほほえんだ。「ジンジャーブレッドのホワイトハウスは跡形もなく破壊されたよ、きみのおかげで」眉を上げ、目を見開く。灰色の瞳は輝いていた。「しかしきみのおかげで、ほんもののホワイトハウスは、まだこうして立っている」

マルセルの傑作は、政治闘争の犠牲として歴史に残る最初のジンジャーブレッドになった。でも少しはいいこともある。その晩のファースト・レディの記者会見で、夫人は失ったものについてくよくよ悩まず、残っているものを大切にするほうを選んだ。全国の子どもたちから送られたジンジャーブレッド・マンは無傷で残っていることを、テレビ・カメラに向かって明言したのだ。

「子どもたちの贈り物は、まだわたしたちと共にあります。ひとつも欠けることなく、わたしたちが受けとったときの美しい姿のまま、いまもホワイトハウスにあるのはとても意義深く、重要なことだといえるでしょう。すばらしいスタッフとアメリカが誇る真の勇気のおかげで、ホワイトハウスは何ひとつ欠けることなく、堂々とした姿でここにあります。今年のホリデイ・シーズンのテーマは今夜、とりわけ深い意味をもつことになりました。さあ、みんなでいっしょにホワイトハウスでお祝いしましょう！」ファースト・レディは両腕をいっぱいに広げて、大幅に遅れたデコレーションー・ツアーのカメラを持つ人びとを招き入れた。

わたしの目にキャンベル夫人は、ショーンの死の知らせを受けて以来初めて、心が安らいでいるように見えた。

25

一週間後、疑問はまだいっぱい残っていたけど、ホワイトハウスのセキュリティ関係者は口が堅いから、ギャヴからあそこまで聞けただけでも満足しなくてはいけない。

わたしは厨房の椅子にすわり、事件について考えた。目の前のカウンターにはきょうの《ワシントンポスト》がある。厨房は静まりかえり、わたしひとりだけなのがありがたかった。きょうはスタッフ全員を早めに帰らせたのだ。大統領の夕食は終わり、来週まで大きな行事はないので、みんな少しは休養が必要だと思った。アグダはほほえみ、あしたは早く来ますといって帰っていき、バッキーは他意なくありがとうといった。そしてちょっと驚いたのだけど、シアンがコートを着るのにレイフが手を貸していた。ふたりは今夜、いっしょに過ごす計画らしい。

《ワシントンポスト》の一面には〝自壊したブランチャード〟という見出しの記事が載っていた。ビンディの写真もあったけど、いつもとおなじで顔を隠してカメラの前を走り、待機している車に向かうか、警察署に入っていくものだ。どのような罪状で公訴されるかは、まだ決まっていないらしい。その隣には、笑顔のブランチャードの写真がある。彼はマニーとイー・イムとともに、すでに公訴されていた。

写真のブランチャードは胸を張り、両手でマイクを握っている。キャプションに彼の言葉の引用があった――「わたしはこのような荒唐無稽な容疑に対し、断固無罪を主張します」彼のうしろに立っている奥さんは、やつれ、疲れきっているように見えた。子どもたちの姿はどこにもない。

最新情報をさがしたけど、大半は過去の記事の焼き直しだった。

ブランチャードの〝自壊〟は連日報道されているものの、わたし自身は注目されなくなって、ほっとひと安心だ。もちろんたいていの記事は、わたしが爆発をくい止めようとテーブルの下へ突っこんだことに言及している。でもそこから真相究明が始まったのだから仕方がないし、わたしの名前が明記されなくなっただけでも喜ばなくては。

あの日以来、シークレット・サービスふたりがわたしの出勤と帰宅につきそうようになった。マスコミがわたしに接触しないようにするためだ。ホワイトハウスのどのゲートも、外に記者の群れが待機し、ジンジャーブレッド・ハウスを破壊した料理人の独占インタビューを狙っていた。わたしはシークレット・サービスの送り迎えに関して不満はいわなかった。アパートとホワイトハウスのあいだを地下鉄と徒歩ではなく、高級セダンの後部座席で過ごすことができるのだから。最初はトムが護衛役を引き受けるといってくれたけど、彼は連日夜遅くまで忙しかった。彼の職務はなんといっても大統領を守ることにある――最低でも、日中は。というわけで、トムは時間があるかぎり積極的に、わたしのために秘密の残業をしてくれた。

そして、あの騒動からちょうど一週間後の今夜、わたしはようやくひとりになった。これまで護衛してくれたシークレット・サービスによると、通常の通勤を再開しても安全だと判断されたらしい。運転手つきの車の快適な乗り心地に未練がある半面、監視の息苦しさから解放されてうれしかった。常時この状態で暮らしている大統領やご家族は、どのような気分なのだろう?

新聞をたたもうとして、記事見出しのひとつが目に飛びこんできた――「ゼンディ社売却」。関連記事は経済面のEだ。わたしはあわててめくった。

信じられなかった。キャンベル夫人はあれほどかたくなに拒んでいたのに、何が彼女の心を変えさせたのか?

記事をさがすのに手間はかからず、大きな見出しで最新情報が掲載されていた。ざっと目を通したくらいでは理解できなかったので、最初からじっくりと読んでいく。

キャンベル夫人はほんとうに、ゼンディ社売却合意を発表していた。ただし、その方法はじつに巧みだった――「みなさんご存じの出来事により、わたしはこれまでの協力関係を解消することにいたしました。トレイトン・ブランチャードとニック・ヴォルコフは個人的な問題で多忙であり、ゼンディ社に心を向ける時間も意向もないことを理解したからです。それを心に留め、わたしはニック・ヴォルコフの恣意《しい》的助言を受け入れます。彼は戯れで発言したのでしょうが、わたしは真剣です。

ゼンディ社の全株取得はかないませんが、わたしは五十一パーセントを保有します。残りの四十九パーセントは他の投資家たちが買収することになるでしょう」

他の投資家の名前を記者に尋ねられると、キャンベル夫人はこう応じた――「現時点では公表いたしません。信頼できる投資家と仕事ができるのはじつにすがすがしい思い、とだけ申し上げておきます」

これにて一件落着だ。わたしは新聞をたたみながらほほえみ、リサイクル用のごみ箱に入れた。それからカウンターを消毒。照明を消して、厨房を出た。

26

ゲートに記者はいなかった。マクファーソン・スクエア駅に向かう道でも、追いかけてくるカメラマンはいない。だけど、それでも……。

なぜか、肩のあたりがちくちくした。

十二月初めで、夜の八時を過ぎれば、あたりはもう暗い。空気は静電気が起きそうなほど、寒く乾燥していた。跡をつけられていないかふりかえってみる。通りは静かで、ペキニーズを散歩させる男女のカップルがいるだけだ。小さな犬はちっちゃな革のブーツをはいていた。通りの向こうには、のんびり歩く人、小走りの人、大股で歩く人がいるだけで、誰もわたしには注意を払わない。

駅に到着し、新しいカードを改札機に入れ、先に進みながら出てきたカードを取る。盗まれたもののほとんどは、先週のうちに新しいものにとりかえられた。アパートの郵便受けには驚くべき速さで再発行されたクレジットカードが届き、一日でも多くクリスマス用の買い物をさせたいのだとわかった。携帯電話は服のポケットに入れていたから、気をもまずにすんだ。でも数枚の写真やわずかな現金、新しいレシピのメモなどは、永遠に帰ってこないだろう。

地下鉄のカードをバッグにしまい、その手でトウガラシ・スプレーをさがす。小さな容器を握ると、安心感が増した。いまもまだ、なぜか監視されているような気がしてならない。列車がホームに入ってきて、わたしといっしょに乗る人たちを注意して見てみたけど、怪しげな人はいなかった。

席にすわっておちつくと、いやな感覚は消えていった。先週ずっとシークレット・サービスの監視下にあったせいで、意識過剰になっているのだろう。

駅に着いて、いっしょに降りる人たちを確認する。赤ん坊を抱いた女性、年配の紳士、モヒカン刈りの若者ふたり。とくに心配しなくてもよさそうだ。

ところが、地上に出たところでまたいやな感覚がもどった。周囲三百六十度、ぐるっと見まわしてみる。これといって気になるものは見当たらない。

風をよけてうつむき加減になり、足早にアパートに向かう。そしてあの晩、暴漢に声をかけられたまさにその場所を通り過ぎようとしたとき、背後で音がした。

軽快な靴音。

わたしはくるっとふりかえり、バッグに手を突っこんだ。

誰もいない。

足音が消えた。

わたしはアパートの方角を見て、最短時間を見積もり、大男をやりすごす最善の方法を考えた。ここにあの男がいる、と確信したからだ。そして同時に、あのときのアジア系の小柄な男と仲間の大男は、イー・イムと、さらにはブランチャードとつながっている、とも確信した。

あたりを見まわす。彼らは復讐する気でいるにちがいない。

左側で衣擦れのような音がした。

わたしの誘拐未遂犯――シャン・ユが暗がりから姿を現わした。

わたしはうしろに飛びのく。心臓が破裂しそうだ。

「おまえ、頭が悪いな」シャン・ユがいい、彼の背後からあのミスター・タップシューズが現われた。腕を脇に垂らした体勢から、わたしが動けばタックルする気だとわかった。わたしはわずかにあとずさりし、汗に濡れた手でトウガラシ・スプレーをしっかりつかもうとした。

「そうかもしれないわね」少しでも時間をかせぎたかった。バッグの中で、人差し指と親指をスプレーの所定の位置に当ててなくてはいけない。そう、そこよ。わたしは安全装置をはずした。

シャン・ユはじりじりと近づいてきて、その目が街灯の光にぎらついた。

「おまえ、頭がいいと思ってる。だけど違う」

「あら……」何か注意をそらすことをいわなくては。「だけどあなただって、わたしにシークレット・サービスの護衛がついていることに気づいてないでしょ？」

ふたりはとっさに顔をつっと上げた。わたしはスプレーをとりだして前方に駆け出し、息を止め、ふたりの顔めがけて発射した。できるだけ長く噴きかけてから、あとずさる。ふたりともわめき、咳をし、両手を振り回した。わたしは急いでさらに離れると、自分まで目をやられないよう、まぶたをなかば閉じてながめた。

そしてもう二歩、あとずさる。と、何か固いものにぶつかった。壁かしら。それとも木？と思った瞬間、背後から二本の腕でからだをつかまれた。わたしは悲鳴をあげ、腕を引っかき、嚙みつこうとした。

「オリー！」

聞き慣れた声だった。わたしは抵抗するのをやめて顔を上げた。

「ギャヴ？」

彼はわたしを自分のうしろに押しやり、シャン・ユとミスター・タップシューズのほうに進み出た。ふたりはすでに手錠をかけられ、そばにはシークレット・サービスがふたり立っている。そしてすぐ、覆面車が角から現われ、シークレット・サービスが咳きこむシャン・ユたちをそちらへ連れていった。

「どうしたの？」わたしはギャヴに訊いた。「どうしてこんなに早くわかったの？」

彼は仲間たちと打ち合わせてから、わたしをふりむいた。

「早くわかったわけじゃないよ」

そういうことね……。状況がだんだん見えてきた。

「あのふたりはブランチャードの仲間だと疑っていたのね?」

彼は小さくうなずいた。「きみが最初に襲われたのは、いずれ中性線の仕掛けに気づくと思われたからだろう」

「でもあなたたちは、ふたりを見つけることができなかった」

「まあね」

「そしてわたしを囮《おとり》にした」

ギャヴの顔がゆがんだ。「そういう表現もできなくはない」

シャン・ユたちを乗せた車が動きだし、助手席にいる捜査官がこちらに手を振った。わたしは車が走り去るのをしばらく無言でながめる。

「どうもありがとう」わたしは彼にいった。

「きみがあの男に〝護衛がついている〟といったとき、尾行はばれていたんだと思ったよ」

口もとのゆがみは、たぶん微笑だ。「実際はどうなんだ? 気づいていたのか?」

「ぜんぜん」

「つまりとっさの思いつきか。きみには護衛なんか必要なかったかな」

わたしはほほえもうとした。でも、からだの震えが止まらない。

ギャヴはそれに気づいたようで、わたしの腕に軽く手を添え、アパートの入口まで送ってくれた。

「これで仕事は完了だ。職員の講習も終わったしね。そろそろつぎの旅に出るとしよう」

「帰ってこないの？」

「必要とされなければね」

彼と別れるのはさびしい――と思う自分に驚き、彼にもそういった。

「だけど大統領のためには、あなたのチームが呼びもどされないほうがいいわね」

「では、そのときまで、オリー」ギャヴはアパートの玄関の扉をあけた。「きみがわたしたちの目となり、耳となってくれることを期待しているよ」

わたしはアパートのなかに入り、ふりかえった。だけど言葉が出てこない。

ギャヴは二本指で敬礼すると背を向け、去っていった。

前菜レシピ集

料理のレパートリーに前菜がたくさんあると、何かと便利でしょう。おいしいだけでなく、健康によいものもたくさんあります（なかには、そうでないものも。たとえば、以下のチーズ・ストローやブラウニー、クッキーなどは、どうか食べ過ぎにご注意を）。豪華なパーティを開きたいけれど、ウェイターやバーテンダーの手は借りたくないというときは、色とりどりの前菜でおもてなしすれば、ゲストは着席の堅苦しいディナーより気軽に料理を楽しめるでしょう。ホワイトハウスでも、多彩な前菜を用意する行事のほうが、盛大な公式晩餐会よりもはるかに多くなりました。テーブルいっぱいに前菜を並べたパーティのよいところは、お客さまが料理をとって歩きながらおしゃべりできることです。ワシントンDCは小さな町ですから、ホワイトハウスのパーティにいらっしゃる方々は顔見知りのことが多いのですが、たとえ初対面でも、会話は前菜のテーブルから始まります。そこで一品でもかまいませんから、珍しい前菜を加えてみてください。それが会話のきっかけとなり、話がはずんでいくでしょう。前菜によっては、十分にお腹も満たしてくれます。

以下は、つくりやすくて食べやすい、そして見映えのする前菜のレシピです。今年、キャンベル夫人がレセプションで選んだものも含まれています。色、質感、味のどれもがバリエーションに富み、楽しい前菜パーティを演出してくれるでしょう。材料はスーパーマーケットで簡単に手に入るものばかりです（ただ、自宅でハーブを育てるのもおすすめです。日当たりの良い窓があれば、チャイブ、バジル、セージ、パセリなどはすくすく育ち、料理にひと味添えてくれます）。また、大半はあらかじめつくっておけるものなので、あなた自身もパーティを楽しむことができるでしょう。直前の仕上げが必要なものでも、さほど手間はかかりません。一品料理としても使えますから、お気に入りものがあれば、日常の食事のレパートリーに加えられると思います。

パーティを楽しんでください――そしておいしく食べましょう！

オリーより

- ブルーチーズ・ストロー
- スタッフド・チェリートマト
- アスパラガスのレモン・バター
- サヤインゲンのベーコン巻き、ガーリック風味
- ベイクド・レッドポテト
- ベーコンとコーンブレッドのマフィン
- 小さなホワイトロールパン
- シュガー・ハム、白ワイン・ハニーマスタードとともに
- テンダーロインの衣揚げと白タマネギのグレイビー・ソース
- ひと口ブラウニー
- ジンジャーブレッド・マン

ブルーチーズ・ストロー

【材料】

ブルーチーズ……230グラム

バター……カップ½

クリームチーズ……90グラム

ヘビークリーム……大さじ2

赤トウガラシ（フレーク）……小さじ¼

コーシャーソルト……小さじ¼

小麦粉（ふるいにかける）……カップ3

燻製アーモンド（細かく刻んだもの）……カップ½（お好みで）

【作り方】

❶ オーヴンを200℃に予熱する。

❷ 室温で柔らかくしておいたブルーチーズとバター、クリームチーズをボウルに入れて、全体によくなじむように混ぜる（ミキサーでもよい）。残りの材料を一度に1種類ずつ、混ぜながら加える。

❸ 小麦粉をふったボードで、❷を中くらいの薄さ（厚さ5〜6ミリ）に伸ばす。それを幅1センチくらいの棒状にカットし、1本ずつ軽くひねって、らせん状にする。油をひいていない天板に並べる（くっつかないように間隔をあけること）。

❹ 5〜10分ほど焼いて、きつね色になったらラックで冷ます。

❺ 蓋つきの缶（内側にワックスペーパー）で保管する。

スタッフド・チェリートマト

【材料】

クリームチーズ（ブロック）……1個（約200グラム）

サワークリーム……カップ¼

チャイブ（洗って刻む）…大さじ

3～4（飾り用に大さじ1）
ニンニク……2片（みじん切り）
バジルの葉
…20枚（千切り）一部は飾り用に
コーシャーソルトまたは
シーソルト……お好みで適宜
チェリートマト……カップ2

【作り方】

❶トマト以外の材料をボウルに入れてよく混ぜる。

❷チェリートマトがトレイの上でぐらつかないよう、底を少し切っておく。トマトの上側にXの切り込みを入れ、フルーツのくりぬき器で中身を取り除く。あるいは、やさしく押し出してもよい。給仕用のトレイにきれいに並べておく。

❸トマトに❶を詰めていく。絞り袋（口金が大きめの星型）を使ってもよいし、スプーンで素朴な感じに詰めてもよい。

❹飾り用のバジルを散らす。冷やしてからテーブルへ。

アスパラガスのレモン・バター

【材料】
アスパラガス……450グラム
（根元は切り取る）
バター……100グラム（無塩の
場合、小さじ¼の塩を加える）
コショウ（挽きたて）…お好みで
パセリ（刻んだもの）…小さじ1
レモン汁……中サイズ1個分

【作り方】

❶熱湯が深さ1センチほど入った大きな鍋に蒸し器を入れ、そこにアスパラガスを置いて蓋をする。きれいな緑色になるまで、約3～7分蒸す。時間はアスパラガスのサイズにもよるが、歯ごたえがなくならないように。

❷アスパラガスを蒸しているあ

＊1カップは米国の1カップ（約240ml）

いだに、小さな片手鍋でバターを溶かす。コショウ、パセリ、レモン汁を加え、泡立てる。小鉢に注ぐ。

❸ 蒸したアスパラガスを取り出して、楕円形の大皿に盛る。その脇に❷の小鉢を置き、小ぶりのひしゃく(スプーン)を添える。温かいうちにテーブルへ。

サヤインゲンのベーコン巻き、ガーリック風味

【材料】

サヤインゲン……900グラム
(両端を切り、筋を取り除く)
スモークベーコン
……450グラム(薄切り)
オリーブオイル……カップ½
ニンニク……3片(みじん切り)

【作り方】

❶ オーヴンを180℃に予熱する。

❷ 天板かそれに類するもの(平らで大きめ。オーヴン内が油で汚れないよう縁がついたもの)にサヤインゲンを置き、10~12束に分ける。

❸ それぞれの束をベーコンで軽く巻き、上面でベーコンの結び目をつくる。ベーコンの両端は、見映えがよいように整える。

❹ オリーブオイルとニンニクをボウルでさっと混ぜ、ブラシで❸に塗る。

❺ オーヴンで、約15分。サヤインゲンに火が通り、ベーコンがほどよく焼けるまで。

❻ ❺をスパチュラで大皿に盛る。温かいうちにテーブルへ。

ベイクド・レッドポテト

【材料】

小さなレッドポテト
……900グラム

サワークリーム……カップ1
チャイブ……大さじ4（粗く刻む）
ベーコン……6枚（細かく刻む）
コーシャーソルトとコショウ
……お好みで
シャープ・チェダーチーズ
……90グラム（すりおろす）

【作り方】

❶ レッドポテトは洗って汚れを落とし、皮はむかずにそのまま使う。これをひたひたの水で茹でる。フォークで刺せる柔らかさになるまで、約15〜20分。ザルにあげて冷ます。

❷ ❶を半分に切る。お皿の上で安定するよう、丸い面を少し切り落とす。くり抜き器かスプーンで、中央部分を取り出す。耐熱皿に並べる。

❸ サワークリーム、チャイブ、ベーコン、お好みで塩・コショウを混ぜる（ベーコンの塩気が強い場合、わたしは追加の塩を加えない）。これをくり抜いたポテトにスプーンで詰めていく。おろしたチーズをふりかける。すぐに火を通さない場合は、このままでも、冷蔵庫に入れておいてもよい。

❹ グリル（ブロイラー）にポテトを並べて焼く。チーズが溶けはじめ、フィリングがぐつぐつするまで約3〜5分。温かいうちにテーブルへ。

ベーコンとコーンブレッドのマフィン

【材料】

キャノーラオイル……カップ½
コーンミール……カップ¾
※できれば石臼で挽いたもの。なければ一般のもので。
小麦粉……カップ1
ベーキング・ソーダ……小さじ1
ベーキング・パウダー……大さじ1
塩……小さじ½

砂糖……大さじ1
バター(冷やしたもの)…大さじ3
バターミルク……カップ1
卵(大)……2個(溶いておく)
チェダーチーズ
……カップ½(すりおろしたもの)
※わたしはシャープ・チェダーが好きですが、種類はお好みで。
チャイブ…大さじ4(刻んだもの)
スモークベーコン……8枚
(5ミリくらいの細切り)

【作り方】

1 オーヴンを200℃に予熱する。

2 標準的なマフィン型(12個取り)に、大さじ1のキャノーラオイルを入れていく。オーヴンでオイルを温める。

3 そのあいだに手早くコーンミール、小麦粉、ベーキング・パウダー、塩、ベーキング・ソーダ、砂糖を一緒にふるいにかける。そこにバターを入れてなじませる。さらにバターミルクと卵を同時に加え、ざっくりと混ぜる。多少かたまりがあってもよい(混ぜすぎると生地が硬くなる)。チーズ、チャイブ、ベーコンを加え、またざっくりと混ぜる。

4 2の熱したマフィン型をオーヴンから出して、3の生地を深さ¾くらいまで入れる。生地が熱いオイルでぶくぶくしはじめ、側面が茶色になる。マフィン型をまたオーヴンに入れ、きつね色になるまでおよそ20～25分。

わたしは熱いうちにお出ししますが、常温まで冷めてもたいへんおいしい。

小さなホワイトロールパン

正直に申し上げます。わたしはパンづくりに関しては、かなり手を抜きます。ホワイトハウスではペイストリー・シェフが焼いてくれるので、とくに問題はありません。そして自宅では、製パン機を使っています。材料を入れて生地をこねるまで機械任せというわけです。それから手で成形し、最後の発酵をさせます。できれば自分の手でこねたいのですが、なかなか時間がとれないので、その楽しみはあきらめるしかありません。

以下のレシピは、標準タイプの製パン機を想定しています。

【材料】
ドライ・イースト……大さじ2½
強力粉……カップ4〜4½
砂糖……大さじ2
塩……小さじ1
無脂肪粉ミルク……カップ¼
卵……1個(溶いておく)
ぬるま湯……カップ1〜1½
オリーブオイル……カップ⅓

【作り方】
❶製パン機を「生地」設定にする。イースト、強力粉4カップ、砂糖、塩、ミルク、卵、湯1カップ、オリーブオイルを入れ、電源を入れる。4分後、生地がまだ粉っぽいようなら、湯を数滴ずつ加えていく。逆に水っぽければ、強力粉を一度に大さじ1ずつ加える。生地は滑らかで、かつ耳たぶくらいの質感、しなやかで、かつ弾力のある状態がいい。水っぽ過ぎず硬過ぎず、ほどよい感じになるまで、強力粉か湯を追加する。そこまでできたら、あとは機械にお任せで、仕上がるまでの平均時間は1時間20分〜30分ほど。完了したら、音で教えてくれる。

❷生地ができたら、機械のスイッチを切る。マフィン型にスプレーオイルをかけるか、ショートニングを塗る。生地をゴルフボールくらいの大きさにひねって取り、マフィン型に入れていく。このとき、生地の端を底にして置くと、上面が丸くつややかになって、見映え

がよくなる。

❸型を濡れた布巾で覆い、大きさが2倍になるまで発酵させる。所要時間は置き場所の温度によってかなり違い、温かければ温かいほど、より速く発酵する。忙しい店舗の厨房では、室温は35℃を超えることもよくあり、その場合で約30分かかる。ただし、これより高くなると酵母が徐々に死んでしまうので、38℃以上にはならないようにすること。室温が20℃くらいの家庭のキッチンでは、2時間くらいかかることもある。発酵がゆっくり進むと、パンの風味が増すことが多い。わたしの経験では、冷えたオーヴンの中に熱湯を満たした天板を置き、その上方で発酵させるとちょうどよい感じになる。湯の熱が庫内を温め、蒸気が生地の乾燥を防いでくれるからだろう。

❹オーヴンを180℃に予熱する。

❺マフィン型をオーヴンに入れ、きつね色になるまで約15～20分焼く。オーヴンから出して、ある程度冷めるまで置いておく(通常約5分)。その後、マフィン型から取り出す。温かいうちにテーブルへ。

手抜きをしたくない方も、大勢いらっしゃるでしょう。その場合は、材料をいきなり混ぜるのではなく、まずイーストと砂糖をぬるま湯で溶かして予備発酵させてから、ほかの材料を加えます。そしてなめらかになるまでこねて発酵させ、ガス抜きをし、また発酵させ、ガス抜きをし、天板に置いて……あとは既述したとおりです。

シュガー・ハム、白ワイン・ハニーマスタードとともに

大勢の人に料理をふるまうとき、ハムは究極の便利な食材といって

よいでしょう。完全に調理ずみで、風味をつけたものや、スライスされたものも販売されています。わたしは自分でスライスしたいほうですが、調理人の仕事といえば、ハムに火を通し、盛りつけ用に切ることくらいでしょうか。とはいえ、シェフである以上、自分なりにひと味違ったものにしたいと思うのは当然です。そこで既製品のハムにさまざまな工夫を凝らすレシピがたくさん生まれました。どれもおいしいものに仕上がりますが、わたしはどうしてもシンプルなものにかたよりがちで、シュガー・ハムが大好きなんです。昔ながらの糖蜜の薄いコーティングが、ハムの風味をすばらしく引きたてると思います。糖蜜以外にも、これなら、と思う材料でグレーズをつくってみてください(わたしは友人から、ジンジャエールを1缶ハムにかけてから焼くとおいしい、とすすめられ、実際に試してみました。彼のいうとおり、絶品でしたよ)。このレシピでいちばん重要なのは、ともかくできるだけ品質のよいハムを選ぶことです。

【材料】

シュガー・ハム……人数に合わせた大きさのもの

※わたしの場合、自宅では1〜2キロのもの。

糖蜜……カップ1

【作り方】

❶オーヴンを150℃に予熱しておく(ハムが乾かないように、糖度の高いグレーズが焦げてしまわないように、調理はゆっくりと)

❷ハムを冷水でよく洗う。ラックの上のロースト用天板にハムを置く(脂身が上)。400〜500グラムあたり15〜20分、オーヴンで焼く。ハムをオーヴンから出したら、脂身が厚さ5〜6ミリくらいになるまで削いで、そこに模

様を刻む（わたしはたいてい2センチ幅くらいの格子模様にする）。ハムにブラシで糖蜜を塗る。さらにオーヴンで20分ほど、グレーズがぐつぐつして焼き色がつくまで焼く。

3 オーヴンから出して大皿に置き、ひとり分のサイズに切り分ける。温かいうちに、白ワイン・ハニーマスタードを添えてテーブルへ。また、ロールパンとコーンマフィンも用意しておくといい。サンドイッチにしたがる人が、けっこう多いので。

●白ワイン・ハニーマスタード

【材料】

ディジョン・マスタード……カップ1
白ワイン……大さじ2
ハチミツ……大さじ2

【作り方】

材料を混ぜて、冷やしてからハムといっしょに。

テンダーロインの衣揚げと白タマネギのグレイビー・ソース

テキサスの人気郷土料理です。

伝統的には牛もも肉を使いますが、ホワイトハウスではテンダーロインを使用。お好みで、どちらでもかまいません。

【材料】

キャノーラオイル（揚げ油）
牛肉のテンダーロイン……1キロ弱くらい（繊維にさからって1センチ強のステーキ状にカット）
小麦粉……カップ1½
ガーリック・パウダー……大さじ1
オニオン・パウダー……小さじ1
塩……小さじ1
※わたしはたいてい小さじ½。
コショウ（挽きたて）……お好みで

バターミルク……カップ2

【白タマネギのグレイビー・ソースの材料】

タマネギ(小)……3個(リング状に薄くスライス。リングはばらす)

小麦粉……大さじ2

ミルク……カップ2

塩・コショウ(挽きたて)……お好みで

【作り方】

❶オーヴンを95℃に予熱しておく。

❷コンロでつくるため、大きくて丈夫なフライパンを準備する(鉄製の厚底でよいが、できれば鋳鉄が好ましい)。フライパンにキャノーラオイルをたっぷり(深さ1センチくらい)入れて、中火にかける。オイルを150℃まで、または落とした水滴が跳ねるくらいまで熱する。

❸そのあいだに、牛肉をラップの上に置き、さらにラップをかぶせて、肉用の木槌で叩き、薄くする。こうしておくと全体に均一に火が通りやすい。

❹大きな袋に小麦粉、ガーリック・パウダー、オニオン・パウダー、塩、コショウを入れ、口を閉じて振って混ぜる。

❺ボウルにバターミルクを入れる。

❻牛肉1枚を❹の袋に入れて振り、粉類をまんべんなくまぶす。それから❺のバターミルクに浸し、もう一度❹の袋に入れて振る。これをすべての牛肉でくりかえす。

❼熱した油のなかに❻の牛肉を数枚入れる。互いにくっつかないように注意する(わたしはたいてい、一度に3枚揚げる)。3分ほどできつね色になったらひっくり返す。反対面もきつね色になったら、油から引き上げて温かいお皿に置く。すべて揚げ終えたら、冷

えないようオーヴンに入れておく。

8 グレイビー・ソースをつくる。フライパンの油を、底が覆われる程度に残して捨てる。タマネギを入れ、ときどきかき混ぜながら、柔らかく茶色に色づくまで6〜8分炒める。そこに小麦粉を振りかけて、およそ3分、茶色のペースト状になるまでかき混ぜる。さらにミルクをゆっくりと加える。このとき、かき混ぜる手は休めない。グレイビーらしくなってきたら味見をして、塩・コショウでととのえる。温めた大皿にステーキを盛りつけ、グレイビー・ソースの器とともにテーブルへ。ひとりずつお出しするなら、お皿にのせたステーキにほどよく美しくグレイビー・ソースをかけてから。

ひと口ブラウニー

【材料】

ココア……カップ¾

キャノーラオイル……カップ¾

砂糖……カップ2

卵……4個（溶いておく）

バニラエッセンス……大さじ1

小麦粉……カップ1½

ベーキングパウダー……小さじ1

塩……小さじ½

ペカン……半分に切ったもの24個

（お好みで飾り用に）

【アイシングの材料】

バター……カップ¼

ココア……カップ½

粉砂糖……カップ1½

バニラエッセンス……小さじ1

ミルク……カップ⅓

【作り方】

1 オーヴンを180℃に予熱する。

2 ココア、オイル、砂糖、卵、バニラエッセンスを大きなボウルで混ぜ、ココアが馴染み、全体がなめらかになって艶が出てきたら、小麦粉、ベーキング・パウダー、塩を加える。全体がしっくりするまで混ぜるが、あまりかき混ぜ過ぎるとブラウニーが固くなる。

❸ アルミ・カップ（紙製だと裂けてしまうので、かならずアルミ）をマフィン型（12個取り）2つに入れていく。スプレーオイルをかけるか、ショートニングを塗る。カップの⅔くらいまで、❷を入れる。

❹ オーヴンで、表面に適度な裂け目ができるまで、15〜20分焼く。アルミ・カップを型から取り出し、冷ます。

❺ アイシングをつくる。室温で柔らかくしたバターをボウルに入れ、そこにココア、粉砂糖、バニラエッセンスを加え、よく混ぜる。一度に大さじ1ずつミルクを加えていく。艶が出て柔らかい角ができはじめたらOK。

❻ アルミ・カップのブラウニーにアイシングをかける。半分に切ったペカンや、お好みのものを飾りつける。

飾りつけの素材は、何でもありです。チョコレートチップからココナツ、キャンディ・コーン、カールチョコレート（ホワイトでもブラウンでも）にいたるまでいろいろ考えられるので、食事をする人たちに合わせて選ぶとよいでしょう。大人が多ければ洗練されたものにして、子どもがたくさんいるならお菓子屋さんを模してもいいですね。そしてペカンは、万人向けです。大人も子どもも好きですし、ナッツが苦手なら簡単にとりのぞけますから。飾りつけに関しては、アイデア次第で制限などありません。

ジンジャーブレッド・マン

【材料】
小麦粉……カップ3
ジンジャー（粉）……小さじ2
シナモン（粉）……小さじ2
クローブ（粉）……小さじ½
ナツメグ（粉）……小さじ¼
塩…小さじ½
コショウ……挽いたもの一つまみ
（お好みで。切れ味がでる）
ベーキングソーダ……小さじ1弱
バター……カップ¾
ブラウンシュガー……カップ½
（ぎっしり詰めて計る）
ホワイトシュガー……カップ¼
卵（大）……1個
糖蜜……カップ½
レーズン（お好みで）

【ロイヤル・アイシングの材料】
メレンゲパウダー……大さじ2
レモン汁……1個分
（粉）砂糖……カップ2（おおよそこれくらい。ふるいにかけたもの）

【作り方】
❶小麦粉、ベーキングソーダ、塩、スパイス類をいっしょにふるいにかける。
❷電気ミキサーに室温で柔らかくしたバターを入れて砂糖類を加え、なめらかになるまで中速で混ぜる。卵と糖蜜を加え、低速にする。❶を少しずつ加えていく。生地が固くなってきたら、作業しやすいよう分割し（わたしはいつも⅓）、それぞれしっかりラップで包む。冷蔵庫で一晩寝かせる。
❸オーヴンを180℃に予熱する。
❹分割したうちのひとつ（一焼き分）を冷蔵庫から出す。小麦粉を振ったボードで、厚さが3〜5ミリになるまで延ばす。幅20センチくらいを目安にすると、身長20センチのジンジャーブレッド・マン

がつくれる。ナイフを使ってフリーハンドで切り出すが、ジンジャーブレッド・マンは比較的シンプルなので、芸術的センスがなくても大丈夫。もちろんクッキーカッターを使ってもよい。余分な部分をとりはらって、スパチュラでジンジャーブレッド・マンを優しく持ち上げ、油をひいていないクッキーシートにのせる。このときレーズンで目と口を加えてもいいし、焼いた後にパイピングすることもできる。とりはらった生地は、まとめてこねて伸ばせば、また使える。ジンジャーブレッド・マンを吊るすなどして飾る場合は、リボン用の穴をつくっておくのを忘れないように。飲みもの用のストローであれば手ごろな穴ができるが、クッキーカッターや爪楊枝でもいい。

5 クッキーの底がほどよく茶色になるまで、8~12分焼く。オーヴンから出して5分ほど冷ます（これでクッキーの強度が増し、壊れにくくなる）。スパチュラでクッキーシートから優しくはずし、ラックで冷ます。

6 ロイヤル・アイシングにとりかかる。メレンゲパウダーとレモン汁を電気ミキサーで混ぜる。少しずつ粉砂糖を加える。ピンと角が立って、パイピングに調度よい固さになったら、砂糖を加えるのをやめる。

7 口金の小さなパイピング・バッグに**6**のアイシングを入れる。焼きあがったクッキーに洋服を着せたり、思い思いのパイピングをする。アイシングを乾かすために、クッキーを平らなところに広げる。完全に乾ききったら完了。すぐにいただかない場合は、ワックスペーパーかクッキングシートを間に挟みながら重ねて、缶に保存する。

スパイスが良質であればあるほど、クッキーもおいしくなります。わたしは自宅用のスパイスをThe Spice Houseでオンライン購入していますが（http://www.thespicehouse.com/）、ここはミルウォーキーやシカゴに直営店もあるようです。

クッキーはロイヤル・アイシングでとても美しくなります。でも子どもたちはバタークリームのアイシングや、チョコレートチップの目、鼻、口、ボタンのほうが好きなようです。それにこちらのほうが、手早くつくれます。でもここでは、パーティを想定して、ロイヤル・アイシングとしました。

訳者あとがき

〈大統領の料理人〉シリーズ第二作は、ホリデイ・シーズンを目前に控えた、一年でもっともあわただしい時期のホワイトハウスが舞台です。

アメリカのホリデイ・シーズンは、ほぼ感謝祭（十一月の第四木曜）から年末ごろまでで、この期間にはもちろん、大イベントのクリスマスが含まれます。ホワイトハウスではさまざまな行事が催され、主人公オリーも、エグゼクティブ・シェフになって初めて迎えるこの時期に休む間もなく大忙しです。

しかも、あろうことか、ホワイトハウスで爆弾らしきものが見つかり——。

実際のホワイトハウスでも、爆破予告や爆弾騒ぎ、侵入事件はあって、ほんの少しでも危険が察知されると、ホワイトハウスはもとより、周辺地域まで閉鎖されることも珍しくないようです。

とはいえ、〝世界一の警備を誇る〟はずのシークレット・サービスの失態が大きな批判を浴びたことも一度や二度ではありません（たとえば、銃弾が撃ちこまれて防弾ガラスが割れていたことに三日間気づかなかった等）。

そして本書『クリスマスのシェフは命がけ』では、爆弾騒ぎをきっかけにして、事態はより大きなものに（秘かに）進展していきます。


本シリーズは、田舎町が舞台ではないことで、コージーミステリの範疇から少しはずれますが、主人公も好奇心は人一倍旺盛ながら、犯人さがしや事件の謎ときをしようとはかならずしも思っていません。今回、オリーとしては、仲間の職員が事故死した、その原因を関係者にきちんと調べてほしかっただけなのです。一方で、ファースト・レディの甥が自殺したことが、どうしても信じられない。

しかし、それを追究していくうち、さまざまな点がつながって……。

ここでこれ以上は控えますが、本書には伏線がちりばめられています。殺人事件や謀略関連はもちろんのこと、なかには今後の人間模様を暗示（予告？）するものもあり、オリーにしてみれば、エグゼクティブ・シェフとして、またひとりの女性としても〝悩みの種は尽きまじ〟といったところでしょうか。


本シリーズが本国アメリカで人気を博している理由のひとつに、ホワイトハウスの施設内部と種々の慣例、イベントのようすが詳しく描かれている点が挙げられますが、もうひとつ、巻末レシピに毎回〝テーマ〟があることも喜ばれているようです。

一巻めの『厨房のちいさな名探偵』では大統領の日常の食事が紹介され、二巻めの本書ではホリデイ・シーズンにふさわしい、パーティでも家庭の食卓でも気軽に楽しめる前菜レシピが集められています。そしてつぎの第三巻では、日米問わず身近な、とある食材がテーマです。

邦訳版の刊行予定は二〇一六年四月ですので、物語だけでなく、レシピのほうも楽しみにしていただければと思います。

コージーブックス

大統領《だいとうりょう》の料理人《りょうりにん》②

クリスマスのシェフは命《いのち》がけ

著者　ジュリー・ハイジー
訳者　赤尾秀子《あかおひでこ》

2015年　11月20日　初版第1刷発行

発行人　成瀬雅人
発行所　株式会社　原書房
〒160-0022 東京都新宿区新宿1-25-13
電話・代表　03-3354-0685
振替・00150-6-151594
http://www.harashobo.co.jp
ブックデザイン　atmosphere ltd.
印刷所　中央精版印刷株式会社

落丁・乱丁本はお取り替えいたします。
定価は、カバーに表示してあります。
 ISBN978-4-562-06045-0 Printed in Japan